KB253485

적포용왕

김운영 新무협 판타지 소설

FANTASTIC ORIENTAL HEROES

赤布龍王

적포용왕 1

김운영 新무협 판타지 소설

초판 1쇄 찍은 날 § 2008년 3월 26일
초판 1쇄 펴낸 날 § 2008년 4월 2일

지은이 § 김운영
펴낸이 § 서경석

편집장 § 문혜영
편집책임 § 최하나

펴낸곳 § 도서출판 청어람
등록번호 § 제1081-1-89호
등록일자 § 1999. 5. 31
어람번호 § 제2-1455호

주소 § 경기도 부천시 원미구 심곡1동 350-1 남성B/D 3F (우) 420-011
전화 § 032-656-4452 팩스 § 032-656-4453
http://www.chungeoram.com
E-mail § eoram99@chollian.net

ⓒ 김운영, 2008

ISBN 978-89-251-1250-3 04810
ISBN 978-89-251-1249-7 (세트)

김운영 新 무협 판타지 소설
FANTASTIC ORIENTAL HEROES

장강소룡(長江小龍)

적포용왕

赤布龍王

1

도서출판 청어람

目次

　적포용왕은 제 첫 글인 신마대전 이후 일곱 번째 글이고, 무협으로써는 칠대천마 다음으로 쓴 두 번째 글입니다.

　그동안 글을 쓰면서 매번 나름대로 자부심을 가져왔지만, 그럼에도 불구하고 한 작품이 끝날 때마다 조금 더 잘 썼으면 좋았을 텐데 하고 후회하는 감정이 남았습니다.

　그만큼 저는 아직 미숙하단 소리고, 반대로 투지가 남아 있어 계속 글을 쓸 수 있다는 뜻이기도 할 것입니다.

　무협은 참으로 흥미 있고 즐거운 장르입니다. 하지만 그만큼 어렵지요. 무협의 코드라는 것은 상당히 정형화되어 있다고들 말합니다. 같은 소재를 쓰고 또 써서 이제는 지겨울 정도라고 말씀하시는 분도 계십니다. 하지만 그래도 재미있는 것이 바로 무협입니다.

　왜냐? 무협은 재미를 우선하는 대중소설의 장르 중에서도 특이하게도 깊이를 추구하는 성질을 지니고 있기 때문이라고 저는 생각합니다. 내용이 같아도 깊이가 다르니 전혀 새로운 소설이 되는 겁니다. 반면에 그 점을 못 살리면 정말로 재미없는 뻔한 소설이 될 수도 있겠죠.

첫 무협 작품인 칠대천마는 독특한 아이디어와 애써 만들어낸 스토리로 재미있게 꾸미려 했습니다만, 이런 깊이에서 아직 모자람이 있었던 것 같습니다. 어설픈 느낌이 강해서 이걸 제대로 숙성시키지 못한 채 글로 써낸 것이 부끄러울 따름입니다.

물론 아직 제 글은 모두 어설픕니다만, 그래도 읽어주시는 독자 분들께는 감사를 드리고 싶습니다. 그렇다고 해서 제가 독자 분들을 일일이 만날 수는 없으니 이렇게 새로운 글에서 지문으로나마 인사를 드립니다. 또한 새로운 글에서 발전함을 보여 드리겠다고 감히 결의해 봅니다. 저는 아직도 발전하고 있습니다.

　이번 적포용왕은 스토리보다는 인물의 매력을 끌어내는 데에 중점을 두고 있습니다. 그럼으로써 소설의 깊이라는 테마에 대해 접근을 해보겠습니다.

　일단 자체적인 평가를 해볼 때, 적포용왕은 재미있습니다. 이것은 진정한 자화자찬의 극치이지만, 솔직히 저는 제 글이 재미있다고 생각하니 여러분들께도 권하고 싶습니다.

　인터넷에 연재할 때에는 한 번도 하지 않은 자기 추천을 이렇게 지면으로 하려니 참으로 쑥스럽습니다만, 이것이 이 소설에 대한 저의 느낌이자 각오이기도 합니다.

　이제 남은 것은 독자 여러분들의 평가입니다. 읽으시고 즐겨주십시오.

2008년 봄, 김운영.

第一章
적포천존(赤布天尊)

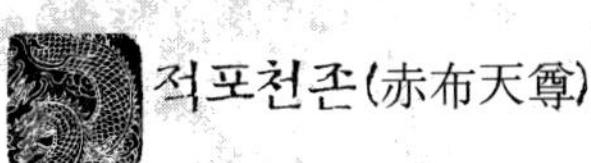

적포천존(赤布天尊)

원래 무림인의 명호에 '왕(王)' 자는 곧잘 쓰이나 '황(皇)'이나 '존(尊)'은 거의 쓰이지 않는다. 이 두 자는 천자의 칭호이니 이게 들어간 것만으로도 반역죄가 될 수 있기 때문이다.

하물며 천존(天尊)이라는 칭호는 도교에서도 원시천존 이외에는 쓰이지 않는 것으로 신중에서도 최고의 신을 의미하니, 이게 사람에게 붙을 수는 없다고 봐야 한다.

그런데 적포천존은 당당하게 스스로를 그렇게 불렀다. 그렇다. 그의 명호는 그 자신이 만든 것. 무림에 기인이 많다 하나 명호를 스스로 만들어 붙이는 사람은 거의 없다.

그것도 이런 거창한 명호라니! 자존자대도 유분수지 이건 미친놈이라고밖에는 생각할 수 없다.

그러나 적포천존이 무림에서 제멋대로 활동을 한 지 사십여 년이 지난 지금, 아무도 그를 비웃는 사람이 없었다. 미친 놈이라는 세간의 평가도 어느새 성격이 괴팍한 기인이라는 식으로 순화되었다.

그는 여전히 적포천존이었고, 무림에서 가장 강한 무적의 고수 세 사람을 뜻하는 절대삼무 중 하나였다.

그런 적포천존이 어느 날 갑자기 은퇴를 선언했다. 이유는 밝히지 않았기에 아무도 모른다. 물론 그 누구도 그의 은퇴에 이의를 제기하지 못했다. 말리기는커녕 대부분의 무림인들은 아주 좋아했다.

그렇게 적포천존은 갑자기 무림에 나와 제 멋대로 활동하다 그냥 떠났다.

은퇴를 한 무인은 무엇을 할까? 그가 성공한 무인이라면 당연히 적당한 장원에서 어여쁜 아내와 귀여운 아이들과 함께 살 것이다. 자신은 할 짓 못할 짓 다 하고 은거를 했지만 후대의 주역인 아이는 이제부터 자라나 활동을 해야 하니 재질이 뛰어난 제자를 가르치는 재미에 살 수도 있다.

그러나 평생 결혼도 하지 않고 제자도 들이지 않은 적포천존은 낚시를 선택했다. 하지만 적포천존은 어디까지나 단순한 무인이 아니다.

무림 최고의 고수! 그것이 바로 그다.

적포천존은 우선 중원의 젖줄이라 할 수 있는 장강에서도 낚시를 잘하기로 소문난 장강어은을 찾아갔다. 그리고 장강어은이 수십 년 동안 애용하던 묵죽으로 만든 낚싯대를 강제로 물려받았다.

질기기가 만년한철로 만든 도끼로 찍어도 흠집 하나 남지 않는 묵죽대간은 낚시꾼이라면 꿈에도 그리는 보물로 장강어은이 소유한 낚싯대 중 가장 좋은 것이다. 그런데 갑자기 들이닥친 적포천존은 금덩이 하나를 툭 하니 던져 놓더니 스윽 벽에 걸린 낚싯대들을 둘러본 후 단숨에 묵죽대간을 집어 들었다.

장강어은은 변변한 저항 한 번 하지 못하고 그저 적포천존의 손에 들린 자신의 낚싯대를 보며 눈물만 흘렸다.

그때, 적포천존이 장강어은에게 물었다.

"장강에서 가장 큰 물고기가 사는 곳이 어디냐?"

남의 낚싯대를 빼앗아 가놓고는 갑자기 웬 가장 큰 물고기 타령인가? 원망 반, 의혹 반의 눈으로 쳐다보는 장강어은을 보며 적포천존은 당연하다는 듯이 덧붙였다.

"이 본좌에게 평범한 잡어가 어울리겠느냐? 적어도 장강에서 가장 크고 오래 묵은 놈 정도는 되어야 노릴 맛이 나지."

"허어, 그렇소이까?"

장강어은은 기가 막혀 눈에서 흐르던 눈물마저 멎었다. 왜 세상의 소문이 그렇게 적포천존과는 상종도 하지 말라고 강력하게 주장하고 있는지 뼈가 시릴 정도로 확실하게 느꼈다. 그러나 동시에 장강어은은 속으로 잘되었다고 회심의 미소를 지었다. 이 무식하게 무공만 강한 미친놈에게 나름대로 복수할 방법이 있었던 것이다.

"천존의 뜻이 그렇다면 제가 안내를 하지요."

장강어은은 순순히 적포천존의 요구를 받아들여 길을 떠났다. 그렇게 그들이 삼 일이나 물길을 따라 나아가 한 지점에 이르렀을 때, 장강어은은 한곳을 손가락으로 가리키며 말했다.

제법 큰 여울목으로 몇 개의 지류가 모여 합쳐지는 곳인데, 경치도 수려하고 물도 적당히 흘러 모르는 사람이 봐도 큰 물고기가 자리를 잡을 만한 대목 자리였다.

"저곳이 바로 장강지주가 사는 곳입니다."

"장강지주(長江之主)?"

"백 년도 더 된 잉어로 장강을 다스리는 용왕이라는 소문이 있는 놈이지요. 크기가 사람보다 더 크다고 합디다."

"확실하냐?"

"장강어은의 이름을 걸고 맹세할 수 있소이다. 저곳에 장강지주가 살고 있는 것은 틀림없는 사실이오."

장강어은은 평생 거짓말을 한 적 없는 점잖은 은자다. 그 사실을 잘 알고 있는 적포천존은 장강어은의 맹세를 믿어 의심치 않고 투지에 불타는 목소리로 중얼거렸다.

"<u>호호호</u>, 좋아. 장강지주란 말이지? 과연 본좌가 노릴 만한 놈이군. 내 이 묵죽대간을 걸고 꼭 그놈을 낚아 보이겠다!"

적포천존은 성격도 급했다. 그는 즉시 묵죽대간에 큼지막한 지렁이 한 마리를 통째로 걸고는 장강어은이 말한 지점에 낚싯대를 드리웠다. 그리고는 미동도 하지 않은 채 찌를 노려보기 시작했다.

장강어은은 두 시진 동안이나 적포천존의 뒤에 엉거주춤 서 있었다. 일단 낚시에 집중한 적포천존이 한 번도 장강어은을 돌아보지 않은 것은 물론이고, 놀랍게도 그동안 손가락 하나 까닥하지 않았다.

'무서운 집중력이다. 확실히 저 미친놈이 보통 미친놈은 아니구나.'

장강어은은 속으로 감탄하면서도 살살 몸을 뒤로 뺐다. 그러면서 최대한 작은 목소리로 말했다.

"그럼 난 이만 가보겠소이다."

적포천존은 대답도 하지 않았다. 장강어은은 조심스럽게 그 자리를 벗어난 후 밤낮을 가리지 않고 자신의 집으로 돌아왔다. 그리고 바로 짐을 쌌다.

장강어은은 떠나기 전, 마지막으로 붓을 들어 벽에 큼지막한 글씨로 적포천존에게 하고 싶은 말을 남겼다. 그리고는 미련없이 그곳을 떠났다.

보름이 지났다. 적포천존은 아직도 처음 그 자리에 묵죽대간을 드리우고 있었다. 세월을 낚는다는 낚시를 하는 사람답지 않게 그의 얼굴은 살부의 원수를 만난 사람처럼 일그러져 있었다.

"으으으, 장강어은 이놈이 나를 속였나? 어떻게 피라미 한 마리 낚이지 않을 수 있지?"

그동안 적포천존은 장강지주는커녕 손가락만 한 잡어 한 마리 보지 못했다.

하루 종일 밤낮을 가리지 않고 앉아 있기를 보름이다. 끝도 없는 내공으로 잠도 거의 안 자고 버티었다. 먹는 것도 고기를 말려 빻은 가루를 하루 두어 줌씩 입에 털어 넣었을 뿐이다.

그런데 소식이 없다. 잡어라도 잡히면 그걸 끓여 먹으려 했지만 그것조차 뜻대로 안 되니 인내심의 한계를 넘어선 지는 이미 오래전이다.

"크으으! 내 살기를 죽이려고 이걸 시작했는데 갈수록 살기가 강해지는구나!"

적포천존은 가슴속에 불길처럼 일어나는 기운을 억누르며 신음성을 흘렸다. 만약 지금 그의 눈앞에 누군가가 나타나면 이유 불문하고 바로 손을 쓸 기세였다.

결국 적포천존은 더 이상 버티기 어려워 자리에서 일어났다.

“이대로는 안 되겠다. 장강어은, 이 죽일 놈을 잡아 족친 후 다시 어찌할까 생각해 봐야지.”

드디어 적포천존은 장강어은에게 사기당했다는 결론을 내렸다. 평생 남에게 속는 것을 가장 큰 수치로 생각하는 적포천존이다. 그는 이를 부드득 갈며 장강어은의 집으로 달려가려 했다.

그런데 그때, 금강부동의 자세로 보름간 꿈쩍도 안 하던 묵죽대간의 찌가 쑤욱 아래로 내려갔다.

순간 적포천존은 이형환위의 경지에 도달한 움직임으로 자리에 앉았다. 그리고는 북경의 제일쾌도라는 빙섬도의 도를 잡아 부술 때보다 더욱 빠르게 묵죽대간을 집어 들었다.

휘익— 하는 소리와 함께 묵죽대간이 크게 휘었다. 그 순간에 묵직하게 느껴지는 손의 감촉은 결코 바늘에 걸린 것이 손바닥만 한 붕어 수준이 아닌, 정말로 사람처럼 커다란 놈임을 알리고 있었다.

그럼 그렇지. 장강어은이라는 놈이 그래도 사람을 속이는 인상은 아니었다. 내가 그래도 관상은 조금 보지 않는가?

“왔다!”

적포천존은 확신을 가지고 팔에 힘을 주었다. 혹시나 하는 마음에 내력을 일으켜 묵룡대간의 대와 줄에 흘려보내 줄이 끊어지지 않도록 보호했다. 그리고는 단숨에 낚싯대를 들어 올렸다.

푸학!

드디어 물을 거세게 가르며 수면 위로 튀어 오른 무언가! 흥분한 적포천존의 기세가 넘쳐 그것은 하늘 위로 올라가 크게 포물선을 그리며 적포천존이 앉아 있는 곳까지 날아왔다.

그런데 그것은 장강지주가 아니었다. 다른 물고기도 아닌 그것은, 사람의 시체였다.

흥분해 들떠 있던 적포천존의 얼굴이 금세 일그러졌다.

"어떻게 된 거냐!"

적포천존은 성질이 더럭더럭 난 목소리로 투덜대며 시체를 살폈다.

벌거벗은 중년 남자의 시체는 죽은 지 몇 시진은 된 듯 물에 퉁퉁 불어 있었다. 그리고 등에 사인으로 보이는 커다란 도상이 나 있었다.

대충 봐도, 자세히 봐도 의심할 여지가 없다. 이건 수적에게 걸려 옷까지 벗겨진 다음에 칼을 맞고 물에 던져진 것이다. 그게 물을 따라 떠내려 오다 우연히 적포천존의 낚싯바늘에 걸린 모양이었다.

"이 거지 발싸개 같은 수적새끼들이!"

드디어 억누르고 눌렀던 흉성이 폭발했다. 적포천존은 그대로 몸을 날려 강을 거슬러 달리기 시작했다.

그가 향하는 곳은 바로 상류 쪽에 위치한 장강수로연합의 당금 연합총당인 교룡당이었다.

*　　　*　　　*

한 번 살기가 끓어오르니 이미 다른 사념은 머릿속에서 사라지고, 오직 교룡당과 그 안에 있는 수적들만이 남았다.

적포천존은 시간의 흐름마저도 잊고 마냥 달렸다. 산도 강도 그를 막을 수 없었다. 그러다 보니 어느새 커다란 산채가 눈에 들어왔다.

높은 벽은 마치 성처럼 튼튼해 보였고, 입구 양쪽에 세워져 있는 두 개의 감시 망루가 물과 육지를 두루 살필 수 있어 그야말로 강력한 요새나 마찬가지였다.

그러나 지금은 대낮인지라 교룡당 수채의 정문은 활짝 열려 있었다. '누가 교룡당을 건드릴 수 있을 것인가!'라고 자부하는 듯했다. 무리는 아니다. 장강을 다스린다고까지 말하는 장강수로연합의 대표가 바로 교룡당이 아닌가?

그러나 세상에는 예외가 있다.

"누구냐? 서라!"

적포천존이 교룡당을 향해 뛰어오는 모습에 문을 지키는 자들 중 하나가 소리쳤다. 그러면서 그들은 들고 있던 방편산으로 적포천존을 막으려 했다.

적포천존은 날카로운 방편산의 날이 자신을 겨누고 있는

데에도 속도를 늦추지 않았다. 그는 그대로 방편산과 문지기들을 향해 부딪쳐 갔다.

쾅!

요란한 소리와 함께 문지기 둘이 허공으로 튕겨 나갔다. 방편산은 날 부분이 우그러지거나 꺾여 버렸다. 애초에 적포천존은 문지기 따위는 신경도 쓰지 않았다. 그가 그렇게 몸으로 밀고 교룡당의 수채 안으로 들어가자 교룡당은 난리가 났다.

그때 교룡당주인 청사판(靑蛇判) 공사무은 한참 부지런하게 교룡당의 업무를 보는 중이었다. 업무란 다름 아닌 회의로, 이번 달에 있을 대목 예정을 잡고 자신이 직접 출정할 일이 있나 등을 검토하는 일이었다. 그런 만큼 열두 명의 소두목 중 일을 나가지 않은 여섯 명이 모두 모여 있었다.

그런데 밖에서 침입자를 알리는 뿔고동 소리가 요란하게 울렸다.

공사무은 인상을 찡그리며 말했다.

"어떤 미친놈이 백주대낮에 우리 교룡당을 건드린 거지?"

소두목 중 눈치 빠르고 몸이 가벼운 조반이 얼른 일어나며 대답했다.

"제가 가서 알아보죠."

"그래, 대충 봐서 영양가 없는 놈이면 니 선에서 해결해라.

나 원 참, 우리 교룡당이 그렇게 얕보였나.”

전권을 위임받은 조반은 읍을 한 뒤 밖으로 나가기 위해 문을 열었다. 나가보니 저쪽에서 누군가가 바람처럼 달려오는 모습이 보였다.

“흡. 적이 벌써!”

조반은 즉시 뒤로 물러나며 허리에 찬 대감도를 뽑았다. 즉각 상대가 달려드는 기세가 보통이 아님을 느낀 것이다. 조반의 행동에서 다른 소두목들도 긴장을 하며 자리에서 일어나 제각기 무기를 뽑아 들었다. 그들 역시 마작으로 소두목 자리를 딴 것은 아니기에 급작스러운 전투 상황에서도 놀라지 않고 착착 손발을 맞춰 대응했다.

조반이 앞으로 나가지 않고 뒤로 물러선 것으로 보아 상대는 고수다. 그렇다면 가장 좋은 것은 기습이고, 협공이다.

상대가 피하지 못하고 꼼짝없이 당할 수밖에 없는 곳. 그것은 바로 막 문을 들어오는 순간!

“쳐라!”

적포천존이 건물 안으로 뛰어드는 순간 여섯 명의 소두목이 일제히 공격을 가했다. 살아 있는 몸이 한순간 죽은 고깃덩어리가 될 것이라 생각했다.

피할 공간도 여유도 없다. 그런데 적포천존은 피하려고도 하지 않았다. 그는 귀찮다는 듯이 외쳤다.

“감히!”

콰쾅!

"커허헉, 금강불괴!"

"끄으윽, 어떻게 이런 일이!"

적포천존의 몸에서 순간적으로 발산된 기운이 그를 해하려 한 자들을 해일처럼 덮었다. 그러자 그의 몸을 친 무기들이 산산조각 나며 그 파편이 암기처럼 사방으로 비산했다. 소두목들은 자신들의 애병의 파편에 당한 것과 동시에 적포천존의 호신강기에 튕겨 벽에 처박혔다.

공사무는 두 눈을 휘둥그레 뜨고 이게 생시인가 꿈인가를 의심했다. 선불 맞은 멧돼지처럼 날뛰는 저 노인은 육 년 전에 딱 한 번 본 적이 있는 적포천존이 틀림없다.

공사무는 얼른 자리에서 일어나 두 손을 앞으로 내밀어 흔들며 외쳤다.

"잠깐, 은퇴하신 천존께서 무슨 일로……."

말로 하고 싶었으리라. 그러나 적포천존은 멈추지 않았다.

"이노옴! 공사무!"

적포천존은 달려오던 기세 그대로 발을 들어 막 자리에서 일어나려고 하는 공사무의 가슴을 찼다. 그러자 공사무의 몸이 그가 앉아 있던 의자와 함께 뒤로 날아가 벽을 뚫고는 뒤쪽의 바위에 처박혔다.

"크으윽!"

공사무는 가슴이 무너지는 것 같은 고통을 느끼며 입에서 피를 토했다. 내외공 모두 절정에 달하게 수련한 그였지만 적 포천존의 발길질 한 번에 중상을 입은 것이다.

적포천존은 비틀거리며 일어나지도 못하는 공사무를 다시 발로 밟아 도망가지 못하게 바위에 고정시켰다. 그리고 손을 들어 올렸다. 그의 전신에서는 단숨에 백 명은 죽일 것 같은 살기가 무럭무럭 피어올라 눈으로 보일 정도였다.

공사무는 그 모습에서 죽음을 보았다. 생의 기억들이 주마 등처럼 스쳐 지나가는, 죽음의 순간이 틀림없다고 생각했다.

이제 적포천존이 손을 내려쳐 그의 천령개를 부수면 머리 가 펑! 하고 터지리라. 아니면 손가락으로 응조수의 형을 취 해 찍으면 해골에 다섯 개의 구멍이 뚫려 버릴 것이다. 아니 다. 손을 내려칠 것도 없이 가슴을 밟고 있는 발에 힘만 줘도 끝이다.

그런데 공사무를 끝장내려던 적포천존의 손이 결정적인 순간에서 멈췄다.

적포천존은 넘칠 듯 끓어오르는 살기를 필사적으로 억제 했다.

'이놈을 죽이면 이제는 정말 살기를 제어하지 못할 것이 다. 여기 있는 놈들, 또 그 뒤로 보이는 놈들마다 모두 죽이 고……'

시작이 무섭다. 한 번 손을 쓰면 자제심을 잃고 살인광이 되는 것은 순식간이리라. 이 주체할 수 없는 살기로 인해 은

퇴까지 했고, 또 살기를 줄이기 위해 낚시를 시작한 것이 아
닌가? 지금은 절대로 사람을 죽일 수 없다.

적포천존은 손을 부르르 떨었다. 지금 이 순간 그는 정말
필생의 인내력을 발휘하고 있었다. 그러나 멈추려고 하면 할
수록 그의 몸에서 일어나는 살기가 더욱 강해졌다. 마치 보이
지 않는 또 하나의 적포천존이 그의 이성에 거세게 항의를 하
는 듯했다.

공사무는 그저 벌벌 떨고만 있었다. 도대체 내가 언제 이자
의 원한을 산 것인가? 이 정도면 정말 숨겨놓은 자식새끼라도
죽인 반응인데, 혹시 그냥 죽이지 않고 고문을 하려고 하는
건가?

'차라리 자살을 하자.'

전신을 옥죄는 살기를 견디지 못하고 자살까지 생각하는
공사무였다. 그러나 적포천존의 몸에서 일어난 살기가 그의
몸을 꽁꽁 얼려 버린 듯, 몸이 움직이지를 않았다. 산전수전
을 다 겪은 무투파 수적 두목인 공사무로서도 지금껏 한 번도
겪어보지 못한 살기였다.

짧지만 공사무에게는 영겁과도 같은 시간이 흘렀다.

이윽고 적포천존의 손이 스르륵 내려왔다. 그 뒤 적포천존
이 공사무의 목을 움켜잡고 일으켜 잡아먹을 듯한 목소리로
말했다.

"똑바로 해라."

그리고는 그대로 몸을 돌려 가버렸다. 가까스로 살기를 역제하는 데 성공한 것이다.

남은 것은 딱 죽지 않을 정도로 부상을 입은 공사무와 호신강기에 튕겨 아직도 몸을 가누지 못하는 소두목들 뿐. 그들은 감히 적포천존을 욕할 엄두도 못 내고 끙끙대며 제각기 내상약과 금창약을 꺼내 들었다.

교룡당 수뇌부를 박살 낸 적포천존은 그 길로 장강어은의 거처로 향했다. 이왕 몸을 일으켜 나왔으니 장강어은도 잡아다 족치기로 했다. 그러나 이미 그곳엔 사람 대신 새로 이사 온 거미들만 열심히 집을 짓고 있었다.

"이놈이 도망을!"

적포천존은 장강어은이 자신을 속인 것이 틀림없다고 생각하며 이를 부드득 갈았다. 도망가면 못 잡을 것 같으냐? 네놈이 뛰어야 벼룩보다 못하다. 그는 속으로 중얼거리다가 벽에 쓰여진 장강어은의 글을 보았다.

무공이 고수라고 낚시도 고수인 줄 아는가? 그대가 그곳에서 십 년을 버텨도 장강지주를 낚을 수는 없을 것이다!

"이노오옴!"

적포천존은 불같이 화를 내려 했다. 그러나 그는 곧 화를 삭이며 중얼거렸다.

"그러니까, 장강지주가 거기 있는 것은 사실이로군. 이놈은 내가 그걸 낚을 수 없다고 말한 거지 날 속인 것은 아니야."

적포천존은 납득했다는 표정으로 고개를 끄덕였다. 속은 게 아니면 상관없다. 욕 좀 먹으면 어떠하랴. 원래 내가 하는 일 중 칠 할은 욕먹을 짓이니 당연하지.

그는 장강어은에 대해 잊기로 했다. 오히려 스스로 켕기는 것이 있어 떠난 그의 행동에 혀를 끌끌 찼다.

"장강어은, 나 그렇게 속 좁은 놈 아니다. 대충 숨어 있다가 돌아오든가 그래라."

곧 그의 머릿속은 장강지주에 대한 생각으로 다시 가득 찼다.

"나 같은 천재를 일반 상식으로 판단하면 안 되지. 장강지주, 넌 내 거다."

적포천존은 장강어은의 말을 싹 무시했다. 그처럼 평범한 자가 어찌 천재의 영역을 상상이나 할 것인가!

이것은 바로 천재와 영물의 진검승부. 아무도 막을 수 없는 숙명의 대결이다.

적포천존은 상상 속에 사로잡혀 희희낙락하며 원래 있던 곳으로 향했다.

한편, 교룡당에서는 겨우 몸을 가누게 된 공사무가 열두 소두목들을 긴급 소집하여 대책회의를 열었다.

"어떻게 된 건지 알아냈나?"

공사무의 목소리에는 아직 힘이 없었다. 하기야 갈비뼈가 여섯 대나 금이 간 상황에서 큰 소리를 낼 수는 없으리라. 절대안정! 그것이 바로 공사무를 진찰한 의원의 처방이었다.

조사를 명받은 사람은 세 번째 소두목인 전팔이었다. 그는 즉시 자리에서 일어나 보고를 했다.

"수색대의 조사에 의하면, 적포천존이 취하구에서 낚시를 하고 있음이 밝혀졌습니다."

"그래서?"

은거해서 낚시를 한다. 여기까지는 전혀 문제가 없다. 그런데 왜 갑자기 교룡당에 와서 난리를 친 것인가? 이게 문제다. 공사무의 질문에 전팔은 조심스럽게 입을 열었다.

"확실한 것은 아니지만, 아무래도 적포천존의 낚싯대에 사람의 시체가 걸린 모양입니다. 적포천존을 뒤쫓던 수하가 그자가 시체를 강물에 버리는 것을 확인했다고 합니다."

이거야말로 목숨을 건 수색대의 쾌거라 할 수 있다. 그들은 적포천존의 뒤를 쫓아 그가 낚싯줄에 걸린 시체를 떼어내는 모습을 본 것이다. 그렇게 진실은 교룡당 당원들에게 밝혀졌다.

쾅!

"그자가 우리 교룡당을 어떻게 보고!"

부두목인 맹광이 극도로 화가 난 듯 주먹으로 의자의 팔걸이를 부수며 일어났다.

"당주님! 제게 이백 명만 붙여주십쇼. 아무리 그놈이 무림 중에 명성을 떨치는 적포천존이라고 해도 강가에서 이백 명의 형제들이 강노(强弩)를 들고 가서 포위 공격을 한다면 시체도 남기지 못하고 살 조각이 될 겁니다."

삼십의 나이에 교룡당의 이인자가 된 맹광은 성격이 급하고 화가 나면 물불 가리지 않기로 유명했다.

그의 몸에 있는 여섯 개의 큰 흉터는 모두 맹광을 죽음 가까이 몰고 갔을 정도로 중한 상처의 흔적이지만, 그는 살아남았다. 반대로 그런 상처를 남긴 자들은 모두 죽었다. 그중에는 맹광보다 훨씬 윗줄의 고수도 있었다.

맹광은 상대가 자기보다 강하다고 해서 기가 죽는 사람이 아니다. 그의 상식으로는 어떤 고수도 칼이나 화살을 맞으면 죽는다는 것이고, 이백 명이 일제히 강노로 사격을 하면 아무도 피할 수 없다는 것이다.

그러나 공사무는 한심하다는 눈으로 맹광을 보았다. 평소라면 믿음직스러운 수하에게 치하의 말을 건네며 바로 이백 명의 지휘권을 내렸을 테지만, 이번에는 달랐다.

"맹광아."

“네, 당주님.”

“적포천존한테는 강노도 안 통한다.”

“당주님, 인간이라면 강노에 맞고 멀쩡할 수는 없습니다. 외문기공이 절정에 달한 고수라도 암기는 몰라도 강노의 파괴력을 견딜 수는 없지 않습니까?”

맹광은 그럴 리가 없다는 듯 반박을 했다.

사실 그의 말처럼 강노는 암기와는 질적으로 다르다. 그 강력한 파괴력은 창으로 찌르는 것보다 몇 배나 강하다. 창칼이 통하지 않는 금종조나 철포삼 같은 외공의 대가라도 강노에는 당할 수밖에 없다.

호신강기와 같은 전설적인 무공도 마찬가지. 순간적으로 기공을 몸 밖으로 방출하여 몇 발의 화살은 튕겨낼 수 있을지 모른다. 하지만 수백 명이 일제 사격을 하는 데에는 예외가 없다. 한 발 한 발의 화살이 상대의 내력을 소모시켜 결국에는 기공을 흐트러뜨리게 되는 것이다.

강노의 파괴력은 고수의 내공으로도 감당할 수 없다!

바로 이점 때문에 교룡당에서는 비싼 돈을 들여 관에 뇌물까지 먹여가며 강노를 들여와 훈련을 한 것이 아닌가? 세상이 난세가 아니었다면, 군용 무기 중에서도 일급으로 취급되는 강노를 수적이 얻지는 못했으리라.

이러하니 맹광이 자신하는 것도 무리는 아니었다. 그러나 공사무는 적포천존을 알고 있는 사람이고, 옛날부터 지극히

비현실적인 상대의 무공에 대해 귀가 빠지도록 들어왔다.

"그자는 인간이 아니다."

"네?"

"사십 년 전, 처음 적포천존이 무림에 등장했을 때부터 그자의 성격은 저랬다. 그래서 곧 무림의 공적으로 선포되었지."

"아니! 공적으로 선포가 됐는데 어떻게 지금까지 멀쩡하게 살아 있을 수 있습니까?"

"아무도 못 이기니까. 죽일 수 있는 사람도 없고, 본인이 스스로 죽지도 않으니 지금까지 생생할 수밖에."

"……."

"그렇게 한 십 년쯤 지나니까 아무도 공적 애기를 안 하게 되더라. 결국 당시 무당파의 장문인이 자파의 제자들에게 선포를 하면서 정식으로 무림공적에서 벗어났다. 그 선언이 뭔지 아느냐?"

"삼십 년 전이면 제가 어머니 젖 먹고 있을 시절인데 어떻게 압니까."

"그래도 알아둬라. 무당파 장문인은 그때 적포천존을 사람이 아니라 자연재해라고 칭했다. 그러니 무당파의 제자는 적포천존과의 모든 인과관계를 잊고 앞으로도 그냥 그러려니 하고 무시하라고 말이다."

"어헉, 자연재해!"

맹광은 순간적으로 상상했다.

저 멀리서 적포천존이 달려온다. 그러면 누군가가 외친다.

"태풍이다! 아니, 적포천존이다!"

"뭐? 어서 빨래 걷고 집 안으로 들어가. 아니지. 아무튼 피해!"

이런 거다. 정말 이런 걸까?

맹광이 상상에 잠기자 공사무가 다정한 목소리로 그를 깨우듯 말했다.

"맹광아."

"예……."

퍼뜩 정신이 든 맹광. 이미 그의 몸에서 풍기는 분노는 씻은 듯 사라져 버렸다. 이에 공사무는 고개를 끄덕이며 말했다.

"강노로도 안 된다. 우리, 그냥 재수가 없었다고 생각하자."

"예."

맹광은 조용히 자리에 앉았다. 공사무의 친절한 설명에 담긴 마음이 가슴에 와 닿은 모양이다.

공사무는 한숨을 한 번 내쉬고는 다른 소두목들에게 말했다.

"앞으로 당분간 영업을 하다가 폐기물이 발생해도 물에 흘려보내지 말고 모두 수거해서 땅에 묻어라. 좀 귀찮아도 그게 최선인 것 같으니 철저하게 지켜야 한다."

"예옛!"

다른 소두목들도 공사무의 설명에 깊은 감명을 받았는지 두말없이 공사무의 결정에 따르기로 했다.

그 뒤로 교룡당의 수적들은 수적 행위를 하다가 사람을 죽여도 꼭 그 시체를 땅으로 옮겨서 묻어주게 되었다. 그리고 그들은 다른 이들에겐 이렇게 말했다.

"아무리 우리가 먹고살기 힘들어서 이렇게 수적질을 하지만 멀쩡한 사람을 물귀신으로 만들 수는 없잖아. 그래도 성불할 수 있도록 묻어는 줘야지."

나름대로 핑계는 좋았다. 어쨌든 그들은 더 이상 시체를 물에 흘려보내지 않았기에 공사무는 일이 해결되었다 생각하고 마음 편하게 부상 치료에 전념했다.

그러나 세상일은 항상 뜻대로 되지 않는 법.

첫 사건이 있은 이후 보름이 지났다. 그때까지도 적포천존은 입질 한 번 경험해 보지 못했다.

지금 적포천존은 속에서 타오르는 무엇인가를 집념 하나만으로 억누르고 있었다. 드넓은 강가의 풍경도 그의 가슴을 시원하게 해주지 못했다. 풍경을 볼 여유도 없다. 오직 그가 노려보는 것은 강 한가운데 떠 있는 낚시의 찌뿐이다.

'제발 움직여라! 제발!'

적포천존은 속으로 쉬지 않고 중얼거렸다. 그 순간, 지성이면 감천이라고 할까? 그가 원하는 모습 그대로 찌가 묵직하게 물속으로 쑤욱 내려갔다.

"왔다!"

혹시라도 먹이만 떼이고 놓치면 큰일이다. 적포천존은 생사대적에게 필살의 일초를 쓰는 기분으로 묵죽대간을 잡아챘다.

푸학! 하는 소리와 함께 수면을 헤치며 거대한 무엇인가가 낚싯줄에 딸려 올라왔다.

그것은……

시체였다.

"……."

적포천존은 잠시 아무 말 없이 그 시체를 보았다. 목에 칼구멍이 하나 뚫려 있는 걸 보니 누군가 죽여서 강에 흘려보낸 것이 틀림없다.

자세히 살피면 이건 수적의 행위가 아니란 것을 바로 알 수 있다. 작은 비수로 목에 구멍을 뚫는 것은 수적의 수법과는 거리가 멀다.

결론부터 말하자면, 이 시체는 강가에서 강도를 당한 사람일 것이다. 강도가 지나가는 행인을 뒤에서 찔러 죽이고 소지품을 빼앗은 후 시체를 강에 흘려보낸 것이다. 장강은 넓고, 영업을 하는 것이 교룡당만은 아니란 소리다.

그러나 적포천존은 그런 것을 자세히 볼 성격의 소유자가 아니었다. 지금 그에게 중요한 것은 보름 만에 걸린 것이 또 사람의 시체라는 사실뿐!

"크아아아아!"

분노가 극에 달한 외침이 목구멍을 지나 입을 통해 쏟아져 나왔다. 사람의 것이라고는 믿기 어려운 괴성이 적포천존에게서 발해졌다. 이미 전신이 살기로 둘둘 감겨 인간이 아닌 흉신악귀로 화한 적포천존이 달리기 시작했다.

그가 목표로 하는 곳은 보름 전과 마찬가지로 교룡당이었다.

파파파팍!

강가의 수풀을 헤치며 일직선으로 달리는 적포천존의 모습은 비수로 비단 천을 찢듯 거침이 없었다. 하지만 그걸 발견한 교룡당의 적포천존 전담 수색대원의 눈에는 결코 멋있어 보이지 않았다.

"이런, 제길!"

수색대원은 급히 신호탄을 날렸다. 그러자 뒤쪽에 대기하고 있던 다른 대원이 즉시 움직여 적포천존이 지내던 곳으로 달려갔다. 평소에는 근처에 접근할 엄두도 못 내지만 지금은 적포천존이 교룡당으로 뛰어간 상황이니 빈자리를 확인해야 했다.

수색대원이 발견한 것은 낚싯줄에 걸린 시체 한 구. 안색이 창백하게 변한 그는 떨리는 손으로 특급 전서구를 날렸다.

전서구는 사람이 달리는 것보다 빠르게 날았다. 그 결과 교룡당은 적포천존이 온다는 사실을 미리 알 수 있었다.

"뭐라고? 또 걸렸다고?"

공사무는 미치기 직전의 격앙된 목소리로 소리쳤다. 그러자 전서구를 받은 소두목이 설명을 했다.

"우리 게 아니랍니다. 강가에서 어떤 놈이 무허가로 영업을 한 모양입니다."

"그게 중요한 게 아니다. 적포천존이 그런 거 따져가며 사람을 잡는 줄 아냐? 크으으……."

무척이나 억울한 공사무였다. 하지만 감정에 사로잡혀 있을 수는 없었다. 지금 이 순간에도 적포천존이 살인의 의지를 굳히고 이쪽으로 달려오고 있기에.

소두목 중 총관 역할을 하는 전팔이 말했다.

"당주, 쾌속선을 준비시키겠습니다. 일단 몸을 피하신 후 나중에 생각하시지요. 아무리 적포천존이라고 해도 물 위를 걷지는 못할 것 아닙니까?"

"걷는다."

"예?"

"넌 태풍, 가뭄, 홍수가 물을 못 건넌다고 생각하냐? 그자는 물 위를 마음대로 뛰어다닌단 말이다."

유식한 말로 그걸 등평도수라 한다. 하지만 그건 무림 고수에게 쓰는 말이고, 자연재해에는 그런 표현을 쓰지 않는다.

"……."

할 말을 잃은 수하들에게 공사무는 한숨을 내쉬며 말했다.

"내가 남을 테니 너희들은 가라."

"당주님!"

"그래도 적포천존이란 자는 함부로 독수를 쓰지 않는다. 내가 남으면 너희들까지 일부러 쫓지는 않을 거다."

"형님!"

"같이 도망가다 걸리면 다 죽는다. 그러니까 니들만 가라. 맹광아, 앞으로는 네가 당주다. 성질 좀 죽이고, 적당히 무게를 잡아라."

소두목들은 공사무의 비장한 말에 저마다 눈물을 흘렸다. 청사판 공사무의 이런 의리가 바로 오늘의 교룡당을 수로연합의 총연합수채로 끌어올린 원동력이라 할 수 있다.

맹광이 이를 부드득 갈며 말했다.

"저도 남죠. 어차피 전 처자식도 없고 원래부터 천애고아 아닙니까. 다른 형제들은 어서 가쇼."

무거운 기운이 흘렀다. 다른 소두목들도 차마 발걸음을 옮길 수 없었는지 그대로 그 자리에 서 있었다.

공사무는 버럭 소리를 질렀다.

"어서 가라니까!"

그때, 입구 전망대에 있던 보초가 크게 외쳤다.

"옵니다!"

놀라서 밖으로 나가보니 과연 적포천존이 달려오고 있는

모습이 보였다. 붉은 옷 주변으로 퍼진 기운마저 핏빛으로 물들어 하늘에 노을이 낀 것처럼 보일 정도였다.

"늦었다……."

공사무는 허탈한 표정으로 중얼거렸다. 그러다가 이렇게 그냥 앉아서 죽을 수는 없다고 생각했는지 갑자기 전신의 내력을 모두 동원해서 크게 외쳤다.

"우리가 아니오!"

그러나 적포천존은 그들의 처절한 외침을 일절 무시했다. 목표 지점이 눈앞에 있자 그의 움직임이 배는 빨라졌다.

슈웅―

놀랍게도 그는 한 번 몸을 날리는 것으로 높이가 삼 장이나 되는 교룡당의 벽을 단숨에 뛰어넘었다. 그리고는 허공에 몸을 띄운 채 하늘을 날 듯 이동하면서 크게 장소성을 외쳤다.

"우우우우우우―"

불문의 사자후처럼 사람의 귀를 울리고 마음을 흔들리는 거센 외침에 수적들은 싸울 생각조차 잃고 모두 귀를 틀어막았다. 눈 깜짝할 사이에 적포천존은 공사무와 소두목들이 서 있는 곳에 도달했다.

맹광은 이를 악물고 앞으로 뛰었다. 그리고는 몸을 날림과 동시에 사지를 좌악 펴고 머리를 숙였다.

철푸덕.

그의 손과 발, 그리고 머리가 동시에 땅에 닿았다. 이것이야말로 완벽한 오체투지의 자세. 바로 적포천존이 내려선 일장 앞에 그는 몸으로 바닥을 깐 것이다. 만약 적포천존이 그대로 달려나온다면 맹광은 틀림없이 개구리처럼 밟혀 죽을 것이다.

맹광은 마지막이라는 심정으로 외쳤다.

"억울합니다!"

피를 토하는 듯한 외침이란 말이 있다. 맹광의 목소리가 바로 그랬다. 그 처절한 절규에 적포천존은 이성을 되찾았다. 맹광을 짓밟으려는 아슬아슬한 그 순간, 발에서 약간 힘을 뺐다.

퍽!

머리를 밟힌 맹광은 끄윽, 하는 소리를 내며 그대로 기절했다. 그러나 죽지는 않았다.

"뭐가 억울하냐?"

적포천존이 묻자 지금이 마지막 기회라 생각한 공사무가 얼른 대답했다.

"강가의 강도들이 한 짓이오! 우린 하나도 빠짐없이 수거했소!"

수거했다고? 적포천존은 순간적으로 생각했다.

'그렇다면 이놈들은 내 경고에 충실히 따랐다는 소린데?

남들이 아무리 적포천존을 미친놈이라고 평해도 그는 나름대로의 확고부동한 행동 철학을 가지고 있었다.

자신의 말을 무시하는 놈과 자신을 속이는 놈은 절대로 용서하지 않지만, 반대로 말 잘 듣는 놈은 웬만하면 건들지 않는다. 그래야 자신의 말에 무게가 생기기 때문이다.

교룡당의 수적들이 정말로 시체를 물에 흘리지 않고 모두 수거했다면, 그것은 자신의 요구를 잘 따랐다는 소리다. 그러니 이들을 때려죽이는 것은 어렵지 않으나 원칙에는 어긋난다. 하물며 지금은 사람을 죽여서는 안 되는 시기가 아니던가?

'잘됐군. 하지만 여기서 그냥 물러날 수도 없는데…….'

오해했다고 해서 그걸 바로 인정하고 돌아서면 모양새가 좋지 않다. 그렇다고 그냥 손을 쓰는 것은 더욱 좋지 않다. 어떻게 할까?

잠시 고민하던 적포천존은 곧 눈을 부라리며 공사무에게 말했다.

"이 장강이 누구 거냐? 너희 수로연합의 것이 아니냐? 그런데 장강에서 사람이 죽은 것을 너희 일이 아니라고 할 수 있느냐!"

"어헉!"

"말해라. 장강이 너희 거냐, 아니냐?"

공사무는 등에서 식은땀을 흘리며 망설였다. 적포천존의 눈에서 흘러나오는 살기가 너무나도 흉맹해 인간의 이성을 흐리게 할 정도다. 게다가 잘못을 인정하면 바로 때려죽이겠다는 의지가 거침없이 흘러나오는 듯했다.

그러나 공사무는 어디까지나 교룡당의 당주이자 수로연합 총채주의 직함을 가진 자다. 공사무는 두 다리를 벌벌 떨면서도 당당한 목소리로 대답했다.

"장강은 우리 거 맞소이다!"

"그런데 왜 딴소리야!"

적포천존의 몸이 슉— 하고 사라지더니 어느새 공사무 앞에 나타났다. 동시에 그의 오른쪽 발이 공사무의 가슴을 찼다.

퍽!

그러자 공사무의 몸이 바위에 튕긴 나뭇조각처럼 뒤로 날아가 벽에 박혔다. 보름 전 채인 곳을 정확하게 또 채이니 고통이 세 배는 더했다.

"끄으윽."

공사무는 두 다리에 힘을 잃고 서서히 앞으로 무너져 갔다. 의식을 잃어가는 그의 귓속으로 적포천존의 목소리가 악몽처럼 흘러들어 왔다.

"명심해라. 세 번은 없다. 똑바로 해!"

"세… 번은 없다."

공사무는 그 말을 되뇌이며 의식을 잃었다.

공사무가 다시 깨어난 것은 삼 일 후였다. 전치 삼 개월의 중상이라고 했다. 소두목들의 말로는 다행히도 적포천존이 그대로 돌아갔고, 맹광도 크게 다치지 않고 멀쩡하다는 것이다.

"그래, 다행이구나."

공사무는 고개를 저으며 중얼거렸다. 그리고 잠시 생각에 잠겨 있다가 소두목들에게 말했다.

"취하구로 흘러드는 지류에 배를 띄우고 그물을 치게. 단 한 구의 시체도 취하구로 흘러들어 가지 못하게 모두 막아야 하네."

"저, 당주님. 취하구는 장강의 지류가 모두 모인다고 할 정도로 수맥이 복잡한 곳입니다. 거기로 통하는 물길을 모두 지킨다는 것은……."

전팔의 말대로였다.

취하구의 또 다른 명칭은 바로 구룡탄이다. 장강의 주요 수맥은 모두 그곳을 지나가는 것이다. 괜히 장강지주가 사는 곳이 아니라, 정말로 요충지 중 요충지라고 할 수 있다.

그러나 공사무는 손을 들어 전팔의 말을 막았다.

"나도 안다. 그래도 해라. 아니면 전팔, 니가 당주 할래?"

"아닙니다. 즉시 시행하죠."

그나마 당주는 고수라 적포천존이 차도 죽지는 않았다. 만약 내가 저렇게 차이면? 그냥 즉사다. 전팔은 그렇게 생각하며 얼른 허리를 굽혀 공사무의 명을 받았다.

그날부터 교룡당의 모든 배는 밤낮을 가리지 않고 취하구로 들어가는 각 물길에서 시체를 수거하는 작업에 몰두했다.

그것은 정말로 쉬운 일이 아니었고, 그 때문에 교룡당은 일절 다른 영업을 할 수가 없게 되었다.

이렇게 되니 괴롭게 된 것은 바로 교룡당의 말단 수적들이다. 그들로 말하자면 하루 벌어 하루 먹고사는 일용직 노동자와 같은 신세인데, 난데없이 월급도 못 받는 강제 부역에 동원된 셈이다.

말단 수적들의 일부는 난민 출신으로, 그들은 처자식을 굶기지 않기 위해 강도짓을 하게 된 것이다. 하지만 이런 사정을 남이 알아줄 리도 없고, 강도짓을 하는 이상 어디 가서 하소연도 못한다.

공사무를 비롯해 소두목들도 죽을 맛이었다. 수입은 딱 끊기고, 체면도 말이 아닌 상황.

언제까지나 이렇게 시체 수거업을 해야 하는가? 적포천존이 십 년간 낚시를 하면 십 년간 이렇게 있어야 하는 것인가? 하루하루가 근심과 걱정의 나날이라 할 수 있었다.

그러던 어느 날, 맹광이 거느리고 있던 전투부대원 중 하나가 맹광을 통해 새로운 해결책을 제시했다.

"뭐라고? 무니포(霧泥浦)의 백룡아(白龍兒)란 놈이 이 일을 해결할 수 있다고 말했다고?"

"예, 은자 이십 냥만 주면 알아서 적포천존을 다른 곳으로 치울 수 있다고 호언장담을 했답니다."

"그 백룡아란 놈이 뭐 하는 놈인데? 무림 고수래?"

“아니죠. 에, 그러니까 무니포에서 가장 낚시를 잘하는 녀석이라고 합니다.”

“흐음, 낚시라…….”

“거기에 그 백룡아는 아직 어린 소동이라 아무리 적포천존이라고 해도 웬만하면 손을 쓰지는 않을 거라고 하더군요.”

“소동이라고?”

“열두 살이랍니다.”

“허어, 열두 살짜리 소동이 적포천존을 상대한다라…….”

공사무는 믿기 어려운 듯 고개를 흔들며 중얼거렸다. 그러나 머릿속 한구석에는 이건 잘하면 될지도 모른다는 생각이 들었다. 적포천존은 살수나 전투 집단 혹은 고수로 상대할 수 없는 존재. 그렇다고 해서 이치를 따질 수도 없으니 어쩌면 어린애가 상대하면 딱 좋지 않을까?

이때 맹광이 다시 말했다.

“그 백룡아란 놈은 저도 들은 바가 있는데 꽤 대단하다고 하더군요. 무니포 출신의 수하들은 모두 백룡아 말만 나오면 엄지손가락을 치켜들 정도니 한번 믿어볼 만할 것 같습니다.”

“흐음, 그렇단 말이지?”

“어차피 이대로 가면 우리 교룡당은 망하는 거 아닙니까? 한 번 일을 시켜보고, 안 되면 깨끗하게 당을 해체하는 게 나을 것 같습니다.”

“좋아. 그놈에게 해보라고 해라. 성공하면 우리 교룡당의 영원한 친구로 대접해 주겠다. 하지만 만약 일이 잘못되면 무사하지는 못할 거라고도 전해!”

“뭐, 그 백룡아란 놈도 그 정도 각오는 되어 있을 겁니다.”

은자 이십 냥은 적은 돈이 아니다. 하지만 교룡당을 놓고 보면 푼돈에도 끼지 못한다. 정말로 은자 이십 냥으로 적포천존을 치울 수 있다면 이거야말로 대박횡재라 할 수 있으리라.

공사무의 승낙이 떨어지자 맹광은 즉시 돌아가 부하에게 은자 이십 냥을 건넸다.

그렇게 적포천존을 상대하는 것은 무니포의 백룡아 강진에게 넘어갔다.

第二章

백룡지자(白龍之子)

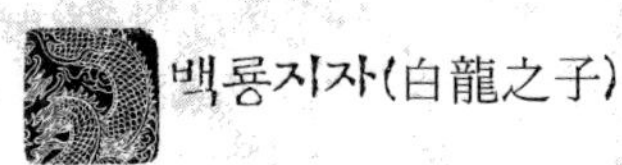

백룡지자(白龍之子)

　　무니포는 원래 존재하지 않았던 마을이다. 그러다가 근래에 계속된 천재지변에 의해 발생한 난민들이 모여들면서 자연스럽게 생겨났다.

　　무니포란 지역 자체도 홍수와 가뭄이 번갈아 생기면서 원래 장강의 강바닥이었던 곳이 드러난 땅이다. 아마 십 년쯤 지나 원래대로 물길이 돌아오면 다시 강물에 뒤덮여 사라질지도 모른다.

　　그런 만큼 무니포에 사는 사람들도 이곳을 임시거처 정도로밖에 여기지 않는다. 하지만 백룡아 강진은 이곳 무니포에 고향 같은 정을 느끼고 있었다. 왜냐하면 강진이 철이 들기 전부터 그의 부친은 강진과 함께 중원을 떠돌아다녔고, 잠시도 한곳에 머물지 않았기 때문이다. 그러다가 부친이 쓰러지면서 이곳에 정착하게 되었다.

백룡아 강진이 무니포에서 살기 시작한 것은 여섯 살부터이다. 그러니까 올해로 만 육 년이 채 안 된 셈이지만, 그는 무니포에서 없어서는 안 될 사람이 되었다.

여섯 살 때, 강진은 처음으로 낚시를 했다. 부친이 의식을 잃고 쓰러진 상황에서 그가 먹을 음식을 구할 수 있는 방법은 많지 않았다.

그날 처음 부친의 짐 속에서 낚싯대를 꺼내 그동안 봐왔던 대로 물에 낚싯대를 드리웠다. 부친의 흉내를 낸 것인데, 어린 그는 아무것도 몰랐기에 낚싯바늘에 미끼도 끼지 않고 그냥 아무렇게나 물에 던졌다.

삼 일을 꼬박 그렇게 버티니 우연히도 눈먼 물고기 한 마리가 걸렸다. 거의 굶어죽기 직전에 천우신조가 있었던 것이다. 그 작은 물고기를 끓여 만든 죽을 부친의 입에 흘려 넣고 남은 국물을 먹음으로써 그는 겨우 살아남을 수 있었다.

아직도 그때의 첫 수확물의 손맛을, 그리고 그 죽 맛을 잊지 못한다. 죽을 때까지 잊지 못하리라.

어쨌든, 지난 육 년간 장강의 물고기들이 강진을 먹여 살렸다. 그리고 강진의 물고기 죽으로 끼니를 때운 것은 그 혼자만이 아니다.

낚시로 생활을 하기 시작한 지 얼마 후의 일이다. 몇 마리의 물고기를 낚아 죽을 만들고 있을 때, 강진은 조금 떨어진 곳에서 한 여자 아이가 물끄러미 자신을 보고 있는 것을 발견했다.

누런 피부에 깡마른 몸이 며칠은 족히 굶은 모습이었다. 그러나 그 여아의 눈은 묘하게 맑았다. 또한 그날의 수확은 평소보다 많았다. 눈빛 때문인지, 죽이 남아서인지는 잘 기억이 안 나지만 강진은 여아에게 물고기 죽 한 그릇을 퍼주었다.

그리고 다음날, 그 여아가 다시 왔다. 이번에는 정체를 알 수 없는 풀들을 손에 한 움큼 쥐고 있었다.

"그거 먹을 수 있는 거니?"

강진의 물음에 여아는 고개를 끄덕였다.

"그럼 네가 이거 끓여. 난 낚시를 계속할게."

입이 하나 늘었으니 물고기가 더 필요하다. 강진의 제안에 여아는 기쁜 표정을 지으며 말없이 다가와 죽을 끓였다.

놀랍게도 여아가 캐온 풀들을 넣고 끓인 죽은 정말 맛있었다. 강진의 머릿속에서 평생 남을 두 번째 죽 맛이 그때의 그 맛이다.

설옥이라는 이름의 여아는 강진과 같은 여섯 살이었다. 그때부터 그녀는 매일같이 풀을 뜯어다가 시간이 되면 물고기 죽을 끓였다. 신기하게도 설옥은 사람이 먹을 수 있는 풀을 귀신같이 찾아냈다. 한 번도 독성이 있는 풀을 잘못 뜯은 적이 없다.

풀이 들어가니 물고기 죽의 양이 많아졌다. 그리고 강진의 낚시 솜씨도 점점 좋아졌다. 이렇게 빈민촌에 먹을 것이 생기니 사람이 모였는데, 주로 아이들이었다.

장대근이란 아이는 다섯 살이었는데, 그때 이미 덩치가 열 살짜리보다 더 컸다. 장대근은 강진을 형이라 부르며 매일같이 나뭇가지를 주워왔다. 그걸로 불을 피워 죽을 끓이는 데 썼다.

요즘 장대근은 자기 키만 한 도끼를 들고 나무를 한다. 열한 살인 아이의 몸이 성인만큼 크다. 힘도 마찬가지. 커다란 나무를 도끼로 퍽퍽 패서 넘어뜨리는, 천생 역사란 표현은 그를 위한 것이다.

하지만 그는 머리가 둔하고, 덩치에 어울리게 밥을 많이 먹는다. 하루 종일 나무를 해서 판 돈으로 곡식을 사도 그 혼자 먹을 양도 못 되었다.

장대근이 세상에서 가장 존경하는 사람은 바로 강진과 설옥이다. 아무리 먹어도 구박하지 않고, 때로는 더 먹으라고 손수 밥그릇에 죽까지 더 떠준다. 강진이 낚은 물고기에 설옥의 풀, 그리고 장대근이 나무를 팔아서 한 곡식이 들어간 것이 바로 근래의 물고기 죽이다. 고로 장대근은 먹을 권리가 있다.

문철이란 아이도 물고기 죽을 먹으러 온다. 그는 이런 환경에서도 학문에 일로매진하는 소년 학사로, 집안 얘기는 잘 하지 않지만 과거에 부모님도 학사였다고 한다.

그는 자존심이 강하여 강진의 밥을 얻어먹을 때마다 그냥 가지 않고 나뭇가지에 차용증을 써준다. 한 번에 동전 닷푼. 강진은 그걸 하나도 버리지 않고 모아두었다. 육 년 동안 그가 써준 나뭇조각 차용증이 강진의 집 뒤쪽에 쌓여 있는데, 그 양이 집을 하나 지어도 될 정도다.

그 이외에도 무니포에 사는 아이들은 하나도 빠짐없이 강진의 물고기 죽을 먹으며 자랐다. 심지어는 어른들도 아이들이 집으로 퍼온 죽을 나눠 먹을 정도였으니, 무니포는 강진이 먹여 살린다고 해도 과언이 아닐 것이다.

그 때문인지는 몰라도 강진의 낚시 실력은 하루가 다르게 발전하여 이제는 출신입화의 경지에 도달해 있었다.

다른 아이들도 강진을 돕기 위해 낚싯대를 들고 물고기를 잡으려 했지만 이곳은 원래 물고기가 많지 않은 지역이다. 하루 종일 낚아도 한 마리가 걸릴까 말까 하다. 그런데 신기하게도 강진만 매일같이 엄청난 수확을 내는 것이다.

그래서 마을 사람들은 강진을 백룡아라 불렀다. 백룡아는 백룡의 자식이란 뜻으로, 백룡은 장강을 다스리는 용왕을 말한다. 용왕의 아들이 낚시를 하니 물고기들이 알아서 걸려준다는 의미인 것이다.

그러던 중 적포천존 사태가 터졌다. 교룡당의 수적들이 일제히 배를 띄우고 강에 그물을 쳐서 사람의 시체가 떠내려가지 않도록 막았다.

무니포에서 살던 사람들 중에는 수적이 된 자도 있는데, 그 중 몇 사람이 술을 마시며 한탄을 했다. 우연히 일의 자초지 종을 알게 된 강진은 하루를 꼬박 고민하다가 이 일에 관여하 기로 결심했다. 그는 돈이 필요했다.

"정말 괜찮겠냐?"

강진의 부탁을 받은 청년이 은자를 건네며 걱정스런 표정 으로 물었다. 이 일은 단순하게 생각할 것이 아니다. 까딱 잘 못하면 죽어도 그냥 죽는 것이 아니라 온몸이 박살나서 죽을 수도 있는 문제였다.

"괜찮습니다."

강진은 차분한 목소리로 대답했다. 그의 어조는 묘하게 사 람의 마음을 가라앉히며 알 수 없는 신뢰감을 주었다. 청년은 고개를 끄덕였다.

"하기야, 백룡아가 하는 일인데 어렵하겠냐. 아무튼 잘해 봐라."

그는 시간이 없다는 듯 인사를 하고 바로 돌아갔다. 아직 말단이기 때문에 시체 수거 작업의 최전선에서 계속 일을 해 야 하는 모양이었다.

강진은 청년을 배웅한 후 손에 들린 은자를 보았다.

이십 냥, 정말 큰돈이다. 사람을 하나 살 수 있을 정도로.

강진이 돈을 들고 찾아간 곳은 바로 설옥의 집이었다. 설옥의 모친이 몸져누웠는데, 의원은 약을 지으려면 은자 다섯 냥을 가져오라고 말했다.

당연히 치료비는 없다. 하지만 그렇다고 해서 그냥 죽게 내버려 둘 수도 없는 노릇이었다. 돈이 없는 집에서 돈을 만드는 가장 쉬운 방법은 바로 자식을 파는 것이다. 그래서 설옥은 팔려갈 운명에 처했다.

기녀원에서 사람이 와 설옥을 보고는 눈살을 찌푸리며 말했다.

"병약하구먼. 이렇게 마르고 피부도 누렇게 떠서야 어디 쓰겠어?"

그 말처럼 설옥은 정말 병약했다. 항상 추위를 느끼는지 몸을 떨었고, 잘 달리지도 못했다. 그래도 매일같이 끼니를 거르지 않았으니 망정이지, 만약 강진의 물고기 죽이 아니었다면 벌써 죽었을 것이다. 그래도 기녀원에서 온 사람은 설옥을 살 마음이 있는지 손가락 다섯 개를 펴며 말했다.

"사정이 딱하다고 하니 내 닷 냥을 주지."

그것으로 설옥은 기녀원에 팔렸다. 하지만 시장터에서 반찬거리 팔리듯 당장 돈과 사람이 교환된 것은 아니다. 모친이 울면서 설옥의 생일이 보름 뒤라 마지막으로 생일까지만 같이 있게 해 달라고 사정하자 부친은 차마 거절하지 못하고 보름 뒤에 팔겠다고 했다. 그러자 기녀원에서 온 사람이 코를 쿵, 하고 풀며 그럼 돈도 그때 주겠다고 말하고 돌아가 버렸다.

　강진은 그 사실을 알고 설옥을 만났다. 설옥은 아무 말도 하지 않고 가만히 서 있다가 결국 참고 참았던 한 줄기 눈물을 흘렸다.

　"여기 은자 이십 냥이 있습니다. 이걸로 아주머니의 약을 지으시고 몸을 보양하십시오."

　강진은 다른 설명 없이 품속에서 꺼낸 은자를 설옥의 부친에게 내밀었다. 설옥의 부친은 잠시 그 돈을 보다가 손을 뻗어 얼른 품속에 넣었다.

　강진은 꾸벅 인사를 하고는 바로 몸을 돌렸다. 이것으로 앞으로도 설옥이 끓여주는 물고기 죽을 먹을 수 있으리라. 그는 그 맛은 은자로 살 수 없는 것이라 생각하며 집으로 돌아왔다.

　다음날 아침, 설옥이 찾아왔다. 그리고는 강진에게 말했다.

　"아버지가 오늘부터 너네 집에서 살래."

　열두 살 아이라고 해도 그게 무엇을 의미하는지는 안다. 둘은 부끄러움에 잠시 동안 그대로 서 있었다.

　어쨌든 간에 일은 해야 하기에 강진은 물고기를 담는 망태기를 등에 짊어지고는 말했다.

　"오늘부터 난 조금 먼 곳에서 낚시를 해야 해. 다녀올게."

　"응."

　설옥은 어린 배우자를 마을 어귀까지 배웅했다. 그리고 자신도 직접 만든 어설픈 바구니를 챙겨 들고 오늘 먹을 풀을 뜯으러 나갔다.

강진은 마음을 굳게 먹고 적포천존이 있는 장소로 향했다. 한 손에는 낚싯대를, 그리고 등에는 커다란 대나무 망태기와 몇 가지 물건이 든 봇짐을 짊어지고 있었다.

*　　　*　　　*

적포천존은 오늘도 밤새 허탕을 쳤다. 환하게 밝아오는 하늘을 보며 그의 눈을 부딪칠 데 없는 분노로 불타올랐다.

"으으, 차라리 시체라도 걸려라."

걸리기만 하면 이번에야말로 화끈하게 속을 풀리라. 어쨌거나 지금은 가슴속에 타오르는 불꽃을 어떻게든 하고 싶다. 그것이 그의 솔직한 바람이었다.

하지만 그의 바람과는 달리 오늘도 변함없는 하루가 시작되고 있었다. 다른 사람은 눈을 씻고 봐도 찾을 수 없다. 그저 보이는 거라곤 묵죽으로 만든 낚싯대와 천잠사 줄, 그리고 물결을 따라 살살 움직이는 찌뿐이다.

저 멀리서 한 마리 물새가 날아올랐다. 차라리 물새를 잡는 것이었다면 쉬웠을 것이다.

"그냥 물속으로 뛰어 들어가서 육장으로 잡을까?"

적포천존은 정말로 심각하게 고민하기 시작했다.

그런데 그때, 저 멀리서 누군가가 걸어오는 것이 보였다. 자세히 보니 낚싯대를 등에 걸친 소동이었다. 소동, 즉 아이다. 저런 아이에게 화풀이를 할 수는 없다.

적포천존은 칫, 하고 혀를 차고는 다시 찌를 보았다.

"아무거나 걸려라. 시체든 물고기든."

그는 이를 갈며 그렇게 중얼거렸다.

강진은 적포천존이 보일락 말락 한 곳에 멈춰 섰다. 그리고는 일단 주변의 산세와 강의 흐름을 살폈다.

"의외로 괜찮네."

생각보다 이 근처는 낚시를 하기에 좋은 곳이 많았다.

지금 적포천존이 낚싯대를 드리우고 있는 곳은 장강지주의 영역. 그런 만큼 그 근처는 잡어가 접근하지 못한다. 왕이 사는 곳에 평민이 들어갈 수는 없는 법이니까.

하지만 이곳은 장강의 물길이 모두 모이는, 그야말로 최고의 지역이라 할 수 있다. 장강지주의 영역 주변만 해도 물고기들이 살기에 최적이라 할 만한 곳이 많았다. 그리고 그런 지점은 장강지주에게 밀려난 다른 대어들로 우글거렸다.

강진은 주변을 척 한 번 훑어보는 것만으로 단번에 알 수 있었다. 이미 그는 물속을 훤히 들여다보는 것과 같은 경지에 이른 것이다. 그가 서 있는 곳도 무니포에서는 찾아보기 힘든 명당자리라 할 만했다.

"이런 곳을 놔두고 저기에 낚싯대를 드리우다니……."

강진은 적포천존을 보고 고개를 절레절레 저었다. 장강지주 말고는 거의 다른 물고기가 살지 않는 지점에서 낚시를 한다는 것은 정말 무의미한 일이라 할 수 있다. 더욱이 적포천존의 몸에서 일어나는 기운이 강 위를 덮을 정도인데 장강지주가 미쳤다고 걸릴까.

아마 장강지주는 적포천존이 아무런 일을 안 하더라도 그의 기운에 반응하여 근처에는 얼씬도 안 할 것이다. 물고기들의 감각은 생각보다 훨씬 예민한 것이다.

"저분이 이곳에서 낚시를 시작한 지 한 달이 훨씬 넘었다고 했지?"

그 생각을 하자 자신도 모르게 웃음이 나왔다. 그러다가 얼른 표정을 굳히고 생각했다.

'아무리 거리가 있어 저 어르신께서 날 보지 못한다고 해도 내가 저분을 비웃어선 안 된다.'

강진은 아직 어린 나이지만 사람을 상대할 때 결코 무시하거나 비웃은 적이 없다. 하물며 상대는 무림에서도 손가락에 꼽히는 고수라 하지 않았던가? 낚시를 못한다고 해서 비웃는 것은 어불성설이다. 오히려 존경을 받아 마땅하다.

스스로에게 주의를 주며 강진은 천천히 낚싯대를 챙겨서 자리를 잡았다.

이곳까지 오는 데 거의 두 시진이 걸렸다. 돌아가는 데에는 더 많은 시간이 들 것이다. 그 시간적 낭비는 수확의 감소로 직결되고, 그러면 아이들에게 돌아갈 배당량이 준다. 그걸 조금이라도 만회하려면 지금부터라도 촌각을 아껴서 물고기를 잡아야 했다.

강진은 경건한 마음으로 낚싯바늘에 먹이를 걸고는 원하는 장소에 정확하게 던져 넣었다. 물고기들은 강진이 낚싯대를 드리우자마자 아우성치듯 달려들어 먹이를 삼켰다. 그는 곧 첫 수확을 거둘 수 있었다.

월척이다.

적포천존은 그동안 이곳에서 낚시를 하면서 사람을 본 적이 거의 없었다. 가끔씩 교룡당 소속으로 보이는 놈이 얼쩡거리다가 사라지는, 그것도 거의 보일락 말락 한 산등성이 끝에서만 왔다 갔다 할 뿐이었다. 그런데 오늘 소동이 나타났으니 신경이 쓰일 수밖에.

소동 쪽에서도 적포천존을 발견한 듯 걸음을 멈추고 이쪽을 보았다. 이곳은 보통 사람이 살지 않는 곳이니 혹시 강도인가 하고 살피는 것 같았다. 그러고 보니 이상하다. 여기에 왜 소동이 나타났지? 분명히 주변에는 인가가 없을 텐데 말이다.

적포천존은 이상함을 느끼고 다시 소동을 보았다. 그 순간 적포천존은 분명히 보았다. 소동이 적포천존을 보다가 피식, 하고 웃다가 고개를 절레절레 저는 모습을.

"저 녀석이!"

하마터면 발작을 할 뻔한 적포천존은 겨우 참았다. 아무리 그래도 소동에게 화를 낼 수는 없다. 기분이 나빠진 적포천존은 다시 낚시에 몰두하려 했다. 그런데 저편의 소동이 물줄기 한쪽에 낚싯대를 드리우는 모습이 보였다.

"흥, 어린놈이 무슨 낚시를… 어!"

말이 끝나기도 전에 소동이 낚싯대를 들어 올리는 것이다. 그 끝에는 한 자가 넘는 크기의 물고기가 걸려 있었다. 그야말로 낚시를 시작하자마자 월척을 낚은 것이다. 소동은 능숙한 솜씨로 걸린 물고기를 떼어 망태에 넣었다.

"허참, 그놈 참 재수가 좋구… 어!"

다시 말이 끝나기 전에 낚싯대가 들어 올려졌다. 그야말로 담그자마자 꺼낸다는 표현이 딱 맞았다.

적포천존은 할 말을 잃었다. 그저 입만 벌리고 구경할 뿐이다.

"어!"

"어!!"

"어!!!"

소동의 낚싯대가 들어 올려질 때마다 자신도 모르게 단말마의 탄성을 발했다. 기가 막혔다. 어떻게 저럴 수가 있는가! 마치 물속의 물고기들이 일렬로 서서 소동이 낚싯줄을 드리우기만을 기다리는 것 같았다. 그것도 하나같이 듬직한 놈들로만.

자칭 천재인 초보 낚시꾼 적포천존의 상식으로도 이건 말이 안 된다. 저게 정상이라면 세상의 모든 낚시꾼들은 혀를 깨물고 죽어야 할 것이다.

그러던 중, 이제는 약간 기세가 죽었는지 잠시 동안 소동의 낚싯대가 움직임을 멈췄다. 그러다가 반 각쯤 후에 겨우 낚은 것은 전에 낚인 것들에 비해 조금 작은 크기의 물고기였다. 그러니까 한 자가 안 되고 반 자 정도 되는 놈이었다.

소동은 그놈을 낚싯바늘에서 빼내면서 말했다.

"아직 어린놈이구나. 엄마 젖 좀 더 먹고 와라."

그리고는 그대로 물에 던져 방생을 해버렸다.

"커흐!"

귀도 좋아 그 말을 고스란히 들은 적포천존은 다시 한 번 감탄인지 비명인지 모를 신음성을 냈다. 마치 자기가 잡은 고기를 놓친 기분이 들었다. 왠지 모르게 억울했다.

"나는 한 달이 훨씬 넘게 피라미 한 마리도 못 잡았는데……."

어떻게 저럴 수가 있을까? 혹시 정말로 물속에 누군가가 숨어서 낚싯줄을 던질 때마다 바로바로 꿰어 올리나?

오만가지 상상이 머릿속에 스쳐 갔다. 그러나 명확한 해답은 떠오르지 않고, 그저 억울하다는 묘한 기분만 점점 강해졌다.

그렇게 두 사람은 알게 모르게 서로에게 신경을 쓰면서 시간을 보냈다. 그렇게 한 시진이 지났다. 이미 강진이 들고 온 거대한 망태기는 잡은 고기로 가득 차 있었다.

강진은 이제 때가 되었음을 알았다. 바로, 밥 먹을 때.

그는 곧 주변의 나뭇가지를 모아 불을 지폈다. 그리고 미리 가져온 토기 그릇에 물을 담아 불 위에 걸어놓은 뒤, 잡은 물고기 중 살이 통통한 놈 두 마리를 꺼내 능숙하게 손질을 해 토기 그릇에 넣었다.

곧 물이 끓기 시작하니 고기가 익는 냄새가 은은하게 퍼졌다. 아무런 양념도 하지 않았지만 물고기의 살 냄새에 단 맛이 배어 나는 것으로 보아 최고로 맛있는 놈이 틀림없다.

강진은 다시 봇짐 속에서 설옥이 싸준 풀들을 꺼내 토기 그릇에 넣었다. 그리고는 몇 가지 곡물과 양념을 넣고 술술 젓기 시작했다. 설옥에게서 배운 물고기 죽이 강진의 손에 의해 만들어졌다. 설옥이 직접 끓인 것만은 못해도 강진 또한 죽이라면 일가견이 있는 몸이다. 곧 향긋한 냄새가 주변에 퍼졌다.

고수는 모든 감각이 예민하다. 당연히 냄새도 잘 맡는다. 구수한 물고기 죽의 냄새가 적포천존이 있는 곳까지 풍겨왔다. 수십 일 동안 간단한 건량과 육포만 먹으며 지내온 적포천존의 코에는 그 냄새가 참을 수 없는 유혹으로 다가왔다.

꿀꺽.

절로 침 넘어갔다. 적포천존은 고수라 먹지 않고 버틸 수 있지만, 반대로 혀의 감각 또한 한층 예민해져 음식의 맛도 잘 안다. 냄새로 보건대 저 물고기 죽이 얼마나 명품인지 충분히 알 수 있었다.

"제기랄."

적포천존은 갑자기 자신의 신세가 매우 처량하다는 생각을 했다. 어린애가 끓이는 물고기 죽에 입맛이나 다시고 있으니 처량하다 못해 비참하기까지 했다.

그때 강진이 작은 그릇을 꺼내 물고기 죽을 펐다. 그리고는 뚜껑을 닫아 적포천존에게 다가왔다.

"저, 어르신. 혹시 출출하시면 이것 좀 드셔 보시지요."

강진은 정중하게 물고기 죽을 권했다. 그러면서 살짝 뚜껑을 열어 내밀었다. 그러자 하얀 연기가 모락모락 피어오르며 주변에 진한 음식 향을 퍼뜨렸다.

승부다! 이것이 바로 강진이 적포천존을 상대로 날린 첫 번째 공격이었다.

세상에서 가장 무서운 음식 바치기 신공. 고수든 하수든 상관없다. 심지어는 남녀노소도 가리지 않는다. 상대가 배고프면 더욱 효과가 빼어나다.

강진은 필승의 신념과 정성으로 끓인 물고기 죽을 적포천존에게 바쳤다.

꿀꺽.

적포천존은 다시 한 번 침을 삼켰다. 내공을 이용해 참을 수도 있었지만 그럴 여유가 없었다. 그는 곧 억지로 근엄한 표정을 지으며 물고기 죽을 받았다.

"흠흠, 예의를 아는 아해로군. 어디 한번 맛이나 볼까?"

더 이상의 추태를 보이지 않기 위해 최대한 천천히 숟가락으로 죽을 떠서 입에 넣었다. 그러자 과연 상상했던 대로 향기와 함께 오묘할 정도의 죽 맛이 입 안에 가득 찼다.

'명인의 솜씨다!'

강진의 물고기 죽은 낙양에서도 유명한 동하원의 버섯 죽에 비견될 만한 것이었다. 적포천존의 숟가락 움직이는 속도가 점점 빨라졌다.

강진은 적포천존이 죽을 먹는 동안 조용히 서서 기다렸다. 그러나 속으로는 회심의 미소를 지었다.

'역시 설옥의 죽은 무림 고수한테도 통하는 맛이구나. 다행이다.'

역시 목숨을 걸고 끓인 죽에는 사람을 감동시킬 만한 풍미가 있었다.

'어쨌든, 이제 어르신께서 죽을 먹은 이상 나를 해하진 않으리라.'

강진은 확신했다. 그가 들은 바에 의하면, 적포천존이 비록 제멋대로 세상을 산다고는 해도 의외로 사리가 분명하여 자신에게 이로운 자는 해하지 않는다 했다.

무엇보다 맛있는 음식을 얻어먹으면 인상을 구기고 화를 내기 어려운 법이다. 적어도 강진의 짧은 인생 경험으로는 그랬다.

적포천존이 죽을 다 먹자 강진은 그릇을 받아 들며 말했다.

"더 드시겠습니까?"

아이답지 않은 말투다. 적포천존은 헛기침을 몇 번 하고는 대답했다.

"어험, 그래. 한 그릇 정도 더 먹어보자꾸나."

"예."

강진은 그릇을 들고 뛰었다. 그리고는 잽싸게 죽을 퍼서 다시 뛰어왔다. 시간이 지나 죽이 식으면 아무래도 맛이 떨어지니 서둘러야 했다.

그날 적포천존은 물고기 죽을 여섯 그릇이나 먹었다. 강진은 남은 걸 박박 긁어서 반 그릇 정도만 먹었다. 적포천존의 위통 크기를 잘못 계산했던 것이다.

'다음에는 좀 더 큰 놈으로 해야겠구나.'

그날 강진은 속으로 그렇게 결심했다.

저녁이 되자 강진은 물고기로 가득 찬 망태기를 짊어지고는 적포천존에게 인사를 했다.

"저는 이만 돌아가겠습니다. 그럼 어르신, 밤새 많이 재미 보십시오."

"……."

적포천존은 대답을 못했다. 그저 마지못해 손 한 번 들어주었다. 밤새 재미를 보라니? 그는 낮 동안 단 한 번도 입질을 하지 못했다. 분명 밤에도 못할 것이다.

그래도 오늘은 배부르게 죽을 먹고 월척을 낚는 구경은 실컷 했다. 그게 즐거운 일인지, 아니면 반대로 화가 나는 일인지 적포천존 스스로도 잘 알 수 없었다.

다음날과 그 다음날도 강진은 적포천존의 근처에 자리를 잡고 앉아 낚시를 했다. 그리고는 식사 때가 되면 정성들여 물고기 죽을 끓여 바쳤다.

아침에 나가 인사를 하고, 끼니때에는 죽을 바치고, 돌아올 때 다시 인사를 한다. 이 단순한 작업이 적포천존의 마음을 여는 데 도움이 될 것이라고 그는 확신했다.

그리고 나흘째 되는 날, 강진은 집에 돌아와 동네 형 중 한 명인 소학을 찾았다. 소학은 강진보다 두 살 위인 열네 살이었는데, 그 역시 강진에게 죽을 얻어먹는 사람 중 하나였다.

"형, 그거 한 단지만 꺼내 써야겠는데요."

소학은 두 눈을 휘둥그레 뜨고는 얼른 강진과 함께 밖으로 나갔다.

"이봐, 강 형제. 그걸 그렇게 함부로 꺼내 쓰면 우리가 처음 계획한 게 다 헛 거라고. 잊은 건 아니겠지?"

"누가 다 꺼내자고 했나요. 한 단지만 쓰자는 거지요."

"한 단지가 두 단지 되고, 두 단지를 꺼내는 순간 바닥나는 건 순식간이야. 강 형제도 잘 알잖아.”

소학은 큰일 날 소리라는 듯 얼굴을 굳히고 엄중하게 항의했다. 그의 표정은 정말로 목숨을 건 큰일에 대해 논하는 사람과 비슷했다. 그도 그럴 것이, 강진과 소학이 남들 모르게 담근 비황주 열 단지에는 그들의 미래가 담겨 있다.

원래 소학의 집은 유명한 양조장이었다고 한다. 항주에 있는 특급 기녀원에도 팔리는 술이 있었다고 큰소리 치곤 했다.

그러나 지금은 소학네 마을 자체가 세상에서 사라져 버렸다. 왜구에 의해 약탈을 당해온 집안 식구가 모두 희생당하고, 소학만 살아남아 아저씨와 둘이서 유랑을 하다가 이곳까지 오게 되었다. 그나마 지금은 아저씨도 돌아가셔서 고아인 셈이다.

천성이 활발한 소학은 강진의 집에서 물고기 죽을 얻어먹다가 가끔씩 흥이 나면 그때의 화려 했던 일들을 자랑하곤 했다. 강진은 그의 자랑을 두말없이 들어주었다.

그러던 중 장대근이 정식으로 나무를 하여 판 돈을 들고 오자 강진은 그걸로 곡식을 샀다. 그러나 돈을 모두 곡식으로 바꾼 것이 아니라, 일부는 꼭 떼어 따로 감춰두었다.

삼 년 전, 그나마 남창 지역의 농사가 잘되어 어느 정도 곡식이 풍성했던 때가 있었다. 곡식 자체도 상당히 기름이 져서 맛도 좋았다. 그때 강진은 모은 돈을 탈탈 털어 아무도 몰래 최상급 곡식을 샀다.

그리고는 소학에게 그것을 보이며 말했다.

"이걸로 술을 담그죠. 형이 전에 말한 비황주(緋凰酒) 말입니다. 다른 재료인 약초는 설옥이 캐온 걸 말려둔 게 있습니다."

비황주는 소학네 집안에서 비전으로 전해오는 최고급 분주였다. 그 술의 특징은 곡주이면서 약초를 섞은 약초주이기도 하다는 것, 그리고 술을 숙성시킬 때 단지째 물속에 넣어 수중 숙성을 시킨다는 점에 있었다.

항주의 기녀원에서도 한 단지에 은자 삼십 냥에 사들인다고 하는 특급주! 강진은 소학에게서 그 술에 대한 이야기를 듣고는 일 년이 넘게 마음속에 담아두고 준비를 한 것이다.

그때 강진은 소학에게 말했다.

"이걸 그냥 물고기 죽에 넣으면 앞으로 일 년은 배부르게 먹을 수 있죠. 하지만 그걸로 끝 아닙니까? 하지만 비황주를 담궈 성공하면, 나중에 이걸 항주로 가져가서 파는 겁니다. 그러면 장사밑천이 되니까요."

강진의 생각은 바로 그랬다. 어느 정도 나이가 든 후에도 이렇게 살 수는 없다. 물고기 죽만으로 평생을 살 수는 없는 일. 다른 아이들도 마찬가지다. 성장을 하면 그 뒤에는 스스로 책임을 져야 하는데, 지금 같아서는 수적이 되거나 남의 집 종살이를 하는 길 말고는 굶주림을 면할 방법이 없는 것이다.

하지만 지금 비황주를 담가 그걸 팔아 장사 밑천을 삼는다면 어떨까? 소학과 함께 이곳에 있는 애들을 끌고 항주로 가서 장사를 하면 먹고살 수 있는 길이 열릴 것이다.

소학은 강진의 설명을 눈을 빛내며 들었다. 그는 역시 상가의 자손. 항주에는 먼 친척도 몇 명 살고 있다고 돌아가신 아저씨에게 들었다.

만약 밑천이 생기고 몸 바쳐 일을 할 수 있는 인력까지 있다면 충분히 항주에 자리를 잡을 수 있으리라 생각했다.

그때 강진의 나이가 아홉 살, 소학의 나이는 열한 살 때였다. 그러나 둘 다 미래를 생각하는 조숙함이 있었다.

결국 소학은 강진과 의형제를 맺고, 비밀리에 비황주를 담갔다. 다른 사람에게는 절대 비밀로 한 둘만의 미래였다. 그런데 강진이 그걸 꺼내자고 하니 소학은 미래가 무너지는 것 같은 심정이었다.

"무슨 일이 있는지는 몰라도 그건 우리 미래잖아, 안 그래? 앞으로 사 년간은 그냥 잊어버리고 놔두자고."

소학은 애원하는 어투로 강진에게 말했다. 그러나 강진은 그게 아니라는 듯 다시 설명했다.

"그건 저도 알아요. 하지만 정말로 우리가 예상한 대로 훌륭하게 익어가는지 확인은 해봐야 할 것 아닙니까. 오 년 뒤에 뜯었는데 별로 맛이 없으면 그때야말로 정말 큰일이지요."

"뭐? 강 형제, 지금 우리 집안의 비법을 무시하는 거야?"

"형, 비법이 문제가 아니라 담근 사람이 문젠 거지요. 솔직히 형이나 나나 둘 다 술을 처음 담가보는 거였는데, 결과가 궁금하지 않아요?"

"으음, 하기야. 그렇게 말하자면 나도 장담은 못하지."

"그러니까 일단 한 단지만 꺼내 맛을 봅시다. 지금이 삼 년째니 술맛이 결정되는 시기잖아요. 먹어보고 괜찮으면 믿음을 가지고 사 년간 기다리지요."

"그래도 일단 술을 꺼내면 다른 사람들이 눈치를 챌 거야. 그러면 결국 남은 통들도 위험해. 그리고 우리는 술 맛을 모르잖아."

술이 있다고 하면 어떻게든 남아나지 않기가 쉽다. 아직 그들은 어리고, 어른들 중에는 술이라면 눈을 뒤집고 달려드는 사람이 많았다. 더욱 큰 문제는 강진도 소학도 술을 마셔본 적이 없다는 것이다. 어렸을 때 집안이 거덜 난 소학은 유랑을 하면서 아저씨에게 집안의 비법만을 들었을 뿐, 술을 접할 기회가 없었다.

강진도 그 점은 알고 있다는 듯 고개를 끄덕였다.

"저도 그 점 때문에 망설였었는데요. 이번에 술맛을 감정받아 볼 만한 사람이 생겼거든요. 뭐, 술을 대접해야 하기도 하고요. 그러니 겸사겸사 시험을 해보는 게 나을 것 같아요."

"으음, 비밀이 새지 않을까?"

"안 새게 할게요."

백룡아의 말에는 신용이 있었다. 마침내 소학은 고개를 끄덕이며 대답했다.

"내가 오늘 밤에 한 단지 건져서 가져올게."

"우리 집으로는 들고 오지 말고요. 새벽에 마을 밖에서 만나요."

"그게 좋겠군."

둘은 그렇게 비밀회의를 끝내고 헤어졌다.

다음날 새벽, 강진은 여느 때와 같이 적포천존에게로 향했다. 하지만 어제까지와는 달리 그에게는 또 하나의 무기가 있었으니, 바로 삼 년 묵은 비황주 한 단지가 그의 등에 메여 있었다.

"왔냐?"

확실히 삼 일 동안이나 죽을 해 바친 보람이 있다. 강진이 와서 인사를 하자 적포천존은 고개를 돌리고 인사를 받았다. 밤새 이곳에서 낚싯대만 쳐다보다가 강진이 왔으니 내심 반갑기도 한 것이다.

강진은 인사를 하며 적포천존의 눈치를 보았다.

'밤까지 기다릴까? 아무래도 술을 마시려면 밤이 낫겠지.'

아침부터 술을 마시면 분위기상 별로 좋지 않을 것 같았기에 일단 자기 자리로 돌아가려 했다.

그런데 강진이 몸을 돌리자 적포천존이 그의 등에 메여져 있는 술단지를 보았다.

"그 단지는 뭐냐?"

"아, 이건 술입니다."

"뭐? 술!"

"예, 집에서 담근 약초주인데 어르신께서 요즘 계속 밤을 새우시는 것 같아 밤에 드시라고……."

"밤까지 갈 필요 있나. 이리 가져와 봐라."

알고 보니 적포천존은 술이 고팠던 모양이다. 어른들은 누구나 주기적으로 술을 마셔야 한다고 소학이 항상 말했는데, 적포천존 같은 고수도 예외는 아니었다.

강진이 술단지를 내려놓자 적포천존은 한 손으로 그걸 들어 올려서 단숨에 밀봉된 뚜껑을 땄다. 그리고는 코를 벌름거리면서 술의 향기를 확인했다.

"오호, 이건 비황주가 아니냐? 아직 덜 익기는 했지만 틀림없이 항주 사계향의 비황주렸다!"

"비황주를 아십니까?"

뜻밖에도 적포천존이 단숨에 술 이름까지 맞춰 강진은 약간 놀라 물었다.

"크크크, 사계향이란 곳이 이 술 때문에 유명해졌는데 내가 모를 리 있나? 그 당시 소문을 듣고 낙양에서 항주까지 단숨에 뛰어갔었다. 때는 유월이라 강남의 날씨가 더워 비황주 맛이 두 배나 더 좋더구나. 내 크게 흥취가 일어서 열흘 동안 사계향에 있는 비황주를 통쾌하게 모두 비워 버렸었지.”

마음에 드는 술이 앞에 놓이자 적포천존은 기분이 좋아졌는지 과거의 즐거웠던 한때를 떠올리며 말했다. 강진은 적포천존이 그야말로 골수 술꾼이라는 것을 알 수 있었다.

어쨌거나 잘되었다. 비황주의 술 맛을 아는 사람이라면 확실하게 감정을 받을 수 있으리라.

“그런 일이 있었군요. 사실은 저희 동네에 사는 한 형이 옛날에 항주로 술을 대던 양조장 주인이었다고 해서 그 형이랑 둘이 담근 겁니다.”

“오호, 역시 그랬었군. 어디 보자. 캬아! 좋구나. 이 비황주는 여름에는 시원하고 겨울에는 따뜻하니 술중에서도 백미라 할 수 있지. 비교적 잘 담갔구나.”

“그런가요? 다행이군요. 술을 담근 경험이 없어서 맛이 어떨지 몰라 걱정했었습니다. 어르신께 잘못 대접했다가 꾸지람만 들으면 어떡하나 하고요.”

“허어, 술은 다 보배와 같은 것인데 조금 맛있고 맛없고가 무슨 상관이 있나? 아무튼 이건 아주 좋다.”

적포천존은 평소의 그답지 않게 연신 칭찬을 하면서 열심히 술을 마셨다. 새벽이슬의 차가움도 그의 몸을 식힐 수는 없지만 그래도 이슬이 부슬부슬 내리니 기분이 안 좋았었다. 그런데 술이 오니 세상에 살맛이 났다.

술단지가 절반 정도 비자 적포천존은 살짝 취한 눈으로 강진을 보았다. 어린놈이 기특하게도 집에서 담근 술까지 가져오니 호감이 안 갈 수가 없다. 게다가 강진이 근처에 오면서부터 혼자 낚시를 할 때에는 없었던 즐거움이 시시때때로 생겼다.

'가만, 그러고 보니 이 녀석이 왜 이 근처에서 낚시를 하게 된 거지?'

문득 그 생각이 다시 떠올랐다.

처음 강진을 봤을 때 소동이 이런 인적 없는 곳까지 왜 왔을까 생각하다가 남의 일이라 여기고 신경을 끊었었다. 그런데 다시 생각하니 이상했다.

강진이 오고 가는 것을 보면 그가 살고 있는 곳이 여기서 상당히 떨어져 있다는 것을 미루어 짐작할 수 있다. 그런데 어른도 아닌 아직 어린아이가 그런 먼 길을 매일같이 오가다니? 사연이 있지 않고서야 그럴 수는 없다.

궁금한 건 절대로 못 참는 적포천존은 생각이 나자마자 바로 강진에게 물었다.

"그런데 넌 왜 매일같이 여기까지 와서 낚시를 하는 거냐?"

강진은 적포천존이 들고 있는 술잔에 다시 비황주를 채우면서 태연하게 대답했다.

"그거야 뭐, 어르신께서 편히 낚시를 할 수 있도록 시중을 들기 위해서지요."

"잉? 그게 뭔 소리냐?"

"그러니까 어르신께서 이곳 장강에서 낚시를 하시니 교룡 당 아저씨들이 마땅히 예의를 차려야 할 것 아닙니까?"

"커컥, 교룡당이 시켜서 온 거라고?"

"예. 그냥 부탁받아 온 건 아니고, 은자 이십 냥을 받았죠. 제가 급히 돈이 필요했는데 어르신께서 이곳에 오신 덕분에 해결이 된 거거든요. 정말 감사합니다."

강진은 아주 솔직담백하게 설명을 했다. 그러면서 고맙다 고 인사까지 하니 적포천존으로서는 기가 막혔다.

강진은 다시 적포천존의 잔에 술을 따르며 말했다.

"사실 이 술은 소학 형하고 제가 나중에 성인이 되면 따려 고 했던 건데, 어르신 덕분에 급한 일을 해결하게 되어서 감 사한 마음에 가져온 겁니다."

"크흠, 그래? 그렇구나."

일단 아이가 도움을 받았다니 기분이 나쁘지는 않았다. 오 히려 자신이 두 번이나 행패를 부린 교룡당이 이렇게 신경을 써주니 약간 미안한 마음도 들었다.

"혹시 어르신께서 귀찮으시면 안 오도록 하겠습니다. 아니 면 다른 사람을 보낼까요?"

"커흠, 아니다. 그냥 네가 와라."

"그럼 그렇게 하지요. 그런데 어르신."

"응? 뭐냐?"

“제가 한 가지 약간 무례한 질문을 해도 괜찮을까요?”

“무례한 질문? 뭐냐?”

“혹시 어르신께서는 지금까지 한 마리도 낚지 못하신 거 아닌가요?”

“크윽!”

분위기가 무르익자 강진은 적포천존의 아픈 곳을 사정없이 찔렀다. 술기운에 적당히 풀어진 적포천존의 얼굴이 순간적으로 구겨졌다. 강진은 그 모습에 역시나 하는 표정을 지으며 고개를 끄덕였다.

“역시 그렇군요. 확실히 지금 이곳에서는 아무도 물고기를 낚을 수 없을 겁니다.”

“그건 또 무슨 소리냐?”

강진의 말에는 적포천존이 못나서 그런 게 아니라 누구라도 못 낚는다는 뜻이 들어 있었다. 적포천존은 부끄러움에 화를 내려다가 그 말에 크게 호기심이 일었다.

강진은 정중하게 대답했다.

“이 부근에는 장강지주 이외의 물고기는 전혀 살지 않습니다. 여기서 낚시를 한다는 것은 오직 장강지주를 노린다는 것을 의미하죠.”

“그렇다.”

“그런데 장강지주는 사람의 기운을 민감하게 느끼거든요. 어르신께서 한 번 살기를 퍼뜨리시면 장강지주는 어르신의 기운을 기억하게 되는 겁니다. 그러면 어르신께서 주변에 나타나기만 해도 장강지주는 절대로 근처에 오지 않죠."

"허어, 그게 정말이냐?"

"예, 꼭 장강지주만 그런 것이 아니라 오래 묵은 대어들은 대부분 그런 감각이 뛰어납니다. 그래서 대어를 낚으려면 살기를 느끼게 하면 안 되거든요. 그런데 물고기는 살기를 감춰도 귀신같이 알아냅니다. 그러니까 사냥꾼이 짐승을 쫓을 때에는 바람을 맞받아 냄새와 살기를 숨긴다고 하잖아요. 사실 알고 보면 물고기들은 감각이 훨씬 예민해서 아예 살기 자체를 잊어야만 잡을 수 있습니다."

"으음……."

강진의 설명에 적포천존은 쉽게 반박을 하지 못했다. 오히려 강진의 말이 틀림없는 사실이라는 것을 알 수 있었다. 원래 그가 살기를 제어하기 위해 고민하다가 은퇴를 결심하고, 또 낚시를 하게 된 이유가 바로 그것이었다. 그때 이름 모를 낚시꾼 하나가 강진과 거의 비슷한 말을 했던 것이다.

살기를 잊어야 대어를 낚을 수 있다!

그런데 막상 장강지주란 목표를 세우니 자신도 모르게 기세를 일으켜 버렸다. 살기를 잊는다는 대목은 까맣게 잊은 채.

"그럼 난 이제 장강지주를 낚을 수 없단 말이냐?"

적포천존은 심각한 표정으로 강진에게 물었다. 마치 낚시의 대가를 대하듯 매우 진지했다.

강진은 대답했다.

"아닙니다. 아무리 장강지주라고 해도 사람의 기운을 영원히 기억할 리는 없습니다. 어르신께서 일정 기간 동안 이곳을 떠났다가 나중에 살기를 완전히 잊은 후에 다시 오시면, 그때에는 충분히 낚을 수 있을 겁니다."

"흐음, 먼저 살기를 잊은 후에 와야 비로소 낚을 수 있다?"

"바로 그거죠."

강진은 손뼉을 짝! 하고 치며 말했다. 그러면서 속으로 회심의 미소를 지었다.

'성공이다. 다행히 어르신을 설득할 수 있었구나! 어르신, 죄송합니다. 사실 살기를 기억한다는 건 허풍입니다. 그럴지도 모르지만 아닐지도 모르지요.'

진실을 설명하자면 살기를 잊어야 한다는 것까지는 맞지만, 장강지주가 살기를 기억한다는 것만큼은 거짓이라 할 수 있다. 지금이라도 적포천존이 살기를 잊을 수만 있다면 장강지주에게 도전할 수 있는 것이다.

하지만 그래서는 적포천존을 이곳에서 움직이게 할 수 없다. 그래서 강진은 지금까지 적포천존에게 단 한 마디의 거짓말도 하지 않고 정성으로 그를 대했다. 그럼으로써 마지막 한마디의 거짓말이 그를 움직일 수 있게 되었다.

적포천존은 이런 점을 꿈에도 생각하지 못했다. 오히려 그는 강진에게 물었다.

"그럼 이제 내가 어떻게 하면 좋을 것 같으냐?"

이 말이 떨어지기만을 기다렸다!

강진은 자리에서 일어나 말했다.

"일단 저를 따라 오시지요."

별 다른 설명을 할 필요는 없다. 강진은 그저 앞장서서 걷기 시작했다. 이미 강진에게 완벽하게 낚인 적포천존은 아무런 불평도 없이 그의 낚싯대인 묵죽대간을 챙겨 강진을 따라갔다.

강진의 나이 십이 세, 그는 이미 천하 삼대고수 중 한 명을 낚았다.

❖읽거나 말거나❖

파닥파닥, 월척이오~ 너는 천하를 낚는 어부가 될 거다.

적포깽판 할배는 성격 설정이 깡패예요. 반면에 쥔공 강진은 너구리죠. 애늙은이 너구리. 잔머리는 쓰되 조금 무게 있는 주인공을 다루고 싶었어요.

第三章　상념전해(想念轉海)

赤布
龍王

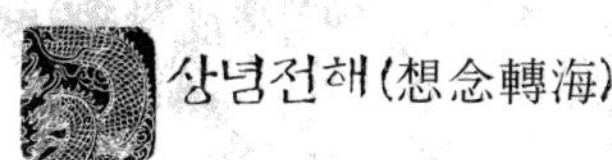

"안 팔겠다고?"

기녀원에서 온 자는 설옥의 아버지가 고개를 젓자 당황한 표정을 감추지 못했다.

"팔고 안 팔고를 떠나, 이미 시집을 보내 버렸소이다."

"시집을……."

열두 살 난 딸을 시집보냈다면 어딘가에 첩으로 팔았다는 뜻이다. 어쩌면 늙은 노인의 회춘용 동녀일지도 모른다. 어쨌거나 기녀원에 보내는 것보다는 나을지도.

사실 설옥처럼 피부도 노랗고 병약한 아이는 기녀원에 가서도 그렇게 돈이 될 재목은 아니다. 그래서 당사자도 이런

애는 사면 그만 못 사도 그만이라는 식이었다.

하지만 막상 다른 곳으로 갔다는 소리를 듣자 사내는 뭔가 사연이 있는 듯 몸을 떨었다.

"대체 어디로……."

"그건 말해줄 이유가 없지 않소? 그럼."

설옥의 부친은 상대가 이상한 반응을 보이자 불길한 예감이 들어 더 이상 말을 하지 않고 몸을 돌렸다. 그러자 기녀원에서 온 자는 무엇인가 급한 일이 생긴 듯 후다닥 뛰어서 떠났다.

＊　　　＊　　　＊

강진은 적포천존을 데리고 강의 지류 중 한 줄기를 따라 내려갔다. 그리하여 어느 정도 강폭이 좁으면서도 흐름이 바뀌는 곳의 안쪽에 섰다.

"이곳이 좋군요. 일단 여기에서 한번 해보세요."

"잉, 무슨 소리냐? 난 장강지주 이외에는 일절 관심이 없다!"

"그럼 장강지주가 어르신의 기운을 잊을 때까지 그냥 마을에서 쉬시려고요?"

"커흠, 그건……."

강진은 웃으면서 적포천존에게 말했다.

"그리고 장강지주는 낚아도 잡아먹거나 하지는 않을 거 아닌가요? 그러니까 먹을 거는 따로 낚아야죠."

하긴 그렇다. 장강지주를 노리는 이유는 먹기 위함이 아니다. 그렇다면 마땅히 먹을 놈은 따로 낚아야 한다. 적포천존은 내심 강진의 말에 동의하면서도 자존심상 한 번 튕겨보았다.

"흥, 내가 먹을 거는 알아서 낚아라 이거냐?"

"그건 아닌데요. 어르신께서 심심하실까 봐 그러죠."

강진은 고개를 저으며 자신의 낚싯대를 들었다.

"그럼 그냥 구경하세요. 제가 낚을게요."

"어, 잠깐."

강진이 낚시를 하고, 적포천존은 옆에서 구경을 한다? 사실상 지금까지와 별다를 건 없다. 하지만 이곳에서는 장강지주를 노리고 있지도 않으니, 그야말로 대놓고 아무 일도 안 하는 것과 같지 않은가.

체면도 안 살고, 강진의 말대로 심심하기도 할 것이다. 적포천존은 킁, 하고 콧방귀를 한 번 뀌더니 자리에 앉았다.

"그냥 내가 할 테니 넌 요리 준비나 해라."

"그러죠. 어르신께서 물고기를 잡으시면 제가 배를 따고 요리를 할게요."

그러면서 강진은 정말로 한쪽 구석에다 토기 그릇을 나열해 놓고 나뭇가지를 모아 불을 피우기 시작했다.

이에 적포천존은 약간 켕기는 기분이 되어 생각했다.

'이거, 내가 못 낚으면 체면이 말이 아닌데? 거기에 굶기까지 해야 하잖아.'

지금까지는 강진이 낚은 물고기를 먹었다. 그런데 오늘 갑자기 강진은 아예 낚시를 않고 자기보고 물고기를 잡으라고 하니 불안하지 않을 수 없다. 사실 적포천존은 지금까지 단 한 마리도 물고기를 낚아본 적이 없다. 시체는 두 구 정도 낚았지만.

'아니야, 천재인 내가 못 낚을 리 없지. 장강지주는 몰라도 이런 곳에 사는 잡어쯤이야!'

적포천존은 억지로 용기를 냈다. 자신의 천재적인 재능이라면 잡어 따위는 포대로 퍼 담기도 힘들 정도로 낚을 수 있다고 믿었다.

그때, 묵죽대간의 찌가 쑤욱 하고 내려갔다.

"찻!"

적포천존은 크게 기합을 지르며 묵죽대간을 잡아챘다. 수면을 부수며 한 마리의 잉어가 낚싯줄에 딸려 올라왔다. 파닥파닥하는 꼬릿짓이 당했다는 감정을 온몸으로 표현하는 것 같았다.

"크하하하! 어떠냐!"

"우와! 꽤 큰 놈인데요!"

적포천존의 웃음소리에 강진은 얼른 귀를 막으며 감탄사

를 터뜨렸다. 웃음소리에 미약하게 섞인 내공이 강진을 어지럽게 했지만 지금은 그걸 따질 때가 아니었다.

원래 아부는 시간과 장소에 따라 적절하게 해야 하는데, 기회가 그리 많은 것이 아니다. 강진은 본능적으로 지금 이 순간이 아부할 때라는 것을 알았다.

그는 얼른 잉어를 들어서 미리 준비해 놓은 먹물을 발랐다. 그리고는 한지에 턱하니 놓아 탁본을 떴다.

그러면서 강진은 꼬리 부분을 약간 들었다가 고기를 떼어내면서 약간 옆으로 찍었다. 그 바람에 잉어의 길이가 약 두 치 정도 더 길게 찍혔다.

이것도 다 강진이 평소 낚시를 하면서 이걸로 어떻게 하면 조금이라도 더 이익을 창출할까 고민하면서 익힌 기술이다. 철이 들면서 그는 낚시가 가난한 사람이 먹을 것을 얻기 위해서만 하는 것이 아니라 부자들 중에서 취미로 하는 사람이 있다는 것을 알았다. 그리하여 방생이니 뭐니 하는, 강진으로서는 이해할 수 없는 관습이 있다는 것도 알게 되었다.

만약을 위해 익혀놓은 탁본 기술이 이렇게 빛을 발할 줄이야 강진도 미처 상상하지 못했다. 어쨌든 간에 한 자가 약간 안 되는 잉어는 강진의 손에서 훌륭하게 한 자가 약간 넘는 놈으로 바뀌었다. 이게 바로 고객을 위한 진정한 접대 낚시의 봉사 기술인 것이다.

"한 자가 넘는 놈이니 월척이라고 할 수 있죠. 첫 놈부터 월척이라니 대단하시네요, 어르신."

강진은 그렇게 말하며 한지를 펴서 적포천존에게 보여주었다. 방금 잡아 올려 팔딱거리는 놈을 바로 뜬 거라 모양도 거칠고 군데군데 물로 흐려지기는 했어도 과연 한 자가 약간 넘는 물고기의 탁본이 그 한지에 찍혀 있었다.

그게 조작된 것인지 아닌지는 적포천존에게 있어 중요하지 않았다. 일말의 불안감이 해소된 적포천존은 의기양양하게 말했다.

"거봐라. 이런 하찮은 것들은 내 낚싯바늘을 피해갈 수 없다!"

"어르신께는 하찮은 놈이지만 보통 어부들에게는 한 달에 한 마리 낚을까 말까 한 놈이죠. 어쨌든 일단 죽거리는 됐어요. 이건 기념으로 어르신께서 보관하시죠."

탁본을 내밀면서 강진은 살살 눈치 보는 표정으로 덧붙였다.

"내친 김에 몇 마리 더 낚으시는 게 어떨까요? 술도 조금 남았으니 제가 볶음 요리를 해드릴게요."

"커커커커, 그럴까?"

볶음 요리란다. 죽도 그렇게 맛있었는데 볶음은 또 어떨까?

더군다나 강진의 말대로 술을 마시는 데 죽은 좋은 안주가 못 된다. 개다리는 아니더라도 물고기 볶음 정도는 되어야 먹을 맛이 날 것이다.

적포천존은 두말없이 묵죽대간을 드리웠다. 아까 강진이 가르쳐 준, 그가 방금 잉어를 낚은 바로 그 지점에 정확하게 낚싯바늘이 들어갔다.

강진은 그 광경을 보고 눈빛을 빛냈다.

'역시 어르신은 무림 고수라 다르구나. 저렇게 정확하게 한곳에 낚싯대를 드리울 수 있다니.'

강진이 보기에 적포천존은 쓸데없이 자존심만 내세우지 않고 착실하게 낚시를 하면 누구보다도 빨리 실력이 늘 것 같았다.

"얼쑤! 또!"

곧 적포천존이 함성을 지르며 낚싯대를 챘다. 아까보다는 작아도 또 하나의 수확물이 바늘에 걸려 파닥거리고 있었다.

그렇게 한 마리, 한 마리 착실하게 낚아 올리니 반나절쯤 지났을 무렵에는 적포천존의 망태기가 꽉 차버렸다.

강진은 그걸 가지고 설옥이 가르쳐 준 방법으로 지지고 볶아 여덟 가지나 되는 요리를 만들어내었다. 대부분이 못 먹는 사람들이나 만드는 하급 요리였지만 그래도 맛은 있었다.

적포천존은 오늘 처음으로 진정한 낚시의 즐거움을 맛볼 수 있었다. 술까지 거나하게 마신 그는 연신 웃음을 터뜨리며 강진이 해주는 요리를 먹었다.

그렇게 또 하루가 지나 강진이 돌아갈 시간이 되었다.

"어르신, 그럼 전 이만 돌아가 보겠습니다."

적포천존은 짐짓 위엄있는 표정으로 말했다.

"넌 오늘 한 마리도 못 낚았지 않느냐? 내 거에서 조금 덜어가라."

"괜찮습니다. 남은 건 밤에 출출하실 때 어르신께서 마저 드셔야죠."

"껄껄껄, 무슨 소리냐. 밤에 먹을 건 밤에 또 낚으면 될 거 아니냐? 잔말 말고 가져가라."

"그럼 염치불구하고 조금 덜어 가겠습니다."

강진은 공손하게 대답하고는 적포천존의 망태기에서 물고기를 절반 정도 덜었다. 그리고는 봇짐에서 몇 가지 물건을 꺼내놓았다. 그러고 보니 토기 그릇을 거두지도 않았다. 불 역시 여전히 켜 놓았고, 땔감으로 쓸 나무들도 모아둔 상태였다.

"여기 감자랑 향초를 놓고 갈 테니, 생각나시면 저 솥에 물고기와 함께 넣고 익혀 드십시오. 요기 배를 따놓은 놈들은 구워 드시고요."

어느새 강진은 적포천존이 밤새 먹을 것들을 다 준비해 놓았다. 적포천존은 그런 강진이 기특한 듯 만족스러운 표정으로 고개를 끄덕였다.

강진은 몸을 돌려 자신이 원래 왔던 곳으로 돌아갔다. 그러

다가 먼발치에서 고개를 돌려 적포천존의 모습을 한 번 확인
했다. 그때 적포천존이 또 한 마리를 낚아 기쁨의 함성을 지
르고 있었다.

"밤새 많이 낚으십시오, 어르신."

강진은 웃으면서 중얼거리고는 몸을 돌렸다.

이곳처럼 강줄기가 좁아지며 굽이치는 곳은 물길이 빠르
다. 하지만 그 안쪽에는 오히려 고인 물처럼 흐름의 사각지대
가 생기는 데, 이곳이야말로 물고기들이 거친 물길을 피해 쉬
어가는 휴양처와 같은 곳이다. 이런 곳은 터줏대감이 없고,
항상 뜨내기 물고기들만 머문다.

거기에 강진은 이미 삼 일 전부터 매일 올 적, 갈 적 두 번
씩 살짝 익힌 각종 곡식 나부랭이를 그곳에 뿌렸다. 이렇게
곡식 찌꺼기를 뿌리면 물고기들이 미친 듯이 모여들게 된다.
전문용어로 떡밥이라고도 하는데, 이걸 삼 일이나 뿌렸으니
그야말로 물고기들에게 있어 이곳은 새롭게 탄생한 낙원지대
라 할 만했다.

그런 지점에 낚싯대를 드리웠으니 어떤 생초보라 할지라
도 수확이 좋을 수밖에. 생각대로 되어서 다행이라고 강진은
고개를 끄덕이며 걸었다.

"이제 어르신께서 낚시의 즐거움을 알았으니 다시 낚시의
즐거움을 잊고, 그 후에 낚는다는 것 자체도 잊으면 장강지주
와 한판 승부를 할 수 있겠구나."

교룡당과 한 약속은 적포천존을 그곳에서 옮기는 것이다. 그것은 오늘 달성했다. 하지만 그 때문에 새로운 일이 생겼다고 할 수 있는데, 그것은 바로 적포천존에게 장강지주를 낚게 하는 일이다. 비록 약속은 하지 않았어도 그에게 조언을 해서 자리를 옮기게 했으니 약속을 한 것이나 마찬가지이다.

강진은 그렇게 생각했다.

오늘 적포천존의 모습을 보니 생각했던 것보다 낚시에 소질이 없지 않다는 것을 알았다. 그렇다면 가능성은 충분하다. 단, 시간이 걸리겠지만…….

강진은 앞으로의 계획을 다시 한 번 검토하며 서둘러 걸었다. 오늘은 거의 공을 친 셈이기 때문에 돌아가서 밤새 낚시를 해야 했다. 그래야 아이들이 굶지 않을 것이기에.

*　　　*　　　*

교룡당이 강진과 적포천존의 일에 얼마나 큰 관심을 가지고 있었는지는 강진이 무니포에 돌아왔을 때 알 수 있었다.

강진에게 죽을 얻어먹고 지내는 아이 중 하나가 마을 입구에 있다가 강진을 보고 뛰어왔다.

"형, 교룡당 사람들이 왔어요. 무지하게 큰 사람이에요."

적포천존이 자리를 옮긴 지 아직 하루가 안 지났는데 벌써 교룡당에서 사람을 보낸 것이다. 강진은 잘되었다고 생각하며 아이와 함께 마을 안으로 들어갔다.

과연 강진의 집 쪽에는 대여섯 명의 사내들이 아이가 감탄할 만한 거한과 함께 서 있었다. 거한은 강진을 보자마자 오른손을 들어 올리며 다가왔다.

"여, 자네가 그 유명하다는 백룡아인가?"

"강진입니다."

"난 맹광이다. 앞으로 형이라 불러도 좋다. 이제 한 형제라 할 수 있으니까 말이야. 하하하."

맹광의 이름은 강진도 들어본 적이 있다. 천하의 교룡당 부당주가 아닌가? 적어도 이 근처에서 교룡당의 위세는 관부보다 위에 있다. 교룡당은 장강의 주인이고, 교룡당주는 장강의 왕이라 할 수 있다. 맹광은 부당주니까 재상이나 대장군 정도는 되는 셈이다.

그런데 그 위세 등등한 맹광이 갑자기 형제라 부르라고 하니 강진은 당황했다. 이건 예상치 못한 일이었다.

맹광은 그런 강진의 태도에서 아직 어린아이란 생각을 하며 그의 등을 탕탕 두드리며 웃었다.

"강 형제, 너무 긴장하지 말라고. 천하의 적포천존을 움직일 수 있는 사람이 몇 명이나 되겠는가? 강 형제는 이미 재간을 보였고, 우리 교룡당은 형제의 신세를 톡톡히 본 셈이지. 당주께서는 이미 승낙을 하셨네. 형제를 우리 교룡당에 정식으로 받아들이기로 말이야. 아, 물론 형제랑 같이 있는 어린 친구들과 같이 와도 되네. 어린 친구들은 형제가 보살피는 걸로 해주지. 그러니까 형제는 소당주가 되는 거야, 소당주! 하하하하."

열두 살에 교룡당 소당주!

이건 기나긴 장강 수적들의 얼룩으로 가득 찬 역사 중에도 없는 일일 것이다. 구경 나온 사람들은 눈을 휘둥그레 뜨고 강진과 맹광을 번갈아 보았다. 그들의 눈에는 부러움이 가득 차 있었다.

무니포와 같은 빈민촌 출신의 사내가 굶어죽지 않고 성장했을 때의 앞날은 대개 정해져 있다. 그중 한 갈래가 바로 수적이 되는 것인데, 보통은 별 볼일 없는 수채의 말단으로 들어가 죽을 고비를 몇 번은 넘겨야 그나마 대우를 받는다.

그 뒤에는 실전형 무공도 배우고, 한두 명 정도의 부하도 배당받으니 조금은 편하다. 하지만 그렇다고 해도 죽을 위험이 줄어드는 것은 아니다. 그런 조장직까지 살아서 갈 확률이 열에 하나도 안 된다. 수적도 만만한 직업은 아니다.

그런데 강진은 처음부터 소당주로 뽑는다고 한다. 조장보다 한 단계 위다. 지금 상황을 볼 때 강진보고 칼질을 하라고 하는 것은 아닐 테니, 말하자면 미래의 군사로 모셔가는 것이다. 군사란 바로 안전하고 쾌적하면서 이익과 실권은 높은 직책 중 하나가 아닌가?

어쩌면 아직 나이가 어리니 당주의 제자가 될지도 모른다.

그럴 경우 정식으로 무공을 배우고, 장래에는 당주의 직위에 오를지도 모른다. 아니, 마을 사람들이 생각하기에 만약 강진이 현 당주의 제자가 된다면 나중에는 꼭 당주가 될 것이다. 누가 뭐래도 천하의 백룡아 아닌가?

왕의 탄생이다! 그들은 지금 왕의 탄생 장면을 보고 있는 것이다. 이거야말로 무니포의 영광이라 할 수 있었다. 중원을 가로지르는 장강에 빈민촌이 한둘도 아닌데, 이곳에서 교룡당 당주 후보가 배출되니 개천에서 용이 나온 셈이다. 적어도 그들이 생각하는 바로는 그랬다.

그러나 정작 강진은 전혀 흥분하지 않았다. 그는 일단 맹광과 함께 집 안으로 들어갔다. 이렇게 집 앞에 서서 마을 사람이 지켜보는 가운데서 이야기를 할 수는 없었다. 그러면서 강진은 앞뒤를 따져 생각했다.

안으로 들어온 강진은 맹광에게 말했다.

"저, 부당주님. 한 가지 문제가 있는데요."

"뭔데? 부당주라 부르지 말고 그냥 맹 형님이라 불러."

맹광은 이미 강진이 동생이라도 된 양 친근한 어투를 쓰면서 뒤늦게 호칭을 고쳐 주었다. 강진은 알았다는 듯 고개를 끄덕이고는 다시 용건을 꺼냈다.

"맹 형님, 제가 요즘 적포천존 어르신의 시중을 들고 있지 않습니까?"

적포천존의 이름이 나오자 맹광은 웃음을 그치고 진지한

표정으로 강진을 보았다. 적포천존 관련 사항은 가장 무겁게 처리해야 하는 일. 맹광의 태도가 달라지자 강진 또한 더욱 진중한 태도로 말을 이었다.

"그런데 제가 지금 교룡당에 가입하면 적포천존 어르신께서 어떻게 생각할지 모르겠거든요."

"어, 정말……."

강진의 말에도 일리가 있다. 이건 함부로 처리할 일이 아니었다.

맹광은 즉시 말을 바꿨다.

"크흠, 그럼 일단 적포천존 어르신의 일이 정리된 후에 다시 말하지. 아무튼 우리 교룡당은 강 형제를 남이라고 생각하지 않는다는 것은 기억해 두라고."

"호의에 감사드립니다."

"딱딱하게 말하기는. 그런데 말이야."

맹광은 목소리를 살짝 낮추며 말했다.

"어르신이 다시 돌아오시지는 않겠지?"

"그게요……."

강진이 호탕한 대답 대신 뒷말을 흐리자 맹광의 안색이 변했다.

"뭐가 문젠데?"

강진은 답했다.

"솔직히 어르신께서는 취하구에 있는 장강지주를 낚는 걸

포기하지 않으실 것 같습니다. 지금은 제가 적당한 곳에서 차근차근 낚시를 즐기시도록 시중을 들고 있는 상황이지만, 언제까지 다른 곳에서 낚시를 하실지는 저도 모르죠.”

강진의 말에 맹광의 안색이 대번에 하얗게 변하여 비명에 가까운 소리가 튀어나왔다.

“어헉, 그럼 안 되지! 이봐, 강 형제. 난 형제만 믿고 있는데 그렇게 말하면 어떡하나?”

“문제는 시간인데요. 어르신께서 한 반년 정도만 제대로 낚시를 하시게 되면, 그 뒤에는 다시 취하구에 가서도 전혀 문제가 안 되거든요. 하지만 그전에 돌아가시면 문제가 생길 수 있습니다.”

“반년?”

“예. 그 정도 기간 동안 꾸준히 낚시를 하시면 그때에는 낚싯바늘에 시체가 안 걸리게 될 것 같거든요.”

“으음, 그런가?”

반년만 있으면 시체가 저절로 낚싯바늘을 피해가기라고 한다는 건가? 맹광은 강진이 말하는 의도를 전혀 이해할 수 없어 고개를 갸웃거렸다.

“그러니까 그게 말입니다.”

강진은 천천히, 그리고 자세하게 설명을 했다.

낚시가 어느 정도의 경지에 오르면 물고기가 바늘에 접근을 하기 전에 이미 그걸 느끼게 되는데, 그 정도가 되면 시체가 낚싯바늘에 걸리기 전에 뺄 수 있게 된다. 시체가 걸리는 것 자체가 아직 장강지주에게 도전할 자격이 없다는 피할 수 없는 증거인 것이다. 강진이 보기에 적포천존은 육 개월 정도 후에는 그런 경지에 오를 것 같았다.

하지만 만약 적포천존이 참지 못하고 그전에 미숙한 상태로 돌아간다면, 당연히 시체와 낚싯바늘이 만나는 일이 벌어질 수 있다.

"크하! 그런 경지가 있다고? 나도 여기 난민 출신이고, 평생 장강 물을 먹으며 살았는데 처음 듣는 소린걸?"

"맹 형님은 낚시로 먹고살지 않았으니 모르셔도 할 수 없지요."

"하기야, 난 물고기가 아니라 사람을 상대했지. 그럼 강 형제는 바로 적포천존 어르신을 반년 정도 다른 곳에서 낚시 교육을 시키겠다는 거군."

"제가 어찌 어르신을 가르칠 수 있겠습니까? 그냥 옆에서 시중을 드는 거죠."

"그거나 저거나, 그럼 강 형제가 계속 수고하라고."

맹광은 강진의 계획이 아주 마음에 드는 듯 다시 얼굴에 웃음을 지었다. 하지만 강진의 이야기의 본론은 지금부터였다.

"그런데 어르신께서 육 개월 동안 물고기 죽만 드시며 지내실 수는 없지 않을까요?"

"응?"

"그러니까 맹 형님도 아시다시피 제가 어르신께 대접해 드
릴 수 있는 음식이란 것이 몇 가지 안 되거든요. 저나 다른 아
이들이 먹는 것들이죠."

"어, 그건… 그렇지."

빈민촌 아이들이 먹는 음식을 적포천존이 같이 먹으며 반
년을 보낸다? 이건 아니다. 맹광은 강진이 무슨 말을 하고 싶
은 건지 비로소 알았다.

강진은 이때다 싶은 기분으로 말을 이었다.

"그래서 말인데요. 고기하고 술이 좀 필요할 거 같아요. 어
르신께서는 술도 좋아하시는 눈치 같더라고요. 음, 곡식도 좀
좋은 걸로 준비되면 좋구요."

"음음……."

강진의 말에 맹광은 연신 고개를 끄덕였다. 그리고는 호탕
하게 대답했다.

"염려 말라고! 천하의 교룡당에 술과 고기가 없겠나? 내 애
들 시켜서 내일 당장 재료를 보내주지. 아예 요리사도 하나
보내줄까?"

"사람이 많으면 번거로우니 그냥 재료만 보내주세요. 제가
알아서 요리를 하죠."

"그러자고."

"먹는 거만 대충 해결되면 제가 감히 장담할 수는 없지만,
아마 어르신께서 반년 이내에 취하구로 돌아가지 않으실 겁

니다."

"하하하, 내 강 형제만 믿지. 술과 고기는 얼마든지 보내줄 테니 일만 확실히 하라구."

강진의 믿음직한 대답을 들은 맹광은 만족한 표정을 지으며 돌아갔다. 애초에 맹광이 이렇게 서둘러 온 이유는 바로 적포천존이 혹시 돌아오지 않을까 하고 염려한 당주 공사무의 지시를 받아서이다. 이 정도면 확실한 대답을 들은 셈이니 돌아가서 보고하기도 편했다.

강진은 맹광이 돌아간 이후 조용히 설옥을 불렀다.

"설옥 누이, 혹시 고기 요리할 줄 알아? 저육 말이야."

"으응, 몰라. 난 태어나서 지금까지 고기는 한 번도 먹어보지 못해서……."

"내일 교룡당에서 사람이 오면 고기를 받아서 연구 좀 해 줘."

"그럴게. 어르신께서 드실 만한 요리를 만들면 되는 거지?"

"응. 하지만 교룡당에서 설마 고기를 어르신께서 딱 드실 만큼만 보낼 리는 없잖아. 그러니까 양을 불릴 수 있는 요리도 생각해 봐. 애들도 고기 좀 먹여야지."

"어머! 그럼 내일부터는 애들에게 저육 삶은 국물을 먹일 수 있겠다."

"응, 하지만 이번에는 설옥 누이가 좀 많이 먹도록 해. 요즘 갈수록 마르고 있잖아. 몸도 차고 말이야.”

“헤헤, 난 살이 안 찌는 체질인가 봐.”

“그런 게 어딨어? 일단 고기를 삶아서 애들은 국물을 주고, 고기는 설옥 누이가 먹어. 고기를 많이 먹으면 살이 좀 찔 거야.”

“응… 알았어.”

“그럼 난 낚시하러 나갈게. 오늘은 밤을 새워야겠어.”

적포천존이 나누어 준 물고기는 적지 않은 양이었다. 하지만 마을 아이들을 먹이기에는 한참 모자랐다. 밤에 한 번 죽을 끓일 정도의 양이라 아침에 끓일 물고기들은 지금부터 잡아야 했기에 오늘은 어쩔 수 없이 무리를 해야 하는 것이다.

강진은 낚싯대를 들고 마을 어귀에 있는 강가로 갔다. 그런데 강가에서 누군가가 강진을 기다리고 있었다.

“형.”

“대근이구나. 왜 여기 나와 있니? 조금 있으면 설옥이 죽을 끓일 테니까 그걸 먹어야지. 오늘은 양이 좀 적어서 늦으면 국물도 없을걸?”

장대근은 남들보다 열 배는 먹어야 버티는 체질이다. 보통 때 같으면 벌써 설옥이 끓이는 죽 가마 앞에서 대기하고 있을 터인데, 오늘은 어쩐 일인지 강진에게 온 것이다.

강진의 말에 장대근은 잠시 주저하다가 말했다.

“우리, 수적이 되는 거야?”

"응?"

"나, 난 수적은 싫어!"

장대근은 바닥에 털썩 주저앉으며 말했다. 몸은 크지만 아직 아이인 그는 강진에게 떼를 쓸 때 바닥에 주저앉는 버릇이 있었다.

강진은 그런 장대근을 보고 미소를 지었다. 천하장사의 그릇이라 수적계로 진출하면 출세가 보장되어 있는 장대근이다. 하지만 본인은 절대로 그럴 생각이 없었다. 죽어도 강도짓은 안 하겠다는 것이 바로 장대근의 결심인 것이다.

사실 사람들은 장대근의 부친을 강양대도라 했다. 강양대도는 바로 강도를 말하는데, 수적인지 산적인지 마적인지는 모르지만 모친의 말에 의하면 사람도 많이 죽인 흉악한 강도가 틀림없다고 했다.

그런데 이 부친이 상당히 능력이 있었던 모양이다. 한 강호의 흑도방파가 부친을 끌어들이기로 결정하고 사람을 보내었다.

문제는, 그때 그의 부친은 여자를 만나 은퇴를 결심하고 숨은 상태였다는 점이다. 산골에 조용히 숨어 살다가 생필품을 사러 마을로 내려갔는데, 우연히 그 흑도방파의 사람을 만나게 된 것이다.

원래 흑도방파에서 이런 부류의 수하를 거둘 때에는 모 아니면 도라고 할 수 있다. 즉, 승낙하지 않으면 바로 제거해 버리는 것. 이때 본인뿐만 아니라 가족까지 해를 입기가 십상이었다.

그래서 장대근의 부친은 결단을 내렸다. 그는 호쾌하게 가입을 승낙하고는 서둘러 집으로 돌아와 그의 부인과 하나뿐인 아들 장대근을 다른 곳으로 도망 보낸 것이다.

그날, 장대근의 부친이 헤어지면서 마지막으로 한 말을 장대근은 생생히 기억하고 있다.

"대근이는 힘이 세나 머리가 둔하니 무공을 익혀도 남에게 이용만 당할 뿐이오. 그러니 무공을 가르치지 마시오. 또 이후에는 나를 찾을 생각도 하지 말고, 그냥 평범한 삶을 살도록 가르치시오."

이 말은 장대근이 아니라 그의 모친에게 한 말이다. 모친은 그 말에 충실히 따라 장대근에게 부친의 성함도 가르쳐 주지 않았다. 심지어는 장대근의 성인 '장' 도 모친의 성인 것이다.

그의 부친은 그렇게 그들을 떠나 흑도방파에 들었다.

두 모자는 난민 무리들과 섞여 강호를 떠돌다가 일 년 만에 떼강도를 만나 그 와중에 모친이 죽고, 다섯 살짜리 장대근만 이곳 무니포에 들어오게 되었다.

현재 열한 살이 된 장대근은 이미 훌륭하게 한 사람의 일꾼만큼의 일을 하게 되었지만 머리는 여전히 둔했다. 하지만 그에게는 한 번 결심한 일은 절대로 바꾸지 않겠다는 고집이 있었고, 지금까지 결심한 것은 딱 세 개다.

하나는 강도나 도둑이 되지 않겠다는 것. 자식에게 성도 이름도 알려주지 못하고 떠돌게 하는 부친과 같은 신세가 되기도 싫고, 모친이 죽은 것도 강도를 만나서이다. 그런 만큼 강도나 수적, 산적 같은 존재는 장대근에게 있어 원수나 다름없었다.

둘째는 무공을 익히겠다는 것이다. 부친은 모친에게 무공을 가르치지 말라고 했지만, 그가 생각하기에 자신이 남보다 뛰어난 것은 몸이 튼튼하고 힘이 센 것이다. 그런데 그걸 제일 잘 살리는 것이 바로 무인이 되는 거라고 생각했다.

셋째는 강진을 형으로 모시고 따라다니는 것이다. 강진은 그에게 있어 생명의 은인이나 다름없고, 또 친형보다 친밀한 감정을 느끼게 했다. 그리고 강진은 결코 자신을 나쁜 일에 이용하지 않을 거라는 믿음이 있었다. 그러니까 무공을 익혀도 강진을 따라다니기만 한다면 부친이 말한 것처럼 남에게 이용당할 염려는 없는 것이다.

그것이 바로 장대근이 며칠 밤낮을 고민하다가 내린 결론이고, 그가 생각하기에 가장 획기적인 방법이었다.

그런데 오늘 맹광이 찾아와 강진에게 교룡당 수적이 되라고 했으니 속이 타지 않을 리가 없다. 강진이 수적이 되면 그 역시 도매금으로 수적이 되는 것이다.

그는 고민에 고민을 거듭하다가 이곳에서 강진을 기다렸다. 그의 평생에 먹는 것보다 우선해서 무엇을 하려 한 것은 이번이 처음이었다.

강진은 그런 장대근의 심정을 잘 이해했다. 그가 이렇게 주저앉는 것이 자주 있는 일은 아니었기에, 그는 손을 뻗어 장대근의 어깨를 두어 번 두드리며 말했다.

"대근아."

"……."

"난 수적 안 한다."

강진의 말에 대근이 고개를 발딱 들고 물었다.

"정말?"

"세상에 밥 먹고살 수 있는 방법이 얼마나 많은데 다른 사람 칼질해서 얻은 밥을 먹겠니? 그런 거 안 해도 나중에 우리는 다 잘 먹고 잘살 수 있다."

그렇게 말하는 강진의 얼굴에는 신념의 빛이 서려 있었다. 그 역시 강도짓을 하는 것은 나쁘다고 생각하고 있었던 것이다.

장대근은 강진의 표정에서 그것을 읽고 히죽 웃으며 일어났다. 그리고는 화제를 바꿨다.

"형, 근데 근왕무적도법(筋王無敵刀法) 중에서 십이초 대력소산(大力燒山)말이야. 구결을 읽어봐도 아무래도 모르겠거든. 다시 한 번 설명을 해주라."

강진은 고개를 저었다.

"그건 나중에 삼경이 지난 다음에 다시 와서 물어라. 지금은 아직 사람의 눈이 있다."

"허걱, 그럴게."

무공에 대한 이야기는 둘만 있을 때 하게 되어 있다. 강진이 주의를 주자 장대근은 얼른 입을 다물었다. 그리고는 무엇인가 잊은 것이 있었다는 듯 머리를 주먹으로 툭툭 두드리다 겨우 생각난 듯 외쳤다.

"내 밥!"

설옥의 죽이 지금쯤 거의 다 되었을 것이다. 아이들이 그릇을 들고 줄을 서 있을 테고, 그러면 장대근은 그들 뒤에 서서 남은 죽을 먹어야 할 것이다. 순간 장대근은 울상이 돼서 바삐 돌아갔다.

"후후, 녀석."

강진은 어둠 속으로 사라지는 장대근의 등을 보며 웃었다.

원래 강진은 장대근이 무공을 배우고 싶어 하자 부친이 지니고 있던 몇 권의 무공 비급을 그에게 주었다. 그러나 장대근이 글을 읽을 줄 몰라 강진은 천자문부터 가르쳤다. 그사이 강진이 무공 비급을 읽고 그가 아는 대로 설명을 해주고는 했다.

하지만 강진 자신은 그 무공들을 거의 익히지 못했다. 초식은 익혀서 흉내를 낼 수는 있지만 운기조식으로 내가기공을 쌓을 수 없었기 때문이다. 그의 신체적 비밀이라 다른 사람에게는 말하지 않았지만, 사실 강진은 어릴 때부터 지병을 앓고 있어 무공을 익힐 수 없는 몸이었다.

그렇기 때문에 장대근에게 대신 무공을 익히게 한 것이다. 이 무공 비급이 좋은 건지 나쁜 건지조차 알 수 없었다. 그리고 내용 자체도 강진조차 제대로 이해할 수 없는 부분이 많았기에 그야말로 띄엄띄엄 연구를 해가며 가르치고 배웠다.

그렇게 장대근에게 무공을 가르친 지 올해로 삼 년이 되었다. 장대근은 비록 머리가 둔해 구결을 이해하는 데 힘이 들지만 끊임없이 노력하고, 체력과 근력이 뛰어나 한 번 익히면 갈수록 좋아졌다.

특히 외가기공 쪽의 무공인 불괴철혼공(不壞鐵魂功)과 무거운 도를 이용한 근왕무적도법(筋王無敵刀法)은 장대근에게 잘 맞았다.

불괴철혼공의 내공 구결도 처음에는 제대로 외우지도 못했지만, 일단 몸에 익으니 잡념이 없어서인지 점점 성취가 빨라져 지금은 벌써 축기의 단계를 넘어 단전이 형성된 것 같았다.

열한 살에 단전이 형성되었으니, 모르긴 몰라도 이대로 가면 나중에 삼류무사 수준은 충분히 넘을 수 있지 않을까 하고 강진은 생각했다. 하지만 이건 어디까지나 주관적인 판단이고, 무니포에서는 삼류무사조차 거의 본 적이 없으니 실제로는 어떤지 전혀 알 수가 없다.

어쨌든 간에 동생인 장대근이 무공을 배우고 싶다고 했으니 강진은 최선을 다해 그에게 길을 열어주었다. 하지만 그걸 남에게 밝힐 수는 없었다. 무공 비급이 있다고 하면 어른들이 와서 빼앗아갈지도 모른다.

장대근한테도 남이 보는 앞에서는 절대로 수련하지 말라고 단단히 주의를 주었다. 그래서 장대근은 숲 속에 나무를 하러 들어가서 도법을 수련하고, 운기조식은 방 안에서만 했다.

그 무공 덕분인지, 원래 장대근의 체질이 그래서인지는 몰라도 삼 년 전부터 가뜩이나 큰 그의 몸집이 더욱 커져서 이제는 성인 남자와 거의 비슷한 체격이 되었고, 힘도 강해졌다. 아마 무니포에서 제일 센 사람이 장대근이 아닐까 하는 것이 강진의 생각이다.

'나 대신 열심히 익혀라, 대근아.'

강진은 속으로 그렇게 중얼거리며 다시 낚시에 전념하기 시작했다. 그러나 아직 강진의 일은 끝나지 않은 듯 또 한 사람이 그를 찾아왔다.

"강 형제."

양조장집 아들인 소학이었다. 강진은 미소를 지으며 그에게 인사를 건넸다.

"소학 형, 어서 오세요."

소학은 강진의 인사도 대충 넘기며 초조한 표정으로 물었
다.

"어떻게 되었어? 술이 제대로 익었대?"

"아주 좋은 편이라네요. 어르신께서 전에 항주의 비황주를
마셔보았다고 하시니 틀림없는 것 같아요."

"그래? 잘되었군."

소학은 그때서야 안심하는 눈치였다. 생전처음 담근 술이
지만 맛이 없다고 하면 그의 자존심은 크게 상했으리라. 무엇
보다 그의 미래가 한순간에 붕괴되는 셈이니 하루 종일 걱정
하는 것도 당연하다.

"그보다 또 중요한 일이 있어요."

"응? 뭔데? 혹시 또 한 단지를 꺼내야 하는 건 아니겠지?"

시험 삼아 한 단지를 꺼낸 것은 어쩔 수 없다고 해도 두 단
지는 정말 아니다. 소학은 경계와 불안의 눈초리로 강진을 보
았다. 그러나 강진은 이번에는 아니라고 고개를 저었다.

"오늘 교룡당 부당주이신 맹광 형님과 얘기를 했는데요."

"응."

"내일부터 교룡당에서 술이 올 거거든요."

"어! 정말?"

"예, 그래서 말인데요. 전에 형이 말한 거 있잖아요. 두 번
담그기."

"아하! 그거 말이지!"

소학은 강진이 무슨 말을 하려는지 알았다는 듯 손바닥으로 무릎을 탁, 하고 쳤다.

두 번 담그기란 하나의 숙성된 술을 원재료로 해서 또 다른 술을 담그는 기술이다. 모든 술을 그렇게 담글 수 있는 것은 아니지만 종류에 따라서는 충분히 가능하고, 그럴 경우 헌 술과 새 술의 맛이 섞여 묘한 향취를 가지게 된다. 고급술은 아니지만 그렇다고 해서 하급 술도 아니다.

강진은 고개를 끄덕이며 말을 이었다.

"새로 온 술 중에 그게 가능한 걸 골라서 말씀하세요. 그럼 그걸로는 새로 술을 담그고, 남은 술로 어르신을 대접하는 걸로 하지요."

"오호, 우리의 미래가 증식을 하게 되는 것이군."

"그렇죠. 곡식도 보내준다고 했으니 좀 제대로 많이 담가두는 게 좋겠어요. 앞으로 육 개월 동안 최소 백 동이는 더 담그는 걸 목표로 해요."

"크크크, 그거 좋지. 당분간은 밤샘 생활을 해야겠군. 그런데 말이야."

"네, 무슨 문제가 있나요?"

"그거 나중에 어떻게 옮기지? 술이 백 단지가 넘으면 애들 열 몇 명으로는 옮기기 힘들지 않을까?"

사오 년 뒤에 항주로 갈 때 지금 있는 애들과 함께 간다는 것이 그들의 계획이다. 그러나 열 단지면 몰라도 백 단지를 무사히 나를 자신이 소학에게는 없었다.

그러나 강진은 별것 아니라는 듯 말했다.

"밑천이 늘었으니 인력도 늘리면 돼요."

"응? 애들이 어떻게 갑자기 늘어나?"

"애들 말고요. 다른 마을 사람들도 되는 대로 같이 가도록 하지요. 사 년 뒤라면 형이 열일곱이고, 제가 열여섯인데 우리가 나이든 상인들을 상대하기에는 힘이 들잖아요."

"그, 그건 곤란해. 어른들과 같이 일을 벌였다가는 주도권이 어른들에게 넘어가서 우리는 결국 하인처럼 될 거라고."

소학은 절대로 안 된다고 강력하게 주장했다. 그는 강진과 처음 계획을 세우면서 처음에 조금 힘이 들더라도 그들끼리 일을 해나가다 보면 충분히 작은 상회를 세울 수 있으리라 생각했다. 하지만 만약 어른들과 같이 일을 하게 되면 바로 상회를 세울지라도 결국은 그 상회의 주인은 어른들이 될 것이다. 어쩌면 정말 이용만 당하고 말지도 모른다.

돌아가신 아저씨는 항상 말했다. 이권이 개입되면 친인척도 쉽게 믿을 수 없으니 조심하라고.

강진은 믿을 수 있다. 하지만 이곳 무니포의 어른들에게 돈을 쥐어줬을 때, 그들이 양심을 지키리라고는 믿기 어렵다는 것이 소학의 솔직한 심정이었다.

소학은 그 특유의 애절한 표정을 지으며 강진에게 사정하듯 자신의 생각을 말했다. 남들에게 애절하게 사정하는 것이 바로 소학이 자랑하는 가장 큰 장기 중 하나였다.

하지만 강진은 그게 아니라는 듯 말했다.

"어제까지는 그랬죠. 하지만 오늘부터는 아니에요."

"잉? 그게 뭔 소리래?"

"교룡당에서 왔다 갔잖아요. 그리고 내일부터 그곳에서 술과 고기가 올 거고요."

"그런데?"

"교룡당은 이미 이곳 무니포를 그들의 지부처럼 만들 계획일 거예요."

"뭐, 그거야 당연한 거겠지. 그들이 꼭 지부처럼 만들지 않아도 여기서 누가 감히 교룡당의 명을 거역하겠어?"

"그러면 그 지부의 지부장은 누구겠어요?"

"응? 그건… 너겠지?"

"예. 오늘 마을 사람들이 다 와서 그걸 봤으니 이제부터는 이곳 무니포의 대소사는 제가 결정할 수 있게 된 거예요. 정식으로 결정이 되든 안 되든 마을 사람들 쪽에서 그렇게 생각할 거라고요."

"허걱!"

"우리는 그걸 이용해야 해요. 지금부터 사 년간 마을 사람들을 움직여 이곳을 조금이라도 더 잘살 수 있도록 만드는 거예요. 그리고 사 년 뒤에는 원하는 모든 사람을 데리고 항주로 가는 거지요."

“…….”

소학은 이미 할 말을 잃은 듯 입만 벌린 채 강진의 설명을 들었다.

“사 년 뒤에 사람들과 함께 항주로 갈 때쯤이면 그들은 저와 함께 일하는 것이 익숙해지겠죠. 아마 그 정도면 저를 빼고 일을 하려는 생각은 못할 거예요. 특히 저희가 가져가는 술이나 자금이 교룡당에서 나온 것이라고 생각할 테니 더더욱 문제가 발생할 확률이 적겠죠.”

“너, 너, 정말로 열두 살이냐?”

소학은 겨우 그 말을 했을 뿐이다. 강진은 의미심장한 미소를 지으며 말했다.

“여섯 살 때부터 지금까지 하루 종일 낚시를 하면서 제가 할 수 있는 일은 바로 생각하는 것뿐이었죠. 앞으로 사 년간도 누구보다 많이 생각할 거예요. 문제는 그게 정말 현실성있는 행동으로 옮길 수 있는가죠.”

“그건 염려 마라! 내가 한다! 강 형제가 생각한 거라면, 내가 무슨 수를 써서든 이룰 테니까!”

소학은 자신의 가슴을 탕탕 치며 맹세하듯 말했다. 강진과 대화를 할 때마다 매번 느끼는 거지만, 이놈은 정말 천재다! 소학은 그렇게 생각했다.

소학이 가고, 강진의 주변에는 다시 어둠의 그늘과 정적이 찾아왔다. 때때로 느껴지는 물고기의 입질이 적막을 깨기는 했지만, 이미 기계적으로 물고기를 잡고 다시 미끼를 끼워 넣는 강진의 손은 그의 생각을 방해하지 못했다.

부친이 지니고 다니던 책 중에 무공 비급이 아닌 것들도 있었다. 그중 강진이 가장 즐겨 읽는 책은 '통천비학기서(通天秘學奇書)'라는 것인데, 그 첫 장에는 이렇게 쓰여 있었다.

이 책의 내용을 완벽하게 이해하는 자는 천의와 지리, 그리고 인심에 통달하여 세상을 마음대로 주무를 수 있게 될 것이다.

강진은 그 구결이 마음에 들어 책을 모두 암기했다. 그리고 낚시를 하면서 계속해서 그 구결을 되풀이해서 외웠다. 그러던 중 일상생활의 소소한 일들 중 몇 가지가 그 책의 내용에 따라 흘러가듯 일어나는 것을 느꼈다.

그 뒤부터 강진은 그의 주변 세상, 즉 무니포의 여러 사람들의 행동과 그에 따른 결과를 보면서 여러 가지 생각을 하게 되었다.

시간은 많았다. 그의 머릿속에 그려지는 상상의 일들도 더욱 많아져 갔다. 그리고 그것들 중에서 다시 몇 가지가 책의 이치에 따라 흘러감을 알았다.

시간이 흐름에 따라 그런 경험은 점점 늘어서 요즘은 열에 아홉은 통천비학기서의 이치에 따라 일어난다고 생각하게 되었다. 동시에 자연스럽게 그의 사고와 행동이 그 책에 쓰인 이치대로 움직이게 되었다. 그러니까 통천비학기서에 쓰인 내용의 대부분을 이해하고 소화했다고 할 수 있는 것이다.

특히 요즘 설옥의 일에 관련하여 적포천존을 만나면서 그는 이 책의 이치에 따라 움직였고, 모든 것은 그의 생각대로 흘렀다. 지금까지는 무니포가 그의 세상의 전부라 할 수 있었는데, 순식간에 세상이 확장된 것이다. 그 결과 자연스럽게 장래의 계획이 확장되었다. 이 또한 당연한 흐름이다.

'정말로 이걸 모두 이해하면 세상을 모두 내 머릿속에 담게 될까? 그리고 그걸 내 마음대로 움직이게 될까? 그런데 세상을 움직이게 되면 뭐가 좋지? 무슨 의미가 있을까?'

강진은 문득 그런 생각을 했다.

그는 지난 육 년간 장대근처럼 무공을 수련하지도 않았고, 소학처럼 상술에 대해 배우려 하지도 않았고, 그렇다고 해서 문철처럼 학문에 매진하지도 않았다. 그저 낚시만을 하여 주변의 아이들을 먹였을 뿐이다.

하지만 알고 보면 강진은 지난 육 년간 통천비학기서에 쓰인 천지간의 이치와 인간의 심리, 그리고 그것들을 이용한 처세술을 익혔다. 그것이 바로 어린 강진의 성취였다.

第四章　무공전수(武功傳授)

赤布
龍王

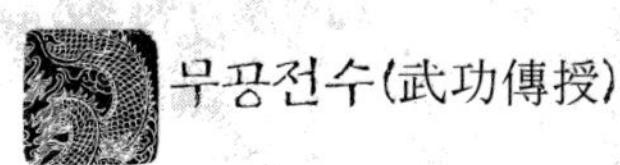

무공전수(武功傳授)

　　강진이 적포천존의 시중을 들며 낚시를 가
르치기 시작한 지 열흘이 지났다. 그사이 무니포는 완전히 강
진과 소학의 의도대로 움직이게 되었다.

　　우선 소학은 그들의 과거사와 난민이 되기 전 직업을 철저
하게 조사하여 하나의 목록을 만들었다. 대부분이 농부였지
만 그중에는 왜구에 의해 난을 당한 마을 사람도 있었기에 목
수가 한 명, 숯쟁이도 한 명, 그리고 놀랍게도 대장장이가 둘
이나 있었다. 음식점의 점소이를 하던 사람도 있었다.

　　강진과 소학은 그들이 지금 할 수 있는 일이 있는가를 심사
숙고하여 검토했다.

대장장이는 지금 일을 할 수가 없다. 가마도 없고, 재료인 금속도 없기 때문이다. 농부들이 농사를 지을 수도 없으니 당장 어떻게든 수익을 올릴 수 있는 사람은 숯쟁이와 목수뿐이었다.

그날부터 사람들은 사방을 돌아다니며 나무를 했다. 그걸로 숯을 만들고 목재로 집을 보강했다. 목재가 조금 더 모이면 작은 배를 만들어보기로 했다.

원래 함부로 나무를 베는 것은 국법을 위반하는 일이지만 이곳에서 그런 걸 따지는 사람은 없었다. 관청도 없고, 사실상 마을 자체가 존재하지 않았던 곳이 바로 무니포 아니겠는가. 이들에게 있어 현재의 법은 오직 강진의 말뿐이었다.

나무를 하면서 설옥이 가르쳐 준 약초나 먹을 수 있는 풀도 함께 캤다. 몇몇 사람들은 낚시를 돕기도 했다. 그렇게 마을 전체가 과거 강진과 어린아이들이 했던 일에 동참하게 되었다.

강진의 명을 받은 소학은 무슨 수를 써서든 한 사람도 할 일 없이 노는 일이 없도록 했다. 하다못해 돌을 모아 오도록 해서 집집마다 담을 쌓게 했다.

이런 곳에 돌담이 무슨 소용이 있을까 만은 사람의 심정이란 게 참으로 묘하다. 싸리나무 같은 걸로 대충 만든 담은 집을 움막처럼 보이게 하지만 번듯한 돌담으로 둘러싸인 집은 초가집이라도 제대로 된 살림집처럼 보이는 것이다.

시각적인 효과가 훌륭하니 사람들은 점점 힘을 내서 담을 쌓았다. 그러면서 애초에 강진과 소학이 노린 대로 마을 사람들은 점점 무기력함에서 벗어나 하루 종일 일하는 것을 당연시 여기게 되었다.

여자들도 마찬가지이다. 그들은 설옥과 함께 음식을 만들고, 세탁을 하고, 헤진 옷을 바느질로 기웠다. 그러면서 서로 음식을 만드는 법에 대해 가르치고 배웠다.

그렇게 사람들이 힘과 지혜를 모으니 식량을 확보하는 게 좀 더 쉬워졌다. 그리고 그렇게 구한 식량으로 효율적으로 양이 많은 음식을 만들게 되었다.

어쨌거나 강진과 소학이 시키는 대로 하면 밥은 굶지 않고 먹을 수 있는 것이다. 심지어는 가끔 고기 국물도 먹을 수 있다. 운이 좋으면 건더기도.

열흘 만에 마을 사람들은 소학의 말이라면 아무 생각 없이 따르게 되었다. 처음에는 교룡당의 위세를 이용해 사람들을 움직였지만, 이제는 강진이 교룡당과 관계가 없다고 해도 마을 사람들은 강진의 뜻에 따를 것이다. 이미 무니포는 강진의 손에 들어온 것이나 마찬가지였다.

물론 그사이에도 강진은 하루도 빠지지 않고 적포천존에게 갔다. 하지만 그가 적포천존과 함께 있는 시간은 하루에 네 시진뿐이었다.

하루는 열두 시진인데 그걸 셋으로 나누어 처음 네 시진은 마을에서 잠을 자고 음식을 먹는 데 쓴다. 그리고 다음 네 시진은 적포천존에게 오고가는 시간이다. 그가 있는 곳과 무니포와의 거리는 정말로 멀다. 그러니 남은 네 시진만 적포천존과 있을 수 있는 것이다.

적포천존은 그 점을 참을 수 없었다. 강진은 하루 종일 바빴지만, 적포천존은 하루 종일 한가했기에 강진이 왔다 가면 다음날 그가 다시 올 때까지 몇 배나 심심해했다.

낚시도 하루 이틀이지, 아무리 매일같이 물고기가 낚여도 열흘이 지났을 무렵에는 슬슬 질려 버렸다.

그날 밤, 적포천존은 낚시를 하다가 문득 고개를 들어 밤하늘을 보았다.

보름달이 떠 있었다. 저 멀리 동녘 하늘이 점점 밝아오는 것이 곧 해가 뜰 것 같았다. 술독을 보니 이미 비어 있었다. 확실히 오늘은 기분이 안 좋았던 모양이다.

살다 보면 이런 날도 있는 것일까? 평생 고독을 즐기며 단신으로 천하를 횡횡한 그였지만 오늘은 왠지 모르게 허전함을 느꼈다. 강진과 지내며 인간의 온기를 맛보았기 때문인지도 모른다.

"젠장, 심심해서 못 살겠구먼."

마침내 적포천존은 낚싯대를 거두고 일어났다. 오늘 밤은 낚시를 하기 싫었다. 그는 조용히 걸음을 옮겨 강진이 산다는 무니포 쪽으로 향했다.

"지금쯤 그놈이 일어났겠지. 오늘은 마을에 들러 생필품이나 사야겠다."

사실 생필품은 강진이 알아서 준비해 주기 때문에 적포천존은 부족한 것이 없었다. 심지어는 갈아입을 속옷까지 강진이 가져다주었다. 깨끗하게 삶아서 촉감도 부드러운 놈으로.

겉옷은 지금 입고 있는 적포장삼을 수십 년간이나 입었으니 따로 갈아입을 필요도 없다. 그래도 그는 무니포에 가기로 했다. 살 게 없으면 그냥 마을에서 강진을 데리고 이것저것 사람 사는 모습을 구경할 계획이었다.

그런데 막상 무니포에 도착하니, 무언가 이상했다. 이건 마을이라 하기엔 너무 좁다.

번듯한 집 하나 없고, 거의 쓰러져 가는 초가집만 이십여 채가 있을 뿐이다. 상점이나 주막 같은 것은 눈을 씻고 찾아봐도 없다. 논이나 밭도 하나 없다. 그나마 있는 집들도 한 군데에 옹기종기 모여 있어 마을이라기보다는 사람들이 모여서 장기 노숙을 하는 임시 거처처럼 보였다.

"뭐냐? 이 부락 같은 데는."

적포천존은 눈살을 찌푸리며 중얼거렸다. 그는 아직 무니포가 난민이 모여 사는 곳이라는 걸 몰랐다. 그저 강진이 무니포에서 왔다고 하니 무니포가 조그만 어부촌이라고만 생각했다.

열흘 동안 강진과 여러 가지 대화를 나누었고, 그 와중에 집에는 병으로 쓰러진 부친이 있다는 얘기도 들었지만 정작 사는 마을이 어떤 곳이라는 건 전혀 듣지 못했던 것이다.

하지만 적포천존이 어떻게 생각하든, 그가 도착했을 때 마을 사람들 대부분은 이미 잠에서 깨어 부산을 떨며 움직이고 있었다. 그들에게는 각기 하루 종일 해야 할 일이 있는 것이다.

적포천존은 잠시 그 광경을 지켜보다 마침 근처를 지나가는 아이 하나를 손짓으로 불렀다. 아이는 처음 보는 사람이 자기를 부르자 고개를 갸웃하다가 다가왔다.

"할아버지는 누구세요? 저를 부르셨나요?"

"그래, 한 가지만 묻자. 여기는 무슨 마을이냐?"

"여긴 무니포예요."

"마을 치고는 꽤 작구나. 술집이나 상점은 없냐?"

"그런 건 없어요. 여긴 난민촌인걸요."

"아하, 난민촌이라! 과연 그렇구나."

적포천존은 비로소 이곳이 어떤 곳인지를 알 수 있었다. 납득했다는 듯 수염을 쓰다듬으며 미소를 짓던 그는 또 한 가지 이상함을 깨닫고 아이를 보았다.

"난민촌이라면 넌 난민이 아니냐?"

"예? 그렇지요, 헤헤헤."

"그런데 왜 이렇게 살이 올랐냐? 잘 사는 부농집 아이 같구나.”

적포천존의 눈앞에 서 있는 아이는 결코 굶주림에 찌들어 피골이 상접하고 배만 볼록 튀어나온 난민의 아이가 아니었다.

팔과 다리에 살이 통통하고, 얼굴도 머리도 깨끗하게 다듬어져 있었다. 옷 또한 싸구려 옷감이라도 깔끔하게 세탁이 되어 있고, 헤어진 곳도 정성껏 기워져 있어 웬만한 농민집 아이보다는 좋아 보였다.

무엇보다 얼굴에 구김살이 없고, 처음 보는 적포천존에게도 공손하게 예의를 차리며 말투도 제법 배운 집 티가 났다. 모르긴 몰라도 글공부도 조금은 하는 것 같았다.

아이는 적포천존의 질문에 ‘하하하’ 하고 웃으며 대답했다.

“다 백룡아 형아 덕분이에요.”

“잉? 백룡아? 백룡아라면 혹시 강진이란 아이를 말하는 게 아니냐?”

“강진 형아가 백룡아 맞아요. 그 형이 아니면 누가 용왕의 아들이라고 할 수 있겠어요?”

“허어, 백룡아가 바로 용왕의 아들이란 소리였군. 그런데 그 백룡아가 무슨 일을 했길래 네가 이렇게 살이 찐 거냐?”

아이는 처음 보는 노인이 자신이 가장 좋아하는 백룡아 형아에 대해 묻자 가슴을 펴고 자랑하듯 강진에 대해 말했다.

적포천존은 아이의 말을 들으면 들을수록 놀람을 금치 못했다. 지금까지 강진을 그냥 낚시 잘하고 말도 잘하는 아이로만 생각했었는데, 뜻밖에도 강진이 이곳 무니포에서 하는 일들은 그런 정도가 아니었다.

아이의 설명과 자랑이 다 끝나자 적포천존은 품속에서 은자 한 냥을 꺼내 손에 쥐어주며 말했다.

"그래, 참 재미있는 이야기구나. 넌 말을 잘하니 내가 상으로 이걸 주마."

"와아!"

아이는 은자가 얼마나 귀한 건지도 아직 모르는 나이였다. 하지만 이게 돈이고, 이걸 아빠에게 가져가면 칭찬을 받을 수 있다는 것은 안다. 아이는 함성을 지르며 자기 집으로 뛰어갔다.

적포천존은 몸을 일으켜 슬쩍 뒤로 움직였다. 그러자 단숨에 십여 장이나 이동해서 무니포로부터 벗어났다. 그 뒤, 조용히 걸어서 다시 그가 낚시를 하던 곳으로 돌아왔다.

조용히 묵죽대간을 잡고 자리에 앉아 낚싯바늘을 드리우며 적포천존은 한숨을 내쉬었다.

"허참, 그 나이에 그런 짓을 한단 말인가?"

적포천존은 기가 막힌 듯 머리를 설레설레 가로저었다. 말로 표현할 수 없는 감정이 그의 가슴속에서 서서히 일어나 꿈틀대기 시작했다.

원래 적포천존도 난민 출신이다. 황하와 장강은 매년 말썽을 부리니 난민도 항상 존재했고, 그것은 칠십여 년 전에도 마찬가지였다.

적포천존은 고아였지만 천재였다. 그런데 워낙 천재여서 다른 사람들은 적포천존의 말과 행동을 이해하지 못했다. 그렇다고 해서 적포천존이 남의 비위를 맞추는 성격도 아니었기에 결국 대부분의 사람들과 척을 지게 되었다.

자라면서 무공에 뜻을 두고 이리저리 돌아다녔지만 처음에는 삼류무사를 벗어나지 못했다. 그러다가 기연을 만나 천하무쌍의 무공을 얻어 수련을 하고 출두하니 아무도 그를 이기지 못했다.

모든 사람들이 그 앞에서 허리를 굽혔고, 굽히지 않는 자는 굽히게 만들었다. 무공을 수련하고 출두한 후 수십 년 동안 그는 마음대로 살 수 있었다. 하지만 지금 강진과 무니포를 보니 과거 그가 난민이었던 때 고생했던 기억이 새록새록 되살아났다.

이토록 강한 무공을 지니고도 그는 평생 남을 도우려 한 적이 없었다. 마음 내키는 대로 돕기도 했지만, 그 대부분이 기분에 따른 일시적인 변덕이었을 뿐이다. 그에 비해 강진은 아직 열두 살인데 마을 하나를 거두어 먹여 살리고 있다.

"허참, 내 인생에 후회는 없지만 아이 하나가 천하의 절대고수인 나보다 낫구나."

적포천존은 마음속의 무거움을 견디기 어려운 듯 연신 한숨을 내쉬었다. 무공도 없고 나이도 어린 아이 하나가 적포천존에게 부끄러움을 느끼게 하고 있었다.

시간이 흘러 해가 중천으로 오르니 무니포에서 일을 마친 강진이 적포천존에게로 왔다. 적포천존은 낚시를 하다가 강진이 인사를 하자 벌컥 화를 냈다.

"늦다!"

"예, 어르신. 죄송합니다. 다음에는 조금 더 빨리 오도록 하죠."

"흥, 빨리 오면 빨리 갈 게 아니냐? 도대체 넌 뭐 하느라 여기는 하루에 네 시진밖에 안 있는 거냐?"

"…좀 더 있을까요?"

"당연하지. 적어도 하루의 절반은 여기 있어야 할 것 아니냐?"

"그럼 그렇게 하지요. 내일부터는 하루 여섯 시진씩 여기서 있겠습니다."

사실 강진은 이미 이런 일이 있지 않을까 하고 예상을 했었다. 그나마 여섯 시진이라니 다행이다. 여섯 시진을 같이 있으면 남은 여섯 시진은 개인 시간으로 쓸 수가 있으니 그나마 자유롭다고 생각했다.

적포천존이 하루 종일 같이 있자고 해도 강진은 거절하지 않을 생각이었다. 앞으로 육 개월간은 어떻게든 적포천존을 모시며 낚시를 가르쳐야 했기 때문이다.

'내일부터는 인근에서 잠을 자야겠네. 에효.'

각오는 해왔지만 막상 일이 이렇게 되니 속으로는 한숨이 절로 났다. 하루 여섯 시진을 이곳에 있으려면 무니포에서 출퇴근하는 걸로는 안 된다.

적당한 지점에 작은 움막 같은 것을 짓고, 거기서 오고 가는 식으로 일을 해야 한다. 그러면 출퇴근에 소요되는 네 시진을 절약할 수 있는 것이다.

그럴 경우, 그날 잡은 물고기는 따로 아이를 불러 마을로 가져가게 해야 한다. 즉, 적포천존이 있는 곳 근처에 강진이 살게 되고, 마을에서 출퇴근을 하며 물고기를 나르는 것은 장대근이나 다른 사람이 맡게 된다. 마을 사람들이 먹고사는 데에는 지장이 없을 것이다.

하지만 정작 강진은 더 이상 설옥이 해주는 죽을 먹을 수 없게 되었다. 무엇보다 설옥에게 의식이 없는 아버지의 병간호를 모두 맡겨야 하는 것이 마음에 걸렸다. 그러나 어쩔 수 없는 상황이니 앞으로 육 개월 정도는 이렇게 생활할 수밖에 없었다.

강진의 인생도 평탄하지는 않은 것이다. 그 나이에 시집온 지 얼마 되지 않은 배우자를 놔두고 육 개월 동안이나 단신 부임을 하게 되었으니 속이 탈 수밖에.

그런데 강진이 그런 희생을 각오하고 하루 여섯 시진의 근무 요구를 승낙하자 적포천존은 기뻐하기는커녕 오히려 당황했다.

'잉, 이놈이 어떻게 여섯 시진을 여기 있겠다고 할 수 있지?'

시작부터 꼬였다. 이미 이곳과 무니포의 거리를 아는 적포천존은 강진의 걸음으로 여기 오고 가는 시간을 대충 짐작할 수 있었다. 그래서 우는 소리를 할 줄 알았는데 바로 승낙을 하니, 당황스럽다 못해 기분이 나쁘기까지 했다.

'혹시 잠을 안 자고 버티겠다는 거냐?'

적포천존은 속으로만 물을 뿐, 그걸 입 밖으로 꺼내서 물어볼 수는 없었다. 상대가 고생할 걸 뻔히 알면서 요구를 했다는 티는 낼 수 없기에.

"커, 커흠."

적포천존은 당황함을 감추기 위해 헛기침을 하며 수염을 쓰다듬었다.

'어린놈 하나 다루기가 이렇게 힘들다니, 젠장.'

속으로 투덜대고는 어쩔 수 없이 다음 단계로 들어갔다.

"그런데 요즘 네놈을 보니 머리는 영특한데 조금 게으른 것 같구나."

"예?"

"원래 아이들은 걷는 것보다 뛰는 일이 많아야 하는데, 너는 항상 걸어다니지 않느냐?"

"어르신, 그건 어쩔 수 없습니다. 제가 몸에 지병이 있어 별로 튼튼하지도 못하고, 또 무니포에서 여기까지는 거리가 꽤 됩니다. 뛰어서 오려면 오히려 지쳐서 더 늦어질 겁니다."

"무슨 소리! 어릴 때에는 병이 있다고 해도 뛰면 낫는다. 그리고 힘들어도 계속 뛰다 보면 점점 체력이 붙어 결국은 뛰어도 지치지 않게 되는 법이다."

"그렇군요. 어르신의 말씀을 명심하겠습니다."

"흥, 명심하면 뭐 하냐? 실천을 해야지. 내일부터 넌 뛰어서 다녀라. 조금이라도 더 빨리 뛰어서 다니면 그만큼 여기 있는 시간이 더 늘 것 아니냐?"

"예."

"그러니 뛰어라. 내 앞으로 네가 걷는 것을 보면 혼쭐을 내 주겠다."

"명심하겠습니다."

뜬금없이 걷지 말고 뛰라는 적포천존의 요구에 강진은 무척 황당함을 느꼈지만 그는 두말없이 뛰어서 자기 자리로 가려 했다. 그런데 적포천존이 다시 강진을 불렀다.

"이놈아! 그렇게 소리내서 뛰면 고기가 다 도망가지 않느냐?"

"네? 아……."

"낚시터에서는 정숙해야 한다는 것도 모르냐? 빠르고, 소리없이 뛰란 말이다."

어르신 목소리가 훨씬 크거든요? 하마터면 강진은 이렇게 말할 뻔했다. 하지만 지난 육 년간의 수양이 그 말을 삼키게 했다.

강진은 공손하게 대답했다.

"제가 재주가 없어 소리없이 뛰지를 못합니다. 그냥 여기서는 걷고 집에 오고 갈 때에만 뛰면 안 될까요?"

"에잉, 뛰면 뛰는 거고, 안 뛰면 안 뛰는 거지 그런 게 어디 있냐? 어쩔 수 없지. 이리 와봐라."

적포천존은 강진을 데리고 낚시터에서 약간 떨어진 곳으로 갔다. 그리고는 강진에게 말했다.

"내 특별히 간단한 경공을 하나 가르쳐 줄 테니 그걸 익혀라. 열심히 익히면 곧 소리없이 뛰는 것 정도는 할 수 있게 될 거다."

"아! 저 어르신, 저는 무공을 익힐 수 없는 몸입니다."

"뭐? 웃기지 마라. 네 녀석의 호흡을 보면 길고 안정되어 있을 뿐만 아니라 내쉬고 들이쉴 때 적지 않은 기교가 있어 항상 운기토납법을 시행하고 있는 게 틀림없다. 그런데 어딜 잡아떼는 거냐?"

호흡하는 것만 봐도 강진이 제법 좋은 운기토납법을 익혔다는 것을 알 수 있었다. 물론 그것이 내공운기법하고는 달라서 발경의 묘능이 있는지는 몰라도 적어도 내공 수련을 할 수 있다는 뜻이고, 당연히 무공도 익힐 수 있다.

"공자 앞에서 문자를 써라, 이 녀석아!"

"원래 저희 집안은 절맥증이 있어서 저도 기맥이 꼬인 상태입니다. 더군다나 모친께서도 비슷한 지병이 있어 제가 어렸을 때 돌아가셨거든요."

"흥, 절맥증이 유전으로 내려온다고? 그게 말이 되냐!"

절맥증은 일종의 돌연변이와 같아서 날 때부터 가지고 태어나는 선천적인 병으로, 전염도 안 되고 유전도 안 된다.

적포천존이 의술에 식견이 있는 것은 아니나 그 정도는 안다. 왜냐하면 절맥증은 무가에서도 크게 관심을 가지는 병이기 때문이다.

절맥증에 걸린 아이는 대부분 몸이 약하고 무공을 익힐 수 없지만 반대로 머리가 아주 뛰어난 경우가 많았다. 대개 이런 아이들은 기가 점점 약해지면서 심하면 죽음에 이르게 된다.

대부분 음기가 성한 여자 아이에게 많이 나타나는데, 전설 속에 나오는 오음절맥은 한 번에 여러 곳의 기맥이 막혀 있는 병으로 십오 세 이전에 죽는다고 한다.

그러니까 절맥증은 주로 여아에게 나타나고, 유전은 안 된다. 그런데 강진이 가문에 내려오는 절맥증이라고 하니 적포천존은 코웃음을 쳤다.

"아마 집안 대대로 맥이 좀 약한 모양이지. 그건 절맥이라 할 수 없는 거다. 하물며 절맥증이라고 해도 내가 약간만 힘을 쓰면 그냥 뻥하고 뚫을 수 있다."

"정말이십니까?"

"어허, 이 녀석아. 감히 나를 의심할 거냐? 손을 이리 내봐라."

적포천존은 강진이 팔을 내밀기도 전에 덥석 잡아 맥을 짚었다. 그리고는 강진의 기맥 속으로 한줄기 내력을 흘려 넣었다.

강진은 자신의 몸속으로 어떤 기운이 파고들자 뼛속을 바늘로 후벼파는 고통을 느꼈다. 하지만 적포천존이 자기를 치료해 주는 줄 알고 식은땀을 흘리면서도 억지로 참았다.

그런데 처음에는 자신만만하던 적포천존의 얼굴이 점점 굳어졌다. 그는 얼른 강진이 보지 못하게 얼굴을 돌렸다.

'떠그럴, 이거 정말 화끈하게 꼬여 있잖아!'

적포천존은 눈살을 팍 찌푸리며 속으로 중얼거렸다. 믿을 수 없게도 강진이 말한 대로 절맥증이 맞았다. 그것도 한두 군데가 꼬인 게 아닌, 그야말로 주요 대맥은 물론이고 사지 구석구석의 소맥도 가닥가닥 막히거나 꼬여 있었다. 전설 속의 오음절맥도 이 정도는 아닐 것이다.

당황한 마음을 겨우 추스른 적포천존은 황당한 표정으로 강진을 봤다. 이놈이 정말 아직까지 살아 있는 거 맞아? 시체가 걸어다니는 게 아니고? 이 정도면 태어나자마자, 아니 엄마 뱃속에서 나오지도 못하고 죽었어야 하는 거 아닌가? 그런 생각이 적포천존의 뇌리를 스쳤다.

그런데 다시 한 번 자세히 살피니 보통의 절맥증하고는 약간 달랐다. 기본적으로 강진의 기맥은 아주 튼튼하고 굵어서 절맥증만 아니었다면 상승무공을 익히는 데 최고로 적합할 정도였다. 그래서인지 꼬여 있는 부분도 완전히 막힌 게 아니라 아주 미약하지만 기가 통했다. 그게 아니었다면 죽어도 예전에 죽었을 것이다.

'하지만 이걸로는 오래 못 살 텐데… 길어야 앞으로 사오 년?'

이런 몸으로 지금까지 살아왔단 말인가? 적포천존의 눈빛에 측은지심이 어렸다.

'어르신도 내 병은 못 고치시나 보구나!'

자신있게 달려들던 처음과 달리 적포천존의 표정이 굳어졌다가 이내 심각해지더니 급기야는 딱하다는 눈빛이 되었다. 그것이 무슨 뜻인지 짐작한 강진은 얼른 마음을 가다듬고 의연한 태도로 말했다.

"제가 어렸을 때 부친께서 말씀하시기를, 저희 가문의 병은 아무도 못 고친다고 하셨습니다. 죄송합니다."

"못 고치긴! 넌 나를 뭐로 보는 거냐? 내가 바로 천하의 적포천존이다. 이런 건 금방 고쳐!"

적포천존은 강진의 말투에서 포기지심을 느끼고 펄펄 뛰듯 화를 내었다. 그러자 강진은 더 이상 아무 말도 않고 고개를 숙였다.

잠시 후, 적포천존이 기분을 가라앉히고 하나씩 사연을 묻기 시작했다.

"네 부친도 너랑 똑같이 이런 체질이냐?"

"아닙니다. 제가 훨씬 심하다고 하시더군요. 아버님은 가문에서 사용하던 약을 먹고 무공을 익힐 수 있었는데, 저는 그것도 불가능하다고 했습니다. 그래도 기맥을 부드럽게 해주는 호흡법은 효과가 있어서 이것만 계속하면 생명에는 지장이 없을 거라고 하셨습니다."

"흐음, 그럼 부친께서는 왜 쓰러지셨냐?"

"아버님께서 말씀하시기를, 어머님과 함께 가문을 나올 때 약을 조금밖에 못 가지고 나오셨다고 합니다. 그래서 약이 떨어진 후 점점 기맥이 막히고 힘이 빠지신다고……."

아마 강진의 부친과 모친은 집안의 반대를 무릅쓰고 도망쳐서 결혼을 한 모양이라 미루어 생각한 적포천존은 다시 물었다.

"으음, 호흡법으로는 유지가 안 되었나 보지?"

"일단 약을 먹으면 약 기운에 의해 맥이 뚫리니 호흡법하고는 상관이 없어지고, 또 이 호흡법은 어렸을 때부터 해야되는 거라고 하셨습니다."

"그런가. 그런 사연이 있었군."

적포천존은 수염을 쓰다듬으며 눈을 감았다.

'어떻게 한다? 이거 정말 고칠 수 있을까?

적포천존은 스스로에게 물어보았다. 남에게는 허세를 떨 수 있지만 자기 자신에게는 솔직해질 수밖에 없다.

절맥증의 치료법은 거의 없다. 하지만 그중 가장 확실한 치료법 중 하나가 존재하는데, 그것은 바로 육신통의 경지에 도달한 절대고수가 추궁과혈을 하여 꼬인 기맥을 풀어 기를 흐르게 하는 방법이다.

다행히도 적포천존은 그럴 능력이 있었다. 그래서 처음 강진을 진맥할 때에 만약의 경우 강진이 정말 절맥증이라고 해도 치료를 해줄 생각이었다.

그런데 꼬여도 너무 꼬였다!

'이걸 언제 다 풀어? 아주 미치겠네.'

모처럼 결심한 것이 초장부터 화끈하게 어긋나게 생겼다. 적포천존은 자신도 모르게 한숨을 내쉬었다.

"에잇!"

적포천존은 이판사판이라고 속으로 외치며 강진의 무릎 쪽 요혈을 손가락으로 매섭게 서너 번을 찔렀다.

파파팍―

"아악!"

"소리 지르지 마라. 절맥증을 치료할 때에는 입을 꽉 다물고 있어야 한다는 걸 모르느냐?"

어린 강진이 그런 전문 지식을 알 리가 없다. 하지만 강진은 얼른 입을 다물고 비명을 참았다. 그 뒤로도 적포천존은

강진의 무릎 주변에 있는 크고 작은 혈들을 쉬지 않고 두들겼
다.

시간이 흘렀다. 강진이 고통을 참다못해 기절할 무렵, 적포
천존은 손을 멈추며 말했다.

"끝났다."

"으으으, 그럼 제 절맥증은 치료가 된 것입니까?"

"아니, 생각 외로 심해서 몇 번은 더 해야 할 것 같다. 그런
데 한 번에 여러 개를 뚫으면 네가 너무 고통이 심하니 오늘
은 그만 하겠다."

"감사합니다."

적포천존의 말대로 조금만 더 했으면 기절을 했을 것이다.
강진은 진심으로 적포천존에게 감사의 인사를 했다.

적포천존은 그런 강진의 성의를 느낀 듯 킁 하고 콧방귀를
한 번 뀌고는 말했다.

"기맥이 꼬였으니 내공 수련은 아직 못하겠지. 하지만 내
가 가르쳐 주려고 하는 경공법은 원래 내공이 별로 중요하지
않다. 그냥 잘 뛰기 위한 경공법이니까 말이야. 그러니 익혀
라."

"예."

"구결을 읊어줄 테니 잘 들어라."

적포천존은 강진에게 경공법의 제목도 가르쳐 주지 않고
다짜고짜 구결부터 읊기 시작했다. 강진은 몸의 기맥이 흔들

린 다음이라 손가락 하나 까닥하기 어려웠지만 듣고 말하고 생각하는 것은 가능한지라 열심히 외웠다.

"다 외웠냐?"

"예, 다 외웠습니다."

"잉? 정말?"

"예."

"읊어봐라."

적포천존은 뒷짐을 진 채 강진이 방금 자신이 한 번 읊어준 구결을 줄줄 외우는 것을 들었다.

'이놈이 정말 오음절맥인 건가. 왜 이리 머리가 좋아?

구결은 길고 난해한 내용으로 가득 차 있어 한 번에 외우기에는 정말 힘들다. 보통 사람이라면 종이에 적어두고 삼박사일 동안 밤을 새워도 힘들 것이다. 그걸 적포천존은 일부러 빠르게 읊었다. 그래야 강진이 버벅댈 것이고, 그걸 꾸짖으면서 위엄을 세울 수 있지 않겠는가.

그런데 한 방에 외우다니! 다시 살짝 기분이 나빠지는 적포천존이었다.

'아니지, 애가 똑똑하면 기뻐해야지 화를 내면 안 되지.'

적포천존은 마음을 넓게 먹기로 하고 미소를 지으며 고개를 끄덕였다.

"몸은 약해도 머리가 좋으니 나쁘진 않구나. 구결을 외웠으면 이번에는 동작이다. 봐라."

쏴쏴쏴쏴!

적포천존의 몸이 잔영을 일으키며 움직이기 시작했다. 그것은 정말 절대고수의 풍모가 여실히 드러나는 신기였다. 눈이 핑핑 돌 정도의 빠른 움직임 속에서도 그의 옷자락은 함부로 휘날리지 않았다. 마치 옷자락 움직임 하나도 적포천존이 의도한 대로 움직이는 듯했다.

"다 봤냐? 할 수 있겠느냐?"

"어르신처럼 빠르게는 힘들 것 같습니다."

"그래? 해봐라."

적포천존이 인상을 쓰며 명하자 강진은 천천히 일어나 보법을 취하기 시작했다. 그러면서 적포천존이 가르쳐 준 구결을 속으로 읊으며 그에 따라 발목과 허리의 기운을 썼다.

'미치겠네.'

적포천존은 강진의 움직임을 보며 속으로 이를 갈았다. 힘이 없는 듯 비틀거리기는 해도 그의 움직임은 분명히 그가 방금 시전해 보인 천뢰신행보였다.

'그러니까 네놈도 나랑 비슷한 수준의 천재란 말이지? 알았다. 내 하늘 아래 나 말고 네 녀석이 있음을 인정할 수밖에 없군.'

적포천존은 작전을 바꿨다. 더 이상 강진에게서 허점을 찾는 것은 무의미했다. 그냥 인정하고 빨리빨리 진도를 나가는 것이 좋을 것 같았다.

"좋다. 대충 이해한 듯하니 이제 알아서 연습해라. 이건 좁은 장소에서 펼치면 신법이고, 길을 갈 때 운용하면 경공이다. 중요한 것은 모든 걸음걸이에 그 경공의 동작과 구결을 실어야 한다는 점이다. 알았냐?"

"예. 어르신의 가르침에 감사드립니다."

"됐다. 그럼 다음에는 주먹질하는 법도 몇 초 가르쳐 주마."

"예?"

"여기서 네 집까지는 꽤 멀다며? 그런데 밤낮으로 거길 오가다 재수없게 맹수나 강도를 만날지도 모르지 않느냐? 이 적포천존을 시중드는 아이가 여우에게 물려 죽었다고 하면 내가 창피한 일이다. 그러니 이 정도는 익혀둬라."

적포천존은 말이 끝나자마자 다짜고짜 시범을 보이기 시작했다. 이번에는 입으로는 구결을 말하면서 몸으로는 동작을 해 보였다.

휘휘휙― 바람 가르는 소리가 몇 번 들리는 동안 적포천존의 시연이 모두 끝났다.

"됐지?"

"예."

"그럼 시간날 때 연습해라."

"어르신, 감사합니다."

강진이 절을 하려 하자 적포천존은 손을 저어 못하게 했다.

“되었다. 이런 허접한 무공을 가르쳐 주고 절을 받을 수는 없지. 뭐, 나에겐 허접한 무공이지만 그래도 쓸 만은 한 거니 열심히 연습해라. 참, 남에게 함부로 가르치면 안 되는 건 알겠지?”

“명심하겠습니다.”

강진은 절을 못하게 되자 허리를 굽혀 공손하게 인사를 하고 낚시를 하러 갔다. 그러면서 속으로 적포천존이 낚시를 배우는 대가로 병도 치료해 주고 무공도 가르쳐 주니 정말 운이 좋았다고 생각했다.

‘방금 배운 경공법하고 권법은 아버님이 지니고 계시던 무공 비급보다 뛰어난 것 같구나. 어쩌면 이건 강호에서도 제법 인정받는 이류 무공 정도는 되는가 보다.’

생각지도 못한 수확에 강진은 너무나도 기뻤다. 단지 지금 배운 무공을 장대근에게 가르쳐 주지 못하는 것이 안타까울 뿐이다.

한편, 강진이 낚시를 하는 동안 적포천존도 자기 자리로 돌아가 묵죽대간을 드리웠다. 엄숙한 낚시꾼의 자세를 취한 적포천존. 하지만 알고 보면 지금 그는 낚시를 할 여유가 없었다.

‘으으, 후달리네. 단전이 텅 비었다. 추궁과혈로 꼬인 혈맥을 풀어주는 게 이렇게 힘이 드는 일이었다니! 에고, 나이 들어 내공이 달리니 허리까지 다 아프네.’

강진의 무릎 혈맥은 그야말로 배배 꼬여서 추궁과혈 수법
으로 찌르기를, 당가의 비전인 만천화우 암기 던지는 식으로
해야 했다. 그 결과 적포천존의 바다와 같은 내공도 쭈욱 빠
져서 어느새 바닥을 보였다. 만약 여기서 멈추지 않았더라면
내공 고갈로 인해 주화입마에 걸렸을지도 모른다.

적포천존은 정좌를 한 채 열심히 운기를 했다. 겉으로 보기
에는 낚시를 하는 신선과도 같았지만 속은 전쟁이었다. 그런
데 그때 묵죽대간의 찌가 쑤욱 내려갔다.

'으윽, 하필 이런 때!'

적포천존은 속으로 비명을 지르면서도 손을 뻗어 낚싯대
를 잡아챘다. 그리고는 끓어오르는 내공을 겨우 안정시키며
물고기를 빼내어 망태기에 넣었다. 낚시를 하면서 내공운기
를 하는 것은 결코 쉬운 일이 아니었다.

그렇게 시간이 흘러 돌아갈 시간이 되었다. 그러자 강진이
일어나 낮에 배운 경공법을 이용해 뛰어와 인사를 했다.

"어르신, 이만 돌아가 보겠습니다."

"잠깐, 가기 전에 한 판 더 하고 가라."

"예?"

"치료 말이다, 치료."

"아, 예. 감사합니다."

낮 동안에 겨우 비어버린 내력을 회복한 적포천존은 강진
의 왼쪽 무릎을 손가락으로 찌르기 시작했다. 강진은 죽을 정

도로 고통을 느꼈지만 이를 악물고 참았다.

"양쪽 무릎의 기맥을 뚫었으니 이제 조금은 걷기가 편해졌을 것이다. 가봐라."

"예."

강진이 공손히 인사를 하고 떠나가니 그때서야 의젓하게 앉아 있던 적포천존은 자세를 풀고 뒤로 털썩 쓰러졌다.

"으으, 이러다 죽는 거 아냐? 아니지. 이 내가 저 정도 절맥 중도 치료 못하면 말이 안 되지. 이제 몇십 개 남았니, 하루에 두 개씩 뚫는다! 크으윽."

억지로 몸을 일으키려다 삭신이 쑤신 적포천존 신음 소리를 내며 허리를 움켜잡았다. 무림에 나온 이후 이렇게 힘들어 본 적이 손가락으로 꼽았던 것 같다.

그래도 보람은 있다. 모처럼 무공을 가르치려는 아이가 재능이 있음을 알았고, 또 힘들기는 해도 몸의 절맥을 치료할 수 있다는 확신도 생겼다.

오늘 강진에게 가르쳐 준 천뢰신행보와 쇄혼금강신권은 적포천존을 무적으로 만들어준 비장의 무공이라 할 수 있다. 특히 천뢰신행보는 천하의 경신법 중 으뜸이라 자부할 수 있는 것으로 개방의 표행신보도 발아래 두는 무공이다.

비록 오늘은 형을 위주로 배웠고, 운기와 발경까지 연습시키지는 않았지만 구결은 모두 전했다. 강진이 몸 안의 절맥을 모두 치료할 때에는 아마도 거의 완벽하게 익힐 수 있으리라.

"그래, 나는 일평생 내 멋대로 살고 남에게 좋은 일 한 번 하지 않았다. 그래서 얻은 칭호가 자연재해지."

적포천존은 씁쓸한 미소를 지으며 중얼거렸다. 적포천존이라는 명칭은 그 스스로 지은 것이니 남에게 받은 칭호는 자연재해뿐이다.

"그런데 참 궁금하단 말이야. 네 녀석이 나만큼 무공을 수련하고 강호에 나가면, 아니지. 나 정도는 좀 무리고, 내 절반 정도의 수준으로 강호에서 활동을 하면 뭐라고 불릴까? 그게 궁금하단 말이야. 흐흐흐."

나름대로 상상을 하던 적포천존은 자신도 모르게 음흉한 웃음을 터뜨렸다.

"그리고 네놈이 무림에서 한 일의 절반은 내 공덕이라 할 수 있지. 암, 애 하나 가르쳐서 무림에 내보내면 내 할 일은 다 한 거야."

생각만 해도 신이 난다. 나는 평생 마음대로 깽판치며 살았지만 내 제자가 알아서 음덕을 쌓아줄 것이니 이보다 좋을 수가 있을까?

적포천존은 기분이 좋아져 다시 자세를 잡고 운기조식을 하려 했다. 그런데 문득 입술가에 끈적한 느낌을 받아 손으로 닦았다.

"어헉, 이게 뭐야? 피! 코피!"

한 번만 할 걸. 힘든 건 빨리 끝내는 게 좋다고 한 번 더 했기 때문인지는 몰라도 적포천존의 코에서는 진한 코피가 흘렀다.

"으으으, 제기랄!"

적포천존은 결국 참지 못하고 소리를 질렀다. 그의 욕설이 강바람을 타고 허공중에 퍼졌다.

하루하루가 지옥과도 같은 고통이라면 조금 과장일지도 모르지만, 강진을 치료하는 적포천존의 심정이 바로 그랬다.

지난 보름 동안 적포천존은 처음 작정한 대로 강진의 절맥을 하루 두 군데씩 뚫어주었다. 그런데 이 막히고 꼬인 기맥이 뚫으면 뚫을수록 다른 곳은 점점 심하게 막히는 것이다.

처음 뚫을 때에도 장난이 아니었는데, 이삼십 개의 기맥이 뚫리고 드디어 가슴 부분의 대맥을 뚫을 때에는 그야말로 한계를 넘어서 선천진기를 끌어다가 추궁과혈을 해야 할 뻔했다.

그나마 그동안 하도 추궁과혈의 수법을 많이 써서 요령이 생겼기에 망정이지, 처음부터 가슴의 대맥을 뚫으려 했다면 아마 주화입마에 걸려 버렸을 것이다.

하지만 적포천존은 여전히 강진 앞에서 힘든 눈치를 보이지 않았다. 자존심상 도저히 내색을 할 수가 없었다.

적포천존의 하루 생활은 지극히 단순해졌다.

강진이 오면 일단 그의 경공과 권법이 얼마나 익숙해졌는지 봐준다. 그 뒤에 바로 치료를 들어간 후, 강진이 낚시를 하는 동안 그도 낚시를 하면서 필사적으로 운기조식을 해서 소모된 내력을 보충한다. 이윽고 강진이 갈 때가 되면 또 한 번 치료를 한 후, 그가 돌아간 이후에는 밤을 새워 다시 운기조식을 해서 내공을 보충한다.

그야말로 치료와 낚시에 전념한 보름간이었다.

오늘도 적포천존은 강진을 치료했다. 어제 가슴을 뚫었으니 오늘은 등을 뚫어야 했다. 임맥과 독맥을 번갈아가면서 소통시켜야 강진의 몸이 버틸 것이기에.

파파팍!

"끝났다."

단전이 비는 허탈함을 참으며 적포천존은 아무렇지도 않게 강진에게 말했다.

반면에 강진은 치료 중에 겪은 고통으로 거의 탈진 상태가 되어 비틀거리면서 적포천존에게 인사를 했다.

"감사합니다. 그럼 저는 낚시를 하러 가겠습니다."

"그래라."

강진이 간 뒤에 적포천존은 다시 낚시를 시작했다. 내공의 운기조식도 같이 시작했다. 문득 자신의 신세가 처량해진 적포천존은 하늘을 보며 작게 한탄을 했다.

"내가 왜 이런 미친 짓을 시작했을까. 애 하나 구하려고 이 고생을 하다니. 이래서 사람은 순간적인 감상에 젖어 가치관을 바꾸면 안 되는 거야.”

내 주제에 음덕은 무슨 음덕이냐. 그냥 죽을 때까지 멋대로 살다 죽으면 이슬이 되든 염라대왕 앞에서 뒤지게 맞고 불구덩이에 빠지든 그때 가서 생각하면 되지.

후회가 겹겹이 쌓여 한숨으로 바뀌었다. 지금이라도 포기하고 싶지만, 그것 또한 자존심상 참을 수 없는 일이다.

“차라리 그냥 살기를 터뜨리고 살인광마가 되는 게 나았을지도…….”

적포천존은 그런 생각까지 했다. 앞으로 남은 강진의 절맥을 치료하는 게 얼마나 힘든 일인지 상상하기도 싫었다.

그런데 막상 살기 생각을 하게 되자 적포천존은 뭔가 이상함을 느꼈다.

“어? 그러고 보니 내 살기, 어디 갔지?”

항상 가슴속에 불덩이처럼 뭉쳐 타오르던 기운이 어느새 사라져 버렸다. 참기 힘든 목소리로 나를 받아들이라고 속삭이던 기운. 천하의 적포천존에게 어쩔 수 없이 은퇴를 결심하게 만든 세상에서 가장 흉하고 끈적끈적한 힘이 흔적도 없이 사라지다니!

“이게 어떻게 된 거지?”

적포천존은 기쁨과 당혹함을 동시에 느끼며 필사적으로 머리를 굴려 원인을 찾으려 했다. 그가 익힌 적포문의 무공 구결을 처음부터 끝까지 되뇌며 이런 일이 있을 수 있는가 분석에 들어갔다.

어느 정도 시간이 흐르자 적포천존은 크게 깨달음을 얻어 자신도 모르게 손바닥을 짝 하고 치며 자리에서 벌떡 일어났다.

"크하하하하, 이런 일이 있다니!"

푸드드드득!

내공이 실린 광소 소리에 강가의 새들이 놀라 일제히 날아올랐다. 적포천존은 그것이 자신을 축복하는 자연의 인사라는 듯 두 팔을 벌렸다.

"내 지금까지 사람을 패거나 죽이는 데에만 내공을 썼지 한 번도 사람을 살리려고 내공을 소모한 적이 없는데, 이게 바로 해결책이었구나. 맞아, 맞아. 이렇게 추궁과혈로 내공을 바닥날 때까지 사용하면 살기가 남아날 리가 없지. 암."

원래 적포천존이 익힌 적포문의 무공은 의형살인(意形殺人:의지로 사람을 죽임)을 무공의 오의로 여기며 특이한 이치에 따라 수련을 하게 된다. 무림사에서도 몇 안 되는 상승의 경지를 추구하는 무공임에 틀림없다. 하지만 심각한 부작용이 있어 한 번 일으킨 살기는 좀처럼 사라지지 않고 몸 안에 쌓이게 된다.

그래서 절대 무리하지 말고 자신의 정신력이 감당할 수 있는 수준의 무공만을 사용해야 한다. 마치 공동파의 칠상권이 강호에서 일절로 뽑히는 내가권법이지만 수련을 하면 할수록 몸 안의 오장육부가 상하기 때문에 화경에 이르지 못하는 자는 수련을 못하는 것과 마찬가지이다.

어쨌든 정신력의 한계를 넘어서는 무공은 사용해서는 안 된다. 그런데 얼마 전 적포천존은 그걸 어겼다.

독공의 고수가 갈수록 여독에 고생하다가 결국 한계를 넘으면 산독의 증세를 경험하게 되듯, 적포천존도 살기가 넘쳐 광인이 될 위험에 처했던 것이다.

치료법이 없어 고민하다가 낚시를 하면 살기를 잊을 수 있다고 하기에 이곳에서 판을 벌였는데, 엄하게 강진을 치료하다 살기가 모두 녹아서 사라져 버렸다.

"은퇴 취소다! 암, 사지 멀쩡한 내가 은퇴 따위를 할 필요는 없지. 크하하하하하하!"

적포천존은 하늘을 우러러 보고도 한 점 부끄러움도 느끼지 않는 듯 계속해서 크게 웃었다. 비록 은퇴 선언을 한 지 몇 달 되지도 않았지만 무림인들이 뭐라고 말하든 그에겐 전혀 상관이 없었다.

그때 강진이 다가와 말했다.

"제가 알지 못하는 좋은 일이 있으신가 보네요. 축하드립니다."

원래 좋은 일이 있을 때에는 세상이 아름답게 보이는 법. 그래서 경사가 났을 때에는 항상 찾아가서 인사를 하는 게 좋다.

강진의 축하를 받은 적포천존은 다시 한 번 크게 웃고는 강진을 보았다.

'그래, 네 녀석도 재수가 좋았고, 나도 재수가 좋았다.'

생각해 보면 이건 정말 인연이라 아니할 수 없다. 아이를 살리려다 그가 살게 된 것이다. 적포천존은 미소 띤 얼굴로 수염을 쓰다듬으며 고개를 끄덕였다. 그리고는 품속에 손을 넣어 작은 나무 상자를 꺼내 강진에게 내밀었다.

"네 말대로 아주 기분 좋은 일이 있다. 네 녀석 덕분도 아주 약간은 있지. 이걸 받아라."

"이건 뭔가요?"

"내가 특별히 주는 선물이다. 암기지. 꽤 쓸 만한 거니까 급할 때 써라."

나무 상자를 열어보니 그 안에는 검은 묵철로 만들어진 사각형의 철편이 있었다. 하지만 모서리에 날도 서 있지 않아 어떻게 사용하는 건지 알 수가 없었다.

강진은 조용히 적포천존을 쳐다보았다. 암기를 주었으니 사용법도 가르쳐 줄 거라고 믿고.

"바닥에 보면 설명이 쓰여 있다. 알아서 연습해라."

"예."

과연 철편을 꺼내 바닥을 보니 붉은 주사로 첩혈표라고 쓰여 있고, 그것의 유래와 사용법도 적혀 있었다.

당가여, **너희**는 우리를 이용해 천하의 명성을 얻었지만 은혜를 원수로 갚아 대대로 우리를 가두었으니 언젠가는 필히 이 원한을 풀리라.

사마진황.

　"당가에 암기를 만들어대다가 비밀 유지를 위해 멸문당한 장인가문이 바로 사마 씨인데, 그들 중 마지막 가주인 사마진황이라는 자가 최후로 남긴 거다. 당문의 모든 암기를 꺾을 수 있다는 물건이지."

　적포천존은 어떠냐 하는 표정으로 설명을 해주었다. 내 품속에서 나온 건 보통 이 정도 수준이다라고 자랑을 하는 듯했다.

　"뭐, 나 정도 되는 고수한텐 별 소용이 없지만 그래도 웬만한 놈은 한 방에 골로 보낼 수 있을 거다. 살다 보면 급한 상황도 생기는 법이니 잘 숨겨뒀다가 여차하면 아끼지 말고 써라."

　"명심하겠습니다."

　강진은 감사의 마음을 담아 공손하게 대답하고는 철편을 다시 상자에 넣어 품 안에 소중하게 갈무리했다. 그 모습을 지켜보던 적포천존은 손을 휘휘 저으며 말했다.

　"그럼 넌 가서 계속 낚시나 해라."

　"예, 이제 곧 식사 시간이니 음식을 만들지요."

　"그래라."

　강진이 돌아가 요리하는 모습을 보며 적포천존은 날아갈 것 같은 기분을 참을 수 없는 듯 히죽 웃었다.

　"그럼 이제 저놈만 마저 치료를 하고, 적당히 무공을 가르친 후 강호에 재출도를 하면 되는 건가? 아니지, 그래도 끝은 봐야지."

적포천존은 고개를 돌려 북쪽을 보았다. 바로 장강지주가 사는 취하구 방향이었다.

"한 번 노린 놈은 잡아야지. 그게 내 인생의 규칙이니까."

지금까지 그 규칙을 벗어난 자는 딱 한 명뿐이다. 그 상대는 바로 적포천존과 마찬가지로 강호의 삼대고수에 속하는 해적왕 왕진. 세상에서 가장 나쁜 놈이라서 적포천존도 그자를 원수처럼 미워했다. 그럼에도 불구하고 아직까지 죽이지 못했다. 그 점이 못내 아쉬운 적포천존이었다.

"좋아, 딱 장강지주를 잡을 때까지만 저 녀석에게 무공을 가르치자. 때로는 이런 여유도 필요하겠지."

강호에서 마음껏 깽판을 치는 것도 좋지만, 지금의 이 생활도 나쁘지 않았다. 적포천존은 강진도 낚시도 모두 마음에 들었기에 충분히 즐기기로 결심했다.

第五章

혈맥비사(血脈秘事) 1

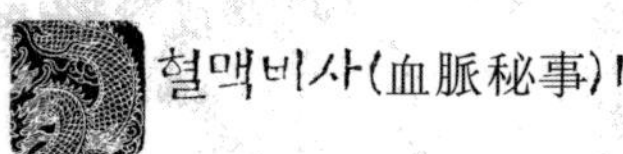

혈맥비사(血脈秘事)!

　　달빛조차 가리는 어두운 밤, 네 사람이 한
사람을 패고 있었다. 정확하게 말하면 세 명은 구경을 하고
오직 한 사람만 손을 쓰고 있었는데, 내공을 지닌 듯 발로 한
번 차면 사람의 몸이 허공으로 붕붕 날아올랐다.

　어디를 어떻게 맞았는지 비명도 제대로 못 지르는 남자는
바로 설옥을 사려던 기녀원의 사내였다.

　"끄윽, 제발……!"

　기녀원의 남자는 이미 두 다리가 부러져 제대로 설 수도 없
었다. 그는 필사적으로 땅을 기며 상대에게 사정을 했다. 그
때 이를 지켜보고 있던 사람들 중 노란 장포에 흰 수염을 기

른 노인이 말했다.

"흐음, 네놈에게 그 여아를 데려오라고 오십 냥을 주었다. 모두 일을 은밀하고 원활하게 끝내려는 마음에 요구한 돈을 깎지도 않았지. 그런데 시집을 갔다고?"

"도, 돈은 돌려 드리겠습니다. 그러니……."

"흠, 설마 그렇게 쉽게 끝나리라고는 생각지 않겠지?"

"흐윽, 컥!"

발끝으로 목젖을 정통으로 차이자 기녀원의 사내는 목이 타는 듯한 고통을 느끼며 그대로 쓰러졌다.

처음 의원이 그에게 와서 설옥을 사다가 몰래 자기에게 데리고 오라고 했을 때에는 이렇게 심각한 일이 벌어질 줄은 몰랐다.

늙은 의원이 어린애를 몰래 사려고 하니 그저 그런 쪽으로만 생각했을 뿐이다. 삐쩍 마르고 누런 피부에 별로 예쁘지도 않은 아이를 탐하는 늙은이의 안목이 형편없다고 속으로 비웃기까지 했었다.

그런데 막상 일을 그르치고 나니, 늙은 의원은 숨겨두었던 무공을 드러냈다. 그의 집에서 일하고 있던 세 하인도 마찬가지.

그들은 저잣거리에서 굴러먹는 실력이 아닌, 정말 칼과 같이 날카로운 무인이었다.

'나는 오늘 죽는구나.'

기녀원의 사내는 의식을 잃으며 그렇게 생각했다. 하인 중 한 명이 돌을 들어 그의 머리를 부숨으로써 바로 현실이 되었다.

하인 중 한 명이 시체를 치우면서 물었다.

"어떻게 할까요?"

의원은 잠시 고민을 하다가 대답 대신 되물었다.

"흠, 그 아이가 시집을 간 곳이 같은 무니포라고 했지?"

"옛! 백룡아 강진이라는 아이에게 갔는데, 백룡아 역시 설옥과 같은 나이인 열두 살입니다."

"흠, 백룡아라… 무니포에 용의 아들이 나왔다는 소문은 들었지. 하지만 열두 살이라면 아직 합방은 하지 않았겠군."

"문제는 그 백룡아가 적포천존과 어울리고 있다는 겁니다."

"흠, 곤란해. 곤란하단 말이야. 교에서 당분간 적포천존과는 절대로 접촉하지 말라고 했으니 말이야. 접촉하면 비밀을 누출하지 말고 그냥 자결하라고 되어 있으니 무섭기 짝이 없지."

"일단 교에 보고를 하는 게 어떻겠습니까?"

하인 중 가장 나이 많은 자가 조심스럽게 제안을 했다. 그러나 노인은 고개를 저었다.

"흠, 늦어. 그리고 어떻게 지금 이 상황을 보고하지? 모처럼 발견한 성녀가 시집을 가도록 손가락 빨며 구경만 했다고 할 건가?"

그런 보고를 하면 여기 있는 사람들은 무조건 죽어야 한다. 아무리 어린아이에게 시집을 가서 실제로는 아무 일이 없다고 해도 그냥은 끝날 수 없다.

성녀는 바로 차대 교주를 낳아야 하는 몸. 그러니까 현 교주의 부인이 될 신분이 아닌가? 일단 한 번 혼인한 것과 다름없다는 사실은 큰 흠이라 할 수 있다. 또 다른 성녀를 찾아낸다는 것은 거의 기적에 가까운 일. 이럴 때 방법은 하나, 그녀의 흠을 아는 자들을 모두 없애는 것이다.

노인의 말을 들은 하인들의 안색이 굳어졌다. 그의 말대로 지금 보고했다가는 그들 모두 조용히 사라지기 십상이었다.

"쯧, 되도록 원만하게 해결하려고 했건만……."

애초에 설옥을 발견했을 때 만사 제치고 그녀를 납치해서 사라졌어야 했다. 그러나 그렇게 하려면 설옥의 부모를 죽여야 할지도 모르고, 그렇지 않아도 설옥 본인이 납치한 그들을 용납하지 않을 것이다. 교주의 부인이자 차대 교주의 모친인 성녀의 원한을 사고 싶지는 않았다.

합법적으로 데리고 올 필요가 있었다. 설옥 자신이 납득을 하고 따라오는 게 가장 좋은 것이다.

그래서 의원이란 신분을 이용해 설옥의 모친을 치료하는 약값으로 은자를 요구하고, 기녀원의 사내에게 뒷돈까지 줘가며 데려오려 했다.

그런데 일이 이렇게 틀어져 버리다니!

속으로 한탄을 하던 노인은 혀를 차며 신음하듯 말했다.

"흐음… 끌끌끌, 어쩔 수 없다. 모든 것을 포기하고 성녀와 함께 잠적을 하는 수밖에."

"이곳을 포기하는 겁니까?"

하인들은 놀람과 당혹감을 감추지 못했다.

원래 교의 규칙상 기반을 포기하고 교로 돌아가려면 그동안 신분을 감추고 쌓아 올린 모든 것을 포기해야 한다.

말하자면 의원의 집에 있는 첩과 하녀, 그리고 다른 하인들도 모두 죽인 뒤 집에는 불을 질러 흔적도 없이 사라져야 했다.

"흐흐흐, 어쩔 수 없지 않느냐? 성녀를 납치하면 백룡아가 적포천존에게 무슨 수를 써서든 찾아달라고 할 테고, 그러면 백룡아의 능력으로 볼 때 적포천존이 움직일 가능성이 크다. 일단 그자가 추적을 시작하면, 그때는 도망을 가기도 쉽지 않지."

"……."

하인들은 노인의 말에 수긍한 듯 묵묵히 고개를 숙였다. 작은 욕심이 큰 화를 부를 수 있는 법. 지금은 미련을 가질 때가 아니었다. 노인은 잠시 생각에 잠기더니 확인하듯 물었다.

"분명히 백룡아란 아이는 저녁때에 집으로 돌아왔다가 아침을 먹고 나간다고 했지?"

"그렇습니다."

"그럼 밤에 거점을 정리하고 새벽에 백룡아를 처리하면 되겠군."

"백룡아도 처리합니까?"

하인 중 하나가 의외라는 듯 물었다. 백룡아는 분명 적포천
존과 안면이 있는데 후환을 생각지 않느냐는 뜻을 내포하고
있었다. 다른 하인들도 비슷한 생각을 하는 듯했기에 노인은
혀를 차며 설명을 덧붙였다.

"쯧쯧, 우리가 살려면 성녀가 이미 한 번 시집을 갔었다는
사실을 아무도 몰라야지. 백룡아가 살아 있으면 틀림없이 성
녀를 찾아다닐 테니, 그것 때문에라도 꼭 죽여야 한다."

노인의 말에 하인들의 표정이 다시 굳어지며 일제히 허리
를 숙이며 말했다.

"명에 따르겠습니다."

"그래, 가자."

정이라고는 한 조각도 찾아볼 수 없는 노인의 삭막한 눈매
와 목소리는 이십여 년간 자신의 집이었던 곳을 정리하러 가
면서도 조금도 흔들리지 않았다.

*　　　　*　　　　*

"다녀왔어. 늦었지?"

"이제 오셨어요."

설옥이 고개를 숙이며 강진에게 인사를 건넸다. 누가 보아

도 하루 종일 일하고 돌아온 남편을 맞이하는 현숙한 아내의 모습이었다. 하지만 정작 강진 본인은 이런 설옥의 태도에 적응이 되지 않아 살짝 머리를 긁으며 말했다.

"설옥 누이, 그냥 존칭은 생략하면 안 될까?"

"그래도 난 이 집에 시집을 온 거고……."

설옥은 부끄러운 듯 말을 흐렸다. 강진은 입속으로 쩝 하고 혀를 다시며 화제를 바꿨다.

"아버님은?"

"죽은 드렸어요. 오늘은 발작도 거의 없으시고 숨소리도 편하세요."

강진의 부친이 의식을 잃고 쓰러진 지 육 년이 되었다. 가끔씩 깨어나도 거의 생각을 하지 못하는 듯했다. 그사이 그는 강진이 입가에 흘려주는 죽을 받아먹으며 지냈다.

사람이 육 년간이나 누워 있으면 몸에 무리가 안 갈 수 없다. 강진의 부친도 사지가 거의 말라비틀어지다시피 했는데, 가끔씩 팔다리를 부르르 떠는 것이 막혀 있는 기맥에 쌓인 기가 한꺼번에 통과하는 것 같았다. 그렇지 않았다면 벌써 죽어서 몸이 썩어가고 있었을 것이다.

일단 강진은 방 안으로 들어가 부친에게 절을 했다.

"다녀왔습니다."

설옥이 따라 들어와 강진에게 차를 내밀었다.

"교룡당에서 차도 가져왔어요."

“으응.”

난민이 차까지 마신다는 건 정말 사치라 할 수 있다. 아무튼, 교룡당과 거래를 하고 적포천존의 시중을 들면서부터 강진의 생활 환경은 급격히 좋아진 셈이다.

강진은 차를 한 모금 마신 후 설옥에게 말했다.

“오늘 어르신께 말씀을 드려봤는데, 일단 내 기맥을 다 뚫어야 한데. 그렇지 않고 아버님부터 치료를 하게 되면 지금까지 뚫은 기맥이 다시 막힌다고 하더라고.”

“예.”

“후우, 그래도 내가 끝나면 아버님도 치료를 해주신다고 약조를 하셨어.”

“정말 고마운 분이에요. 제가 교룡당 사람들에게 살짝 물어봤을 때에는 적포천존 어르신이 그렇게 자상하신 분은 아니라고…….”

“운이 좋았어.”

강진은 미소를 지었다. 오늘 그는 결심을 하고 적포천존에게 갔었다. 무릎을 꿇고 부친의 절맥증도 치료를 부탁하니 적포천존은 흔쾌히 승낙을 했다.

그도 그럴 것이 지금 적포천존은 강진에게 추궁과혈을 하면서 무공의 깊이를 더하고 있었다. 때로는 내공의 모자람이 과함보다 나을 수 있고, 죽이기 위해선 먼저 살려야 한다는 이치를 점점 몸으로 깨닫고 있는 것이다. 그로서는 강진의 치료가 끝나면 어디 가서 사람을 하나 데려다가 두들겨 팬 후에 추궁과혈로 살리는 식으로 수련을 계속해야 할 판이었다.

그런데 강진의 부친도 절맥증으로 기맥이 막혀 쓰러진 것이니, 그야말로 추궁과혈로 인한 활무의 깨달음을 수련하는 데에는 강진만큼이나 적합하지 않은가?

이런 사실을 알 리 없는 강진과 설옥은 적포천존이 겉은 냉정하고 괴팍하나 알고 보면 속은 자상한 사람이라고 크게 감동하고 있었다. 물론 적포천존이 강진에게 특히 잘해주는 것만큼은 틀림이 없지만, 그는 원래 겉과 속이 똑같이 괴팍하고 냉정한 사람이다.

어쨌거나 이걸로 부친도 다시 깨어날 희망이 생겼다. 강진은 정말 기분이 좋았다. 설옥 역시 강진과 같이 기뻤기에 웃으면서 말했다.

"배고프죠? 얼른 죽을 끓일게요."

"응."

적포천존이 있는 곳에서 여기까지 뛰어서 왔으니 배가 더욱 고팠다. 그래도 다행인 것이 다리 쪽의 경맥이 모두 뚫리고, 적포천존이 가르쳐 준 경공법이 어느 정도 몸에 익자 정말로 날아갈 듯한 속도로 달릴 수 있게 되었다. 그 덕분에 적포천존이 있는 곳 근처에서 지내지 않고 매일 뛰어서 왔다 갔다를 해도 하루 여섯 시진을 그의 시중을 들 수 있게 되었다.

밥을 달라는 강진의 열렬한 눈빛에 힘입어 설옥은 오늘 저

녁은 특별히 나물볶음을 하러 갔다. 돼지고기도 약간 섞어서 볶은 이 나물볶음은 며칠 동안 설옥이 심혈을 기울여 개발한 것이다. 설옥은 이건 꼭 강진에게만 내왔다. 다른 아이들하고 같이 식사를 할 때에는 물고기 볶음 같은 것은 해도 나물볶음은 안 했다.

오늘처럼 강진이 늦어서 다른 아이들이 이미 죽을 먹고 돌아갔을 때에만 하는 것이다.

강진은 그런 설옥의 정성이 싫지 않았기에 기분 좋게 밥을 먹었다. 그리고는 부친의 곁에서 무공 비급을 펴고 세심하게 살피듯 읽었다.

적포천존에게 두 가지 무공을 전수받고, 또 그에게 받은 암기인 첩혈표의 사용법을 익히다 보니 이제는 무공의 이론에 대해 전보다 훨씬 아는 게 많아졌다. 그래서 매일 새벽에 찾아오는 장대근에게 조금 더 구체적인 비급 해설이 가능해졌다.

적포천존에게 배운 무공은 비급에 있는 것보다 뛰어났다. 그런데 장대근에게는 그걸 가르쳐 주지 못하니 참으로 미안했기에 강진은 이 비급이나마 제대로 가르쳐 주려고 열심히 연구를 하는 중이었다.

자정이 지나자 강진과 설옥은 방의 한쪽 구석에서 꼬옥 껴안고 잠을 잤다. 방이 하나밖에 없는 집이고 침상도 없기에 중앙에는 부친이 누워 있고, 구석에서 그냥 대충 자야 했다.

그래도 이제는 둘이 같이 자는 것도 어느 정도 익숙해져서 가끔씩은 팔베개도 해주고는 했다.

새벽이 되자 둘은 거의 동시에 눈을 떴다. 누가 깨우지 않아도 할 일이 있으니 저절로 깨어난다. 가난한 자에게는 늦잠도 게으름도 모두 독인데, 다행히도 둘에게 그건 없었다.

아직 동이 트기 전이다. 설옥은 아이들이 오기 전에 죽을 끓이러 나갔고, 강진은 어젯밤에 보던 무공 비급을 다시 한 번 펼쳐 뜻을 되새겼다. 무학의 이치상 틀린 부분은 없는 것 같았다.

"형, 저 왔어요."

밖에서 장대근의 목소리가 들리자 강진은 몸을 일으켰다.

강진이 밖으로 나오자 장대근이 그 큰 덩치에 어울리지 않게 귀여운 미소를 지으며 인사를 했다. 아무리 덩치가 커도 아이는 아이였다. 반면에 애답지 않게 어른스러운 강진은 장대근에게는 큰 형이자 부모 대신이었다.

"어제 가르쳐 준 부분은 다 기억하고 있니?"

강진이 묻자 장대근은 머리를 긁적거리며 다시 히죽 웃으며 말꼬리를 흐렸다.

"그게요……."

뒷말이야 굳이 안 해도 알 수 있었다. 강진은 괜찮다는 듯 웃으면서 다시 입을 열었다.

"그럼 다시 설명해 줄게. 외우는 것보다 이해하는 게 중요하니까 너무 억지로 외우려고 하지는 마라."

"억지로 외우려고 해도 안 외워져요. 헤헤헤."

장대근의 솔직한 고백에 강진은 웃으면서 그의 등을 툭툭 두드렸다.

장대근에게 구결을 외우게 하고 이해를 시키는 건 결코 쉽지 않은 일이다. 하지만 이렇게 자꾸 무한 반복을 하다 보면 언젠가는 몸으로 초식을 깨닫게 된다. 그러면 두 번 다시 잊지 않는다. 숨을 쉬는 법은 당연한 것이고, 그걸 시간이 지났다고 잊을 리가 없는 것과 같은 이치다.

장대근은 강진이 이렇게 화를 내지 않고 계속해서 설명해주는 것이 좋았다. 그래서 새벽마다 남들이 오기 전에 먼저 와 강진의 가르침을 받았다.

그러다가 문득 강진은 문 밖에서 수풀이 스치는 소리를 들었다. 사실 그보다 조금 먼저 장대근이 소리를 들었다. 둘은 아마도 아이들 중 누군가 일찍 깨어 죽을 받으러 왔을 거라고 생각했다.

"벌써 오다니! 와아."

장대근은 얼른 달려가 설옥이 죽을 끓이는 곳 바로 앞에 섰다. 새벽 수업이 좋은 점 중 또 하나는 가장 먼저 죽 배급을 받을 수 있다는 점이다. 강진과 장대근의 수업은 다음 아이가 올 때까지로 정해져 있는 것이다.

그런데 강진은 뭔가 이상함을 느낀 듯 인상을 찡그리며 외쳤다.

"누구십니까?"

문 밖에 서 있는 것은 동네 아이가 아니었다. 얼굴을 알아볼 수 없도록 턱까지 죽립을 눌러쓴 자들이 셋이나 있었다.

"흐음, 무공을 아는 아이였군. 적포천존에게 배웠나?"

죽립인 중 하나의 말에 다른 이가 공손한 태도로 대답했다.

"저기 덩치 큰 아이는 장대근이라고 합니다. 나이는 아직 열한 살인데 힘이 장사라고 소문이 났습니다."

"힘이 장사라, 무공도 좀 익히고 있군."

무공을 수련한 사람은 걸음걸이부터 차이가 난다. 노인은 그걸 한눈에 알아보았다.

강진은 그들이 자신의 질문을 무시하고 자기들끼리만 대화를 하자 더욱 긴장을 하며 뒤로 조금씩 물러나기 시작했다. 무엇인가 위험한 느낌이 드는 자들이다. 그리고 그들의 몸에서 은은히 풍기는 비린내는 피 냄새가 분명했다.

그때, 가운데 있던 노인이 갑자기 안으로 뛰어들어 강진을 스치고 지나갔다. 바람처럼 빠른 움직임이라 강진은 놀라 옆으로 피했다.

"꺄악!"

노인은 어느새 설옥의 팔을 잡고 있었다. 설옥이 비명을 지르자 그는 손가락을 뻗어 설옥의 목과 어깨 옆쪽의 혈을 찔렀다. 그러자 설옥은 신음성과 함께 쓰러졌다.

"무슨 짓이야!"

옆에 있던 장대근이 크게 소리치며 끓고 있는 죽 단지를 한 손으로 들어 노인에게 휘둘렀다.

부웅, 캉!

노인은 죽 단지를 여유 있게 피했다. 그런데 이 죽 단지는 흙으로 빚은 토기 단지라 죽의 무게를 견디지 못하고 허공에서 깨어져 버렸다. 그 바람에 뜨거운 죽이 사방으로 펴졌다.

"큭."

노인은 인상을 쓰며 얼른 설옥을 자신의 뒤로 잡아채며 몸을 뺐다. 설옥에게 죽이 튀어 화상이라도 입으면 그것이야말로 난리가 나는 것이다.

그 바람에 약간의 빈틈이 생겼다. 강진은 하압 하고 기합을 지르며 적포천존에게 배운 권법을 시전해 노인의 허리를 쳤다.

펙!

"크흠, 이놈이?"

노인은 강진에게 한 대를 얻어맞자 크게 놀란 표정을 지으며 발로 강진의 다리를 걸어 넘어뜨렸다. 맞은 거 자체가 놀라울 뿐이지 타격은 전혀 입지 않았다. 무공고수가 내공도 제대로 수련하지 않은 열두 살 아이의 주먹에 맞고 뻗는 기적은 안타깝게도 일어나지 않았다.

"설옥 누이를 내놔!"

장대근이 다시 달려들었다. 그는 죽 단지가 깨지자 바로 불을 피우기 위해 바람막이로 쓰는 돌을 집어 들어 노인의 머리를 때리려 했다. 불에 달궈진 돌이라 치이익 하고 손바닥이 타 들어갔지만 장대근은 아랑곳하지 않았다.

"으흠, 독한 놈이군."

노인은 장대근의 눈에서 일어나는 불똥과도 같은 기운에 짧게 혀를 차며 주먹을 뻗어 그의 가슴을 치려 했다. 최심장으로 단숨에 심장을 터뜨려 버려주겠다는 의도였다. 그런데 막상 공격을 가하려 하니 장대근이 든 짱돌이 상당히 위협적으로 다가왔다.

단순한 초식이 아니다! 노인은 급히 공격을 포기하고 얼른 옆으로 피했다.

위잉!

돌을 들고 휘두르는데 팔에서 바람 가르는 소리가 났다. 장대근은 급한 김에 근왕무적도법의 초식에 따라 짱돌을 쥔 팔을 움직였던 것인데, 도는 없었지만 기세는 살아 있었다.

"흐음, 대단하구나. 하지만 소용없는 짓이다."

노인은 자못 기특하다는 듯 웃으면서 장대근의 무릎을 발로 찼다. 힘이 센 놈은 원래 다리를 꺾어버리는 것이 싸움의 정석인데, 노인은 장대근을 한 명의 싸움꾼으로 인정하고 허점을 찌른 것이다.

픽!

"어억."

장대근이 비명을 지르며 쓰러졌다. 그런데 노인은 오히려 인상을 쓰며 중얼거렸다.

"큼, 안 부러져?"

내공을 실어 무릎을 발로 찼는데 부러지지 않다니? 같은 굵기의 통나무라면 두 조각이 났을 것이다.

"귀찮은 놈들."

노인은 장대근과 강진이 무공을 익혔고, 그 무공이 만만치 않은 것임을 깨달았다. 특히 장대근의 근골의 단단함을 볼 때, 강호에서 명성이 자자한 금종조나 철포삼보다 뛰어난 외가기공을 수련하고 있음이 틀림없었다. 이런 놈을 때려죽이려면 내공을 상당히 끌어올려야 한다. 그렇다고 체면상 무기까지 꺼내기도 뭐하다.

'꼭 내가 이놈들을 처리할 필요는 없지. 성녀는 이미 내 손 안에 있으니 뒤처리는 애들에게 맡기자.'

노인은 그렇게 생각하며 문에서 대기하고 있던 하인들을 불렀다.

"정리해라."

하인들은 대답도 하지 않고 바로 집 안으로 걸어 들어왔다. 그들의 손에는 한 쌍의 작은 갈고리가 들려 있었는데, 이런 기문 병기는 전문적으로 사람의 목이나 배를 따는 데 쓰이는 것으로 제압보다는 살상을 목적으로 하였다.

그때 강진은 바닥에 쓰러진 채 기회를 엿보며 필사적으로 머리를 굴렸다.

예고없이 찾아온 재앙이 눈앞에 임박했으니 피할 수는 없다. 상대는 대화를 하려고도 하지 않고 오로지 설옥을 붙잡고 자신들을 죽이려 하고 있다. 이럴 때 필요한 것은 힘! 계략이나 처세술은 이미 소용이 없다.

그 순간 강진은 마음을 독하게 먹었다. 이들을 해치우지 않으면 죽을 수밖에 없다!

그는 몸을 벌떡 일으키며 품속에 넣었던 손을 꺼내 노인에게 휘저었다. 그러자 그의 손에 들린 첩혈표가 바람을 가르며 노인에게 날아갔다.

소리도 나지 않는 무음의 암기!

하지만 노인은 강진이 몸을 일으킬 때부터 눈치를 채곤 얼른 설옥을 몸 뒤에 감추고 손을 뻗어 암기를 잡으려 했다.

그 순간 첩혈표가 노인의 바로 앞에서 팍 하는 소리를 내며 터졌다. 동시에 여섯 개의 파편과 안쪽에 숨겨져 있던 모기의 날개처럼 얇은 날이 회전을 하여 회선표처럼 사방에서 노인을 향해 날아들었다.

"크흠, 꽤 정교한 암기군."

노인은 강진이 던진 암기가 단순한 금전표나 투공정 같은 암기가 아닌 무서운 살상암기인 것을 알고는 나름대로 주의를 해서 몸을 피하려 했다. 동시에 소매에 내공을 실어 머리 위로 거세게 휘둘렀다. 회선표와 같이 바람을 타는 암기는 더 강한 바람에 의해 힘을 잃게 할 수 있었다. 노인은 자신의 대응이 무척 적절하다고 생각했다.

그런데 그때 노인의 가슴에 화끈한 느낌이 들며 무엇인가가 파고들어 왔다.

"끄윽, 이것은?"

어느새 그의 가슴에는 엄지 손가락만 한 구멍이 뚫려 있었고, 그 속에서 피가 뿜어져 나왔다.

첩혈표의 마지막 일곱 번째 파편인 투명옥린은 전체가 투명한 한옥으로 되어 있고, 소리도 없이 나선형으로 회전하며 상대의 몸속으로 파고들어 장기를 파괴한다. 다른 여섯 개의 회선표는 일종의 미끼로 상대의 이목을 흐리게 하는 역할이다.

보이지도 않고 소리도 없는 투명옥린을 피하려면 청경이 극에 달해 눈을 가리고 머리 위로 떨어지는 깃털을 잡아낼 경지에 이르러야 한다. 안타깝게도 노인은 그 정도까지는 아니었기에 가슴에 구멍이 뚫리고 심장과 내부 장기가 모두 손상되었다. 적포천존의 말대로 한 방에 골로 간 것이다.

"크으음."

노인은 생애의 마지막 헛기침과 함께 쓰러졌다. 그사이 장대근이 얼른 쓰러진 설옥을 받아 들었다. 그 모습을 본 강진이 다급하게 외쳤다.

"대근아, 도망가! 무조건 강에 뛰어들어!"

"응!"

강진의 명이라면 물이 아니라 불이라도 뛰어들 장대근이었다. 설옥을 등에 지고 강까지 가서 뛰어드는 것은 일도 아니다. 게다가 그는 수영도 잘했다.

하인 둘은 노인이 갑자기 쓰러지자 너무나도 놀라 자신도 모르게 행동을 멈췄다. 평소에 계략을 잘 쓰는 노인인지라 또 무슨 흉악한 수법을 쓰는 건가 하는 생각도 들었다. 그런데 노인이 쓰러지면서 가슴에서 피가 분수처럼 뿜어지자 정말로 그가 즉사했다는 것을 알았다.

그 짧은 시간 동안 이미 장대근은 설옥을 들고 뛰기 시작했다. 동시에 강진은 그들에게 달려들며 품속에서 무엇인가를 꺼내 던졌다.

"피해!"

노인이 뻔히 보고도 당할 정도의 암기라면 그들도 자신이 없었다. 아예 암기가 다가오기 전에 영역 밖으로 몸을 빼는 게 상수다. 그들은 전력으로 옆으로 뛰어 땅에 몸을 굴렸다. 그런데 이번에 강진이 던진 것은 첩혈표가 아니었다.

첩혈표는 딱 하나 있는 것이고, 땅에 떨어진 여섯 개의 회선표와 노인의 몸속에 있는 한 장의 투명옥린을 주워 다시 조립하지 않는 한 사용할 수도 없다.

강진이 이번에 던진 것은 바로 누런 동전이었다. 동전 두

녚에 무공 꽤나 익혔다는 무사 두 명이 당나귀가 진흙탕에서 구르듯 땅을 굴렀다.

그사이 강진도 장대근을 쫓아 집 밖으로 나갔다.

"속았다. 그냥 암기야!"

두 무사들은 억울하다는 듯 소리를 질렀다.

파파팍!

상급자인 조장이 당한 상황에서 성녀조차 못 데려가면 그야말로 죽음 이외에는 길이 없다. 아마 죽어도 곱게 죽진 못하리라. 그들은 필사적으로 장대근을 쫓았다. 강가로 가서 물속으로 뛰어들기 전에 잡아야 했다.

그런데 옆쪽으로 비스듬히 뛰던 강진이 다시 두 개의 동전을 던졌다. 이번에는 몸을 날려 피하진 않았지만 그래도 혹시 하는 마음에 살짝 속도의 변화를 주어 피했다.

슉슉!

"또!"

동전은 계속해서 날아왔다. 이게 아까와 같이 피하기도 어려운 무서운 암기라고는 더 이상 생각하지 않았다. 하지만 그렇다고 해서 사실은 맞아도 상처는커녕 따끔하지도 않을 그냥 동전이라는 것까지는 눈치 채지 못했다. 그러기에는 강진이 쓴 처음 암기가 너무 무서웠다.

맞으면 곤란할 것 같았다. 죽지야 않겠지만 혹시 독이라도 발려 있으면 큰일이다. 문제는 암기를 피하려고 하면 달리는 속도가 늦어져 장대근을 쫓기가 어렵다는 것이다.

"너는 계속 쫓아. 내가 저놈을 찢어 죽이겠다."

한 무사가 그렇게 말하며 방향을 틀어 강진에게 달려왔다. 강진은 속으로 되었다고 생각하며 즉시 방향을 틀어 장대근과 직각 방향으로 달렸다.

쉬쉬쉭!

적포천존이 가르쳐 준 경공법에 따라 달리며 강진은 다시 동전을 던졌다. 그것은 장대근을 쫓던 자를 노리고 날아갔다.

"이놈!"

강진을 노리는 무사는 그가 자신을 무시하고 여전히 장대근을 도우려 하는 것에 크게 화가 났다. 그는 두 다리에 내공을 모아 땅을 박찼다.

획— 하고 바람을 가르는 소리를 내며 무사는 호랑이가 먹이를 노리고 몸을 날리듯 움직여 순식간에 강진의 바로 뒤에까지 따라붙었다. 그는 손에 든 갈고리를 들어 강진의 어깨를 찍으려 했다.

그때 강진의 몸이 기묘하게 흔들리며 무사의 시야에서 사라졌다.

"어헉?"

어느새 강진은 방향을 틀어 장대근이 달리는 쪽으로 달리고 있었다. 전력으로 달리면 급작스럽게 방향을 틀기가 힘들다. 강진은 암기를 던지기 위해 속력이 처지는 척하고 상대가 전력으로 따라붙기를 기다린 것이다.

이런 상황에서도 정상적으로 작동하는 강진의 잔머리와 적포천존의 경공술은 확실히 신묘해서 무사의 의표를 찌를 수 있었다.

"이놈!"

무사는 극도로 살심이 치미는 듯 두 눈에 핏발이 가득 선 채 강진을 쫓았다. 그런데 놀랍게도 강진이 달리는 속도는 무사의 속도와 거의 비슷했다. 거기에 강진의 뒤를 쫓던 무사는 곧 날카로운 무엇인가가 자신의 발을 찌르는 것을 느꼈다.

놀라서 걸음을 멈추고 보니 낚싯바늘이 두어 개 발바닥에 찍혀 있었다. 강진이 적포천존을 가르치면서 품속에 항상 지니고 다니던 여분의 낚싯바늘을 모두 땅에 뿌렸고, 뒤쫓던 무사는 그걸 밟은 것이다.

사람의 목숨이 걸린 상황에서 낚싯바늘에 찔린 것 정도는 아무것도 아니다. 무사는 이를 갈며 다시 뛰기 시작했다. 하지만 이미 그는 한 번 뛰는 걸 멈췄고, 이제는 강진과 한참 거리가 벌어진 뒤였다.

숲이나 강가와 같이 넓은 장소에서 서로 쫓고 쫓기며 암기나 화살로 싸우는 것을 유투술(遊鬪術)이라고 한다. 강진은 지금 내공을 지닌 무사에 맞서 싸울 수 있는 것은 유투술밖에 없다고 판단했는데, 그것은 정말로 좋은 판단이었다. 그들이 서로 일초라도 손발을 엮어 싸우게 되면 강진은 몇 초 버티지도 못하고 죽을 수밖에 없는 것이다.

결국 네 사람이 일직선으로 경주하듯 달리는 형국이 되었다.

가장 앞에는 장대근이 설옥을 안고 뛰는 중이고, 그 뒤로 한 무사가 점점 따라붙고 있었다. 강진은 그 무사를 쫓으며 뒤에서 암기를 던졌다.

등 뒤로 암기가 날아오면 사람은 마음 놓고 뛰지 못한다. 생각 같아서는 뛰는 걸 멈추고 강진을 일장에 때려죽이고 싶지만, 그러면 장대근이 설옥과 함께 강속에 뛰어들어 도망가게 될 터.

이러지도 저러지도 못하는 무사는 이를 갈며 암기가 날아오는 소리가 들릴 때마다 방향을 틀어 갈지자로 뛸 수밖에 없었다.

'이대로라면 대근이와 설옥은 충분히 도망갈 수 있다.'

강진은 강가까지 남은 거리와 그들의 이동 속도를 속으로 계산하며 이 경주가 자신들의 승리로 끝날 거라고 판단했다.

'문제는 그다음인데……'

뛰면서 생각하려니 몸과 머리가 다 힘들었다. 그러면서도 가끔씩 동전을 던져야 한다.

'이놈들이 대근과 설옥을 놓치면, 그다음에는 앞뒤에서 나를 노리겠지. 어떻게 해야 하지?'

설옥을 살리는 데 성공할 것 같으니 이제는 자신이 살아야 한다. 강진은 슬슬 몸을 뺄 때가 되었다고 생각했다. 조금이라도 몸을 빼는 시기가 늦으면 도망갈 기회는 없다. 저들이 아직 대근과 설옥을 포기하지 않았을 때 방향을 틀어 빠져야 산다!

마음이 움직이자 발이 저절로 움직였다. 강진은 살짝 방향을 틀어 앞쪽에서 뛰고 있는 사람과 멀어지려 했다. 약간 비스듬히 뛰는 거라서 강가까지의 거리는 멀어지지만 이 정도면 되었다. 충분히 강가까지 도망가 물속에 숨을 수 있을 것이다.

그런데 강진의 예상과는 다른 일이 벌어졌다. 뒤에서 쫓아오고 있던 자가 내공을 실어 크게 휘파람을 불었다.

삐이이익!

허공을 찢어발기는 날카로운 휘파람 소리는 강진에게 불안한 예감이 들게 했다. 설마 하는 눈으로 앞쪽을 보니 강가 쪽으로부터 누군가 달려오는 모습이 보였다.

원래 무림인들이 이처럼 살행을 할 때에는 미리 퇴로를 확보하여 일이 끝난 뒤 신속하게 자취를 감추게 마련이다. 이들 역시 강 쪽으로 몸을 뺄 생각이었기에 강가에 하인 중 한 명을 배와 함께 대기시켜 놓았던 것이다.

"또 한 명이 있었나?"

절망적이다. 둘만 해도 벅찬데 한 명이 더 있었다니? 그것도 강가 쪽에서 길을 막고 달려오니 장대근과 설옥은 앞뒤로 포위를 당한 셈이었다.

"에잇!"

　강진은 즉시 방향을 틀어 장대근 쪽으로 몸을 날렸다. 너무 빠르게 달려서 허파가 찢어지는 것처럼 아팠고, 심장도 터질 것 같았다. 하지만 멈출 수는 없었다.

　그런데 무협에서는 말하는 고양이가 나오면 안 된다는 겁니다.

　ㅜ_ㅜ 우째서!

　전작인 칠대천마에서도 그런 점 때문에 많이 힘들었고요. 그래서 이번에는 또 발상전환을 했습니다.

　연애씬이 필요 없다. 그냥 처음부터 결혼시키고, 어린 신혼부부의 알콩달콩한 부부정담을 쓰자. 이거면 야한씬 써도 된다～ 몇 살에 첫 합방을 시키나～ 라라라～

　이겁니다. 얘. 동료 작가들이 엄지손가락을 치켜들며 대박 아이디어라고 극찬한 소재!

　김운영의, 김운영에 의한, 연애씬 못 쓰는 김운영을 위한 궁극의 소재!

　참고로 이건 다음 장 예고이자 약간 미리니름이기도 하지만, 납치 같은 거 없습니다. 완전무결 주인공이 처량하게 납치된 와이프 찾으러 다니고, 그것 때문에 괜히 인질극에 질질 끌리는 사태까지 가면 소설 끝장난 거죠. 누가 뭐래도 통천기학비서를 통달한 주인공이 말입니다.

　그냥 주인공에게 덤비는 놈은 다 죽는 겁니다. 그리고 주인공이 하려는 일은 다 되는 거지요. 아직 무공이 낮아서 고생은 좀 해야겠지만 몸이 안 따르면 머리가 고생해야죠.

第六章
혈맥비사(血脈秘事) 2

赤布龍王

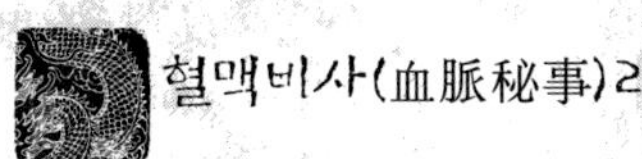

　　무니포의 사람들은 강진의 집에서 들려오
는 고함과 비명 소리에 잠이 깼다. 그들은 놀라서 각자 되는
대로 부지깽이나 작대기 등 손에 잡히는 것을 들고 강진의 집
쪽으로 뛰어왔다.

　그러나 그들이 강진의 집에 도착했을 때에는 이미 강진은
없었고, 마당 한가운데에 깨진 죽 단지 조각과 함께 물고기
죽이 흥건하게 땅을 적시고 있었다. 그리고 그 옆에는 노인이
쓰러져 있었는데, 주변에 흘러나온 피의 양으로 보아 이미 죽
은 듯했다.

　"어떻게 하지?"

"백룡아는?"

사람들은 어쩔 줄 몰라 하며 서로의 얼굴만을 보았다. 어린 아이들은 오늘 먹을 죽이 땅에 쏟아진 것을 보고 울상을 했지만 분위기가 심상치 않다는 것을 알고는 조용히 손가락만 빨았다.

노인이 흘린 피비린내가 바람을 타고 퍼져 사람들의 마음을 더욱 불안하게 했다. 그러나 그것은 방 안에 누워 있는 한 사람에게는 지옥과 같은 악몽 중에 나타난 구원의 밧줄과도 같은 향기였다.

꿈틀!

강진의 부친인 강선도는 의식을 되찾자 심한 갈증을 느꼈다. 너무나도 오랫동안 이런 상태였기에 그는 이미 거의 생각을 하지도 못하는, 산송장이나 다름없는 몸이었다.

그저 본능에 의해 강진이 입에 흘려주는 죽을 받아 마셨을 뿐, 지난 육 년간 자신의 의지로 몸을 움직여 본 일이 없었다.

그러나 지금, 강선도의 콧속으로 스며드는 피의 향기가 그의 눈을 뜨게 했다. 그리고 그것을 향한 갈증이 말라붙은 그의 팔과 다리에 한 줌의 힘을 더했다.

'구맥단(求脈丹), 구맥단!'

그가 의식을 잃은 동안 꿈속에서조차 끊임없이 찾아 헤매던 약.

뒤틀린 기맥을 부드럽게 만들고 풀어주고, 고갈된 기력을 되찾게 해줄 수 있는 유일한 존재!

무엇보다 강한 마약성이 끊기면서 생긴 고통을 덜어줄 수 있는 마약이자 해독제이기도 한 구맥단의 향기가 참을 수 없는 유혹으로 그를 이끌었다.

강선도는 필사적으로 사지를 발버둥쳤다. 그러자 겨우겨우 굼벵이처럼 길 수 있게 되었다. 그는 지금 자신이 기고 있다는 사실도 인식하지 못했다. 그의 본능이 원하는 것은 오직 이 향기의 근원을 향해 조금이라도 다가가는 것뿐.

문이 열리고, 강선도가 방 안에서 기어나오자 사람들은 놀라 소리를 질렀다. 처음에는 누군지도 몰랐고, 그다음에는 의식을 잃고 쓰러진 강진의 부친이 움직인다는 사실에 다시 소리를 질렀다.

그사이 강선도는 쉬지 않고 기어서 마당에 쓰러진 노인의 시체가 있는 쪽으로 갔다. 노인의 가슴에 뚫린 구멍으로부터는 아직도 피가 조금씩 흘러나오고 있었다.

강선도는 삼 일 동안 사막지대에서 헤맨 사람처럼 급히 그 구멍에 입을 대고 피를 빨아먹었다.

꿀꺽, 꿀꺽.

거칠게 피를 빨아 목구멍으로 넘기는 모습은 시체를 파먹는 악귀와도 같았다.

"어어억, 저 사람 피를 빨아먹고 있어!"

"까야아악!"

한 여인이 그 무서운 광경에 비명을 질렀다. 그러나 강선도의 귀에는 다른 사람의 비명 소리가 들리지 않았다.

피가 한 모금씩 목구멍을 통해 뱃속으로 들어갈 때마다 말라붙었던 목젖이 촉촉하게 젖어들었다. 피비린내에 의한 구역질은 전혀 나지 않았다.

피 속에 섞인 구맥단의 기운이 그의 팔과 다리에 더욱 힘을 주었다. 시간이 흐름에 따라 딱딱하게 굳어 막혀 있었던 맥이 부드러워지면서 점점 단전 쪽에 기가 쌓였다.

피가 더 이상 나오지 않자 강선도는 비로소 구멍에서 입을 뗐다. 그리고는 비틀거리면서 천천히 두 다리로 일어섰다.

육 년간이나 누워서 지냈기에 팔다리에 거의 힘이 없었다. 하지만 강진이 규칙적으로 물고기 죽을 먹였기에 체력은 어느 정도 유지가 되었다. 거기에 내공의 힘이 더해지자 점점 움직이는 데에 익숙해졌다.

동시에 강선도는 서서히 생각을 할 수 있게 되었다. 진정한 의미로 의식을 되찾은 것이다. 그런 그의 머리에 처음으로 떠오른 것은 바로 강진이었다.

'소주(小主)는……'

자신이 생명을 걸고 지켜야 할 대상이 떠오르자 그의 전신에서 폭발적인 기운이 흘러나왔다. 강선도는 날카로운 눈빛으로 사방을 훑어보았다. 집 밖을 둘러싸고 있는 사람들은 공포심에 질려 있었다. 무공을 아는 사람은 없는 듯했다.

　사람이 움직이면 꼭 땅에 흔적이 남는다. 날지 못하는 새가 아닌 한 예외는 없다. 그리고 천룡교의 쌍위교두 중 한 명이었던 강선도는 충분히 그걸 알아볼 수 있는 안목이 있었다.

　땅을 보았다. 몇 사람이 경공을 펼쳐 달려나간 흔적이 보았다.

　팟!

　"어엇!"

　강선도는 놀라는 사람들의 머리 위를 뛰어넘어 바람처럼 빠르게 달려갔다. 정확하게 강진 일행과 흉수가 간 방향이었다.

　강선도는 과거에 천룡교 내에서 가장 강한 십대고수 중 한 명으로 교주의 호위를 담당했었다. 그런 만큼 아무리 몸이 말이 아니라고 해도 강진과 흉수들보다 훨씬 빨랐다. 하지만 노인의 피 속에 섞여 있던 구맥단의 기운은 그렇게 많지 않았다. 그리고 너무나도 오래 몸을 움직이지 않았다.

　"크으윽."

　무리해서 그런지 벌써 약 기운이 떨어져 가는 듯 다리에 힘이 빠졌다. 어쩌면 다리의 힘은 원래부터 없었는지도 모른다. 단전에 조금 남아 있던 내력도 같이 사라지는 것 같았다. 그래도 그는 달렸다.

　조금 지나니 어둠이 조금씩 걷히면서 앞쪽이 좀 더 멀리까지 보였다. 그리고 저 너머로 누군가가 달리고 있는 것이 어렴풋이 느껴졌다. 강선도는 이가 으스러져라 깨물고 최후로 남은 내력을 쥐어짜듯 사용했다. 그러자 그의 움직임이 더욱 빨라졌다.

강진은 뒤쪽에서 자기를 도울 사람이 오는 줄은 생각지 못하고 어떻게든 스스로 이 위기를 헤쳐 나갈 궁리를 했다. 그는 장대근에게 급히 외쳤다.

"대근아, 파령진추(破靈進鎚)!"

앞쪽에도 적이 나타나자 달리던 것을 멈추려 했던 장대근은 강진의 외침에 오히려 다리에 힘을 주어 전력으로 나아갔다. 마치 꼬리에 불이 붙은 멧돼지와도 같은 형세로, 죽어도 멈추지 않겠다는 기백이 엿보였다.

"어딜!"

앞을 막아선 자가 코웃음을 치며 마보자세를 취한 채 갈고리를 든 손을 양쪽으로 벌렸다. 절대로 여기를 지나갈 수 없다는 듯 스스로 벽을 만든 것이다. 그러자 뒤에서 쫓던 자가 외쳤다.

"그놈이 안고 있는 분이 성녀다. 다치지 않게 조심해!"

"차압!"

뒷사람의 외침이 신호라도 되는 듯 장대근이 기합을 지르며 허리와 고개를 숙인 채 달려들었다. 그는 강진처럼 머리를 굴리지는 못하지만 본능적으로 상대가 움찔한 것을 느꼈다.

자세는 변함이 없어도 기세가 흔들렸으니 기회다!

위잉—

전력으로 달리면서 허리를 굽혔다가 위로 펴면서 가슴에 모았던 오른 주먹을 창으로 찌르듯 내뻗는 것이 바로 파령진추의 초식이다. 달려오는 기세와 몸의 무게, 그리고 전신의 공력이 주먹에 집중되는 패도의 권법이다.

장대근의 파령진추는 바위도 부술 만한 기세였다. 상대는 기겁하여 급히 마보자세를 풀고 옆으로 피했다. 그러나 파령진추의 진정한 공격은 주먹이 아니라 몸통에 있었다. 주먹은 맞으면 실초지만 빗나가면 허초가 되는 것이다.

장대근의 몸이 방향을 바꾸어 상대가 피하려는 쪽으로 튀었다. 미친 황소가 들이받는 것처럼 머리로 적의 턱을 노렸다.

"어딜, 죽어라!"

파팍!

상대는 벌린 팔을 안으로 모으며 갈고리로 장대근의 양쪽 어깨를 찍었다. 그러나 그걸로는 파령진추의 힘을 막을 수 없었다.

쿵! 하는 소리와 함께 장대근을 가로막았던 자가 뒤로 날아가 떨어졌다.

"크으으."

마지막 순간에 급히 머리를 뒤로 젖혀 턱이 깨지는 것만큼은 피했지만 쉽게 일어날 수는 없는 듯했다. 그러나 가혹한 수련과 내공이 그를 비틀거리게 나마 일어나게 했다.

오히려 손해를 본 것은 장대근이다. 그의 양어깨에는 쇠로 된 갈고리가 파고들었다. 발경으로 몸을 단단하게 했지만 아직 완전치 못한 외공으로는 날카로운 갈고리를 튕겨낼 수 없었다.

어깨가 길게 찢어지며 피가 튀었다. 그러나 장대근은 비명도 지르지 않았다. 그는 그냥 뛰었다.

'씨발, 멈추면 죽는다. 우는 건 나중에 해야지.'

그는 속으로 강에 뛰어들 때까지 입을 벌리지 않으리라 결심했다.

"지독한 놈!"

뒤를 쫓던 자가 혀를 차며 들고 있던 갈고리 중 하나를 장대근에게 던졌다. 뒤에서 뭐가 날아오든 피할 생각이 없는 장대근이었기에 갈고리는 용서없이 그의 등에 박혔다. 그래도 그는 뛰었다.

강진은 그 광경을 모두 보았다. 눈에서 불이 나는 듯 붉어지고 심장이 더욱 격하게 뛰었다. 몸에 세 개나 되는 갈고리를 박고 피를 흘리면서도 뛰는 장대근은 곧 쓰러져 버릴 것 같았다.

왜? 어째서 이자들이 설옥을 잡아가려 할까? 나와 대근이를 죽이려 할까?

분노로 이성이 흐려지려 했다. 하지만 강진은 억지로 머리를 가로저으며 감정을 추슬렀다. 가슴은 뜨거워도 머리는 뜨거워지면 안 된다. 이럴 때일수록 냉정하게 상황을 판단한다. 절대로 죽지 않겠다!

각오를 단단히 다졌지만 지금 당장 할 수 있는 일은 앞으로 뛰는 일뿐이다. 이미 동전도 모두 써서 앞사람을 방해할 방법도 없다.

순식간에 장대근을 따라잡은 사내는 몸을 앞으로 날리며 발로 그의 허벅지를 찼다.

퍽!

장대근의 몸이 균형을 유지하지 못하고 앞으로 굴렀다. 아마 허벅지에 큰 충격을 받아 더 이상 뛰지 못하리라. 사내는 겨우 잡았다고 속으로 생각하며 다시 달려들어 남은 하나의 갈고리로 장대근의 목을 찍으려 했다.

그런데 갑자기 장대근이 몸을 일으키며 두 손으로 상대의 갈고리 쥔 손을 붙잡았다. 그리고 있는 힘을 다해 그것을 꺾으려 했다.

“이, 이놈이! 아아악!”

무서운 힘이었다. 내력을 끌어올려 버티려 했지만 그것도 소용이 없었다. 우두둑 하는 소리와 함께 팔이 꺾여 버렸다.

장대근은 한 번 꺾은 사내의 팔을 그냥 놓지 않았다. 그는 팔을 이리저리 비틀며 당겼다. 아예 뽑아버리겠다고 작정한

듯했다. 그러자 정말로 사내의 부러진 팔뚝 부분이 두두둑 하
며 늘어났다.

"끄아아아악!"

사내는 비명을 지르면서도 손가락을 세워 장대근의 눈을
찌르려 했다. 하지만 장대근은 오히려 두 눈을 부릅뜨고 찔러
오는 상대의 손가락을 정면으로 보았다. 그리고 머리를 숙여
이마로 손가락을 들이받았다.

부득!

"끄으윽."

한 손이 부러져 거의 떨어져 나가기 직전이고, 다른 한 손
은 손가락이 부러졌다.

거의 죽을 지경이 된 사내는 본능적으로 장대근을 자신의
몸에서 떼어내기 위해 쉬지 않고 장대근을 발로 찼다. 그러나
장대근은 그걸 몸으로 받으며 부러뜨린 팔을 계속 잡아당겨
비틀었다.

"이 미친놈아, 놔!"

사내는 소리를 지르며 몸을 웅크려 두 무릎과 발을 가슴 쪽
에 모았다. 그리고 허리를 펴며 두 발로 장대근의 가슴을 있
는 힘껏 찼다. 전신의 힘과 공력이 모두 실려 있는 공격이었
다. 하지만 장대근이 워낙 몸을 바짝 붙이고 있어서 타격력은
거의 없고 그냥 밀어내는 것과 같은 형세였다.

팍!

"아아아악!"

장대근이 붙잡고 늘어지던 팔이 정말로 뽑혔다. 그와 동시에 장대근은 허공으로 삼 장이나 날아올랐다.

휘익~ 풍덩!

장대근이 떨어진 곳은 바로 강물 속이었다. 어느새 그들은 강가에 거의 도달해 있었던 것이다.

"아흐흐, 내 팔이. 팔이⋯⋯."

생으로 팔이 뜯겨 나간 사내는 거의 미친 듯 울다가 웃기도 했다. 그때 강진이 도착했다.

"대근아!"

장대근이 몸에 부상을 입고 강에 빠진 것을 강진은 보았다. 분노와 슬픔이 극에 달한 강진은 달리는 기세 그대로 장을 뻗어 장대근을 날린 사내의 귀 앞쪽에 위치한 청궁혈을 쳤다.

픽!

강진의 장심이 청궁혈을 감싸듯 덮는 순간, 그의 몸이 정확하게 전사(轉斜:나선형)의 묘리에 따라 장력에 힘을 더했다. 그 일장으로 사내는 충격이 뇌를 지나쳐 반대편 고막까지 터져 버렸다.

"끄르륵."

결국 사내는 숨넘어가는 소리를 내며 쓰러졌다. 강진은 그가 이미 죽었다는 것을 알았다.

“대근아! 대답을 해라!”

강에 빠졌어도 의식만 있으면 살 수 있다. 그러나 장대근은 대답을 하지 않았다. 물에 빠진 상황에서 의식을 잃으면 거의 죽었다고 봐야 한다. 그것도 몸에 심한 상처를 입었으니 몇 분도 버티지 못하리라.

“대근아!”

강진은 처절한 목소리로 다시 외쳤다. 동생인 장대근이 자신 때문에 죽었다. 참을 수 없는 일이었다.

그때 땅에 쓰러져 있던 설옥이 신음 소리를 내었다. 마치 강진의 목소리가 귀에 들어오자 정신을 잃은 상황에서도 대답을 하는 듯했다.

“설옥 누이.”

강진은 얼른 설옥을 살폈다. 의식을 잃었을 뿐, 상처는 전혀 없었다. 강진은 얼른 설옥을 안아 들고 강가로 달려가 뛰어들려 했다. 그러나 장대근이라면 몰라도 강진에게 있어 설옥을 안고 빠르게 뛰는 것은 불가능했다. 그리고 그럴 여유도 없었다.

“크흐흐, 네놈이 내 동료를 죽이다니.”

뒤쪽에서 또 한 사람의 사내가 다가왔다. 장대근이 파렁진 추의 초식으로 쓰러뜨렸던 자였다.

도망갈 수는 없다. 혼자라면 모르지만 설옥을 안고 뛰려다가는 바로 죽을 것이다.

'아직 싸움이 끝나지 않았다. 대근아, 설옥 누이. 이자만 처치하고 구해줄게.'

강진은 속으로 그렇게 중얼거리며 몸을 굽혀 설옥을 내려 놓으며 대신 땅에 떨어져 있던 갈고리를 집었다. 허리를 반쯤 굽힌 강진의 눈에서 살기로 가득 찬 안광이 뿜어져 나왔다. 마치 새끼를 잃은 호랑이와도 같은 무서운 살기였다.

사내는 자신도 모르게 움찔하여 걸음을 멈췄다. 어떻게 된 것인지는 모르지만 동료가 죽었고, 동료의 무기는 상대의 손에 들려 있다. 반면에 사내의 무기는 모두 강에 빠진 장대근의 어깨에 박혀 있었다. 그는 빈손인 것이다.

사내는 적극적인 행동을 포기하고 대신 방어 자세를 취했다.

강진은 상체는 앞으로 기울여 낮추고 갈고리를 든 손만 머리 위로 치켜든 채 조금씩 앞으로 나아갔다.

사내는 뒷걸음질을 쳐 물러났다. 기세에서 눌린 것이다.

'단 일 초다. 일 초로 저자를 죽여야 한다.'

내공도 없고 나이도 어린 그가 무공을 익힌 어른을 이기는 것은 거의 불가능하다. 단지 적포천존에게 배운 권법을 응용해 이 갈고리를 상대의 목이나 뒷머리에 박아 넣을 수 있다면 된다.

배나 가슴은 안 된다. 내공을 익힌 자는 순간적인 발경으로 도검을 튕겨낼 수 있다고 했다. 발경이 안 되는 부위 중에서도 치명적인 곳을 노려야 한다.

강진은 그렇게 생각하면서 다시 한 걸음 나아갔다. 그런데 그때, 저 뒤쪽에서 다른 사내가 달려오는 것이 보였다.

'또 한 놈이 있었지.'

끝인가? 한 명은 몰라도 둘은 힘들다. 순간 강진은 크게 기합을 지르며 자신이 들고 있던 갈고리를 집어 던졌다. 마치 필생의 절초를 펼치는 듯한 기세였다.

갈고리는 위잉 소리를 내며 사내의 허리를 노리고 날아갔다. 첩혈표의 투사법에 따라 던졌기에 전에 던진 동전처럼 제법 기세가 살아 있었다.

일 장 앞에서 대치하던 사내는 강진의 급작스러운 행동에 급히 몸을 날려 갈고리를 피했다. 평소였다면 그렇게 과하게 몸을 움직이지 않았을 테지만 이미 강진의 기세에 눌린 후였다.

그사이 강진은 몸을 돌려 설옥을 안고 전력으로 달렸다. 싸울 수 없으면 도망이라도 가야 한다. 머뭇거리면 죽는다!

"이놈, 못 도망간다."

사내는 속은 것을 알고 자세를 추스르자마자 강진에게 몸을 날려 주먹으로 그의 등을 때렸다. 척추를 부수어 버리려는 악랄한 일초였다. 그런데 강진은 사내의 기세를 느끼자 몸을 옆으로 돌려 어깨로 일권을 막았다. 내공과 근력은 상대가 안 되지만 초식은 강진 쪽도 무시할 수 없었다. 특히 신법은 강진이 훨씬 정묘하다 할 수 있었다.

펙! 하는 소리와 함께 강진의 몸이 뒤로 튕겼다. 어깨가 부서질 듯이 아팠지만 그 힘을 이용해 오히려 가속도에 더했다. 이제 한 번 몸을 날리기만 하면 강물 속이다. 강물 속에서는 설옥을 안고도 충분히 헤엄을 칠 수 있다. 강진은 이를 악물고 남은 기력을 모두 다리에 모아 앞으로 뛰었다.

풍덩!

물속으로 들어가니 일단 살았다는 생각이 들었다. 남은 것은 장대근을 잃은 분노뿐, 강진은 고개를 돌려 사내를 보았다.

죽립을 뒤집어쓰고 있어서 얼굴을 볼 수 없지만 이렇게 한번 집중해서 보면 몸의 크기나 팔다리의 굵기, 그리고 허벅지와 무릎 아래 종아리의 길이 비율 같은 것을 모두 기억할 수 있다.

목소리도 들었으니 이제 변장을 해도 언젠가는 찾을 수 있으리라. 꼭 원수를 갚으리라!

강진은 굳은 결심과 함께 다시 물속으로 잠수를 하려 했다.

그런데 그때, 뒤에 도착한 사내의 얼굴이 보였다. 그는 죽립을 쓰고 있지 않았다. 처음 강진을 쫓던 자가 아니다.

"아버지!"

강진은 놀라서 외쳤다.

강선도는 달려오자마자 관수로 단숨에 상대의 목을 쳤다. 사내는 비명도 제대로 지르지 못하고 목이 이상하게 꺾여 버렸다.

"소주, 무사하시오?"

"아버지!"

강진이 다시 외치자 강선도는 즉시 몸을 날려 강 속에 뛰어들었다. 그리고는 강진과 설옥을 잡아 땅 위로 올라왔다.

강진은 부친이 움직인다는 사실에 너무나도 놀라 뭐가 뭔지 모르게 되어버렸다. 오늘 밤은 현실이 아닌 꿈인지도 모른다고 그는 생각했다. 너무나도 슬픈 일과 기쁜 일이 동시에 일어난 것이다.

하지만 강선도는 강진을 구했다는 안도감에 지금까지 그를 지탱해 왔던 기력을 잃었다.

털썩.

강선도가 쓰러지자 강진은 놀라서 그를 끌어안고 흔들었다. 강선도의 입과 코에서 피가 흘러나오고 있었다. 강선도는 겨우 눈을 뜨고 강진에게 말했다.

"괜찮소, 소주. 무리를 해서 선천진기를 끌어다 썼을 뿐, 죽지는 않을 것이오. 쿨럭, 쿨럭."

억지로 말을 하자 입으로 피가 넘어와 한 움큼의 피를 토한 강선도는 그대로 정신을 잃었다.

악몽과 같은 새벽이 끝나고 날이 밝았다. 강진은 물속에 잠수하여 장대근을 찾으려 했다. 살아 있을 가능성은 거의 전무했지만 그래도 시체라도 찾아 묻어주어야 한다.

　　그러나 강진은 결국 그 일을 포기해야만 했다. 정신을 잃고 강물에 떠내려 간 것 같은데, 지금 강진의 체력으로는 도저히 강줄기를 따라가며 장대근을 찾을 수 없었다.

　　강진은 슬픔으로 떨리는 가슴을 억지로 가라앉히고 설옥과 강선도를 짊어진 채 집으로 돌아왔다. 집에 도착했을 때에는 거의 탈진할 지경으로 지쳤지만, 다행히도 모여 있던 마을 사람들이 강진을 도왔다.

　　강진과 설옥, 그리고 강선도가 나란히 방에 누웠다.

　　강진은 우선 사람을 보내 적포천존에게 사정을 설명하도록 했다.

　　시간이 지나자 적포천존이 왔다. 적포천존은 마당에 뿌려져 있는 피를 보고는 쿵, 하고 콧방귀를 한 번 뀌었다. 그리고는 방으로 들어와 강진을 보았다.

　　강진은 억지로 몸을 일으켜 앉으며 말했다.

　　"설옥 누이와 아버님이 깨어나지를 않습니다."

　　"한 번 보자."

　　적포천존은 아직도 의식을 되찾지 못하고 있는 설옥과 강선도의 맥을 집었다.

　　"계집애는 혈을 집힌 거니 별거 아니다. 하지만 네 아버지는 좀 힘들겠구나."

　　그 말에 강진이 흔들리는 눈빛으로 되물었다.

　　"무슨 말씀이십니까?"

“죽지는 않는다. 단지 기맥이 완전히 너덜너덜해져서 무공은커녕 보통 사람만큼의 근력도 낼 수 없을 것이다.”

“…….”

부친이 폐인이 되었다는 적포천존의 말에 강진은 고개를 숙였다. 그래도 살아 계시니 다행이다. 깨어나셨으니 다행이다. 입속으로 계속해서 그렇게 중얼거렸다.

적포천존이 손을 쓰자 강선도가 먼저 깨어났다. 조금 있으니 설옥도 신음 소리와 함께 의식을 차렸다. 연약한 몸에 크게 놀라고, 또 오랫동안 혈이 짚힌 상태로 있었기에 좀처럼 몸에 힘이 들어가지를 않는 듯했다.

“그 사람들은?”

억지로 일어나려고 애를 쓰는 설옥을 강진은 어깨를 잡아 누이며 말했다.

“다 처치했어. 그냥 누워 있어.”

일단 설옥을 안정시키자 강진은 앉은 채로 몸을 돌려 강선도를 보았다.

“아버님.”

강진이 절을 하자 강선도는 잠시 강진과 적포천존을 번갈아 바라보더니 한숨을 내쉬며 고개를 절레절레 저었다. 눈치 빠른 적포천존이 몸을 일으키며 말했다.

“흥, 알았다. 내가 들으면 안 되는 사연이 있는 거지? 그럼 나가 있을 테니 둘이서 말해봐라. 설옥아, 너도 나가자.”

"잠깐, 어르신."

강진은 나가려는 적포천존을 잡았다. 그리고는 강선도에게 말했다.

"아버님, 이분은 적포천존이라는 분으로 아버님과 제 목숨을 구해주신 분이십니다. 하고 싶은 말씀이 무엇인지 모르겠지만 가능하면 어르신께도 이야기해 주시면 안 되겠습니까?"

강선도는 잠깐 놀란 표정으로 적포천존을 보았다. 떨어진 기력으로도 상대가 고수라는 건 눈치 챘지만 다른 이도 아닌 적포천존이라니? 거기에 분위기를 보아하니 이미 강진과는 보통 사이가 아닌 듯했다.

'어쩌면 하늘이 도우신게지.'

그는 곧 생각을 정리하고 큰 한숨과 함께 말문을 열었다.

"휴우, 소주의 뜻이 그렇다면 말을 하지요. 적포천존 어르신, 제 말을 들어주시겠습니까?"

적포천존은 뚱한 표정을 지었지만 사양하지 않고 다시 자리에 앉았다. 돌아가는 분위기로 보아 심상치 않은 내력이 있어 보였기에 내심 궁금했던 것이다.

"좋다. 말해봐라."

강선도는 잠시 생각을 정리하는지 입을 다물고 있다가 천천히 이야기를 하기 시작했다.

"우선 이미 느끼셨는지 모르지만 저는 소주의 친부가 아닙니다. 소주는 천룡교의 전대교주인 강영과 교주부인인 진영의 사이에서 태어난 유복자이십니다."

"……."

몇 년을 병간한 아버지가 친부가 아니라니? 충격을 받을 만도 하지만 강진은 그저 담담한 표정으로 다음 말을 기다릴 뿐이었다. 그 모습을 본 강선도는 고개를 살짝 끄덕이며 말을 이었다.

"소주가 어릴 때부터 머리가 좋아 진 부인과 제가 정말로 부부지간이 아니라는 것을 눈치 챘을 겁니다."

"……."

강진은 이번에도 말이 없었다. 그것은 바로 긍정의 표시. 다른 사람들 앞에서는 부부 행세를 했지만 셋만 있을 때의 태도는 전혀 달랐다. 부모님은 서로 공대를 했지만 아버지는 분명 어머니를 윗사람으로 대했기 때문이다.

강선도는 그때를 회상하는지 살짝 미소를 지으며 말했다.

"그래도 소주는 저를 항상 부친으로 대해주셨습니다. 그 점을 정말 고맙게 생각할 따름입니다."

"아버지께서는 어머니와 어린 저를 보호해 주셨습니다. 저를 키워주신 아버지는 단 한 분뿐입니다."

고개를 숙인 채 강진이 말했다. 그 말에 강선도는 말을 멈추고 강진을 보았다.

그때 적포천존이 약간 짜증이 난다는 듯 소리를 쳤다.

"그런 건 나중에 둘이서 하고 본론을 말해라. 천룡교는 뭐 하는 곳이냐? 너하고 저 녀석은 왜 신분을 감추고 숨어 사는 거고, 또 이 설옥이란 아이는 왜 잡아가려 하는 거냐?"

"그놈들이 이 아이를 잡아가려 했단 말입니까?"

강선도는 아직 자신들이 습격당한 이유를 모르고 있었다. 그저 자신들의 신분이 발각당해 적이 왔다고만 생각했다. 그런데 설옥을 잡아가려 하다니?

강진이 간단하게 설명을 했다.

"그자들은 설옥 누이를 잡아가려 했습니다. 저를 죽이려 했던 것은 입을 막기 위해서인 듯했습니다. 그런데 그자들이 천룡교 사람이었나요?"

"그건 확실합니다. 그자들의 피에서 구맥단의 기운이 섞여 있었지요. 구맥단은 천룡교 종제자들이 복용하는 것이고, 그 향기는 같은 복용자들만 알 수 있습니다. 저도 종제자였고, 구맥단의 기운이 떨어져 몸이 굳었다가 그 기운이 섞인 피를 마시고 잠시나마 움직이게 된 것이지요."

"으음, 처음부터 차근차근 설명해 봐라."

"예."

강선도는 다시 사정을 설명하기 시작했다. 천룡교의 존재는 외부인에게 알리지 않고 수백 년이나 이어져 내려온 것이지만 이렇게 변고가 생기니 모든 금제가 다 부질이 없었다.

천하에는 사람이 수를 셀 수 없이 많이 살고 있고, 그중에서 인재만 해도 저 하늘의 별처럼 많다. 그러나 그중에서도 정말 일세를 풍미한 사람은 손가락으로 뽑을 정도밖에 되지 않는다.

그렇다면 수백 년에 걸쳐 전설이 되는 사람은 이미 사람이라기보다는 신에 가까운 존재가 아닐까?

천룡교는 원래 한 사람의 핏줄들이 모여 생긴 조직이다.

천룡신군 강인엽, 그는 북두칠성 중에서도 수좌성(首座星)인 천추성의 화신이라고 한다. 믿거나 말거나라고 할 수 있지만 적어도 그가 천추성의 기운을 받아야만 나타난다는 천양신맥(天陽神脈)의 주인공이라는 것은 틀림없다.

강인엽은 타고난 재질에, 그리고 후천적인 노력을 더해 삼십대에 이미 천하에 적을 찾을 수 없는 절대고수가 되었다. 단순히 무공뿐만이 아니라 학문과 예학까지 모두 통달하여 그야말로 완벽이라고 할 만했다. 그러나 그에게는 치명적인 문제점이 있었다.

천양신맥의 주인은 몸의 기가 너무 강하여 후손을 가질 수가 없다. 그것이 강인엽이 십여 년 동안 의술을 배우고 스스로 연구하여 얻은 결론이었다.

천인은 범인과의 사이에서 아이를 가질 수 없는 것이다.

아무리 천하의 고수라고 해도 후손을 보는 문제만큼은 마음대로 안 되었다. 절세의 미인들을 하나도 아니고 여럿이나 부인으로 두었지만 다 소용이 없었다.

강인엽은 절망했다. 완벽주의자인 그는 자신의 몸의 결점을 도저히 용납할 수 없었다. 지금까지 이루어왔던 모든 것이 다 허깨비처럼 느껴졌다.

그런데 하늘은 그런 강인엽에게 한줄기 구원의 밧줄을 내려주었다. 바로 천형이라고도 말해지는 오음절맥의 여인이었다.

십 년에 한 명 태어날까 말까 하는 기병인 절맥중, 그중에서도 신비하다는 오음절맥을 지닌 여자 아이를 만난 것은 정말 천행이었다.

처음에는 그쪽으로 생각하지 못하고 그저 치료만 해주려 했다. 그런데 치료를 위해 여아의 기맥을 뚫어주다 보니, 무엇인가 알 수 없는 느낌이 가슴속에 울려 퍼졌다. 마치 이 아이가 너의 천생연분이라고 몸이 의식에게 말해주는 것 같았다.

결국 강인엽은 오십이 다 되어서 열세 살밖에 안 된 어린 부인을 얻었다.

그리고 삼 년 뒤, 강인엽은 첫 아이를 얻었다. 그 뒤 십오 년에 걸쳐 강인엽은 두 명의 딸과 세 명의 아들을 보았다. 천양신맥의 양기를 감당할 수 있는 것은 최소 오음절맥의 음기를 지닌 여자만이 가능했다. 그것이 강인엽이 오랜 세월 동안 자신과 부인을 연구한 결론이었다.

그러나 문제는 그걸로 끝나지 않았다.

역시 천양신맥의 소유자가 후손을 보는 것은 천리를 거역하는 일이었는지도 모른다.

본인은 원하던 아이를 얻었지만, 아이가 정상이 아니었다.

다섯 아이 중 한 아이를 제외한 네 명은 모두 몸의 기맥이 꼬여 있었던 것이다. 생전 듣도 보도 못한 기묘한 절맥증이었다.

오직 한 아이만이 정상이었다. 강인엽은 자신들의 불행에 한숨을 쉬면서도 그의 고절한 내공과 의술로 아이들을 치료했다. 그 결과 아이들은 정상적으로 생활을 할 수 있게 되었다.

불행 중 다행으로 유일하게 정상으로 태어난 아들 강중모는 정말로 뛰어난 인재였다. 부친인 강인엽에는 못 미쳐도 범인보다는 훨씬 뛰어난 체질을 타고났다. 마치 약간 축소된 천양신맥과도 같았다. 강인엽은 강중모를 자신의 후계자로 결정하고 가진 바 무공의 대부분을 전했다.

그러나 문제는 역시 계속되었다. 강중모 역시 아이를 얻지 못하는 체질이었던 것이다. 그러니까 절맥증에 걸리지 않은 대신 천양신맥의 기운을 어느 정도 이은 셈이다.

오히려 절맥증을 타고난 아이들은 평범하게 시집 장가를 가서 후손을 보았다. 그런데 문중의 가주인 강중모가 후손이 없으니 참으로 곤란한 일이었다.

　무엇보다 부친인 강인엽과 꼭 닮은 성격의 강중모 본인은 자신의 결점에 절망했다. 그는 미친 듯이 천하를 돌아다니며 오음절맥의 여인을 찾아다녔다.

　그러나 오음절맥이 찾는다고 툭툭 튀어나오는 체질은 아니다. 이 체질의 소유자는 어렸을 때부터 몸이 약하고 거의 십오 세를 넘기지 못하는데, 아주 특별한 경우가 아니면 오음절맥이라는 것도 모르고 그냥 선천적으로 몸이 약해서 그런 것으로만 안다.

　몸 약한 십오 세 이하의 규중처녀를 남에게 함부로 내보이는 집안은 별로 없기에 결국 강중모는 평생 아이를 가지지 못했다.

　그 대신 그는 다른 일을 했다.

　놀랍게도 강중모의 조카들 역시 그와 그의 형제들처럼 대부분 절맥증을 지닌 채 태어났다. 그리고 두어 명의 아이는 기맥은 정상이나 강중모처럼 천양신맥의 기운을 이었다.

　천리를 거역한 천양신맥의 후손에게 내려진 저주는 계속되고 있는 것이다!

　강중모는 조카들의 절맥증을 치료해 주지 않았다. 강중모 역시 절세의 고수로 평가받았지만 강인엽보다는 확실히 수준이 떨어졌다. 한두 사람도 아니고, 십수 명이나 되는 아이들의 절맥증을 모두 치료해 줄 정도의 능력은 없었다.

　대신 그는 하나의 단약과 호흡법을 개발했다.

단약은 바로 구맥단으로 막힌 기맥을 뚫어주고 진기를 강화하는 성질을 지녔다. 절맥증에 걸린 아이들이 장기간 복용하면 놀랍게도 정상적으로 무공을 수련할 수 있는 체질이 된다.

그러나 이 구맥단은 일종의 마약과도 같은 성질이 있어, 도중에 복용을 끊으면 뚫렸던 맥 전체가 점점 굳어 결국에는 몸을 움직이지 못하고 의식도 잃어버리게 된다.

다시 복용을 하면 서서히 풀리기는 하지만 한 번 굳으면 다시 무리없이 무공을 사용할 정도가 될 때까지는 몇 년이나 걸리는 것이다.

또한 기맥이 너무 많이 꼬인 아이는 구맥단을 복용해도 무공을 익힐 수가 없다. 이런 아이는 그냥 놔두면 금방 기가 완전히 막혀 죽어버리는데, 활류소통법(活流小通法)이라는 운기토납법으로 한줄기 맥을 통하게 할 수 있다.

하지만 활류소통법은 어디까지나 생존을 목적으로 하는 것으로 구맥단처럼 무공을 사용하게 해줄 수는 없다. 오히려 한 번 구맥단을 복용하면 기가 강해져서 활류소통법이 전혀 듣지 않게 되기에 조심해야 했다.

"그럼 제가 배운 호흡법이 바로 활류소통법이군요."

"그렇습니다, 소주."

"소주라 하지 마시고 그냥 진아라고 부르세요. 저에겐 아버님이 필요합니다."

“후우.”

강선도는 대답 대신 한숨을 내쉬었다. 그리고는 다시 적포천존을 보며 설명을 계속했다.

강중모는 몸이 성한 아이 중에서 조금 더 재능이 뛰어난 강절하를 후계자로 삼고 가주의 자리와 일신상의 무공을 전했다. 그리고는 다른 아이들에게 천하를 뒤져 오음절맥의 여아를 찾게 했다. 일단 오음절맥의 여아를 찾기만 하면 납치를 하든 설득을 하든 무조건 부인으로 맞이하도록 했다.

이건 오음절맥의 여아에게도 나쁜 일이 아니었다. 천룡무가에서는 당연히 오음절맥을 치료해 주었다. 또한 오음절맥은 치료가 되어도 여전히 몸의 음기가 강하기 때문에 아이를 가질 수 없는데, 천양신맥의 기운이 흐르는 사람과는 그게 가능했다.

세월이 흐름에 따라 천룡무가의 시간도 자꾸 흘러갔다. 그 사이에도 가주는 항상 절맥증에 걸리지 않은, 다시 말해서 천양신맥의 기운을 몸에 지닌 아이 중에서 선택되었다.

다른 아이들은 구맥단을 복용하며 무공을 익힌 후, 강호를 떠돌며 오음절맥의 여아를 찾는 임무를 맡았다. 운이 좋게도 그런 여아를 찾으면 가주는 직접 후손을 볼 수 있었고, 아니면 그대로 끝이었다. 예외는 없었다.

그러면서 점점 규칙이 비정하게 변했다.

일단 천룡무가는 세상에 자신들의 문제점을 철저하게 감

추었다. 오음절맥의 여아가 어떤 신분인지는 아무도 예측할 수 없다. 설사 황제의 딸이라고 해도 납치를 해온다는 것이 그들의 의지였기에 비밀은 절대로 외부에 나갈 수 없는 것이다.

또한 가주 이외에 천양신맥의 기운을 타고난 사람은 모두 죽게 되었다.

그런 사람은 가주가 되지 않는 한 평생 아이를 가질 수 없는데, 여기에 오음절맥의 여아를 발견했을 때 일어날 반란을 막기 위한 것이다. 또한 절맥증이 있는 사람은 구맥단 때문에라도 가문을 배신하지 못하지만, 정상인 사람은 언제든지 가문을 배신하고 비밀을 유출할 가능성이 있었다.

그렇게 천룡무가는 다른 가문과는 상이한 목적을 지닌 채 수백 년에 걸쳐 비밀리에 활동해 왔다.

어느덧 천룡무가는 천룡교로 변했다. 가주는 교주가 되었고, 그들이 찾는 오음절맥의 여아는 성녀라고 불리게 되었다.

절맥증에 걸린 교도들은 종제자라 하고, 그들의 배우자를 평제자라고 하는데, 평제자는 교의 비밀을 모른다. 단지 어떤 비밀 종교에 속해 있다고만 알게 되는 것이다.

그러면서 그들은 오랜 경험으로 오음절맥의 여아를 찾는 가장 좋은 방법은 의원이 되는 것임을 알았다. 천하의 의원들 중 몇 명이 천룡교의 사람인지는 모르지만 적어도 수백 명은 넘을 것이다.

"오호, 그렇다면 이 아이가 오음절맥이란 말이냐?"

적포천존은 놀란 표정을 지으며 물었다.

"그들이 성녀라 부르며 납치하려 했다면 틀림없을 것입니다."

"어디 보자. 흐흠, 과연 그럴지도 모르겠다. 강진 녀석하고는 기맥의 꼬이고 막힌 것이 조금 다르구나. 이게 오음절맥이란 말이지?"

적포천존은 눈을 지그시 감으며 설옥의 기맥을 감상했다. 그러다가 다시 고개를 돌려 강선도에게 물었다.

"그놈들이 애를 납치하려던 건 알겠다. 그런데 너희는 왜 교에서 도망 나온 거냐?"

"그건 전전대 교주인 강독준의 음모 때문입니다."

전전대 교주인 강독준은 뛰어난 인물이었고, 성녀도 찾아 아들도 한 명 낳았다. 그런데 그 아들은 절맥증이었다.

교주가 육십이 될 때까지 천양신맥의 기운을 이은 아이를 낳지 못하면 원로원의 주도하에 다른 교도의 아이 중 가장 자질이 뛰어난 아이가 차대 교주로 내정된다. 그래서 이번에 교주의 후계자로 선택된 사람이 바로 강진의 친부인 강영이었다.

"문제는 강영 문주의 배우자감인 성녀가 너무 빨리 발견되었기 때문에 벌어졌습니다."

강영이 채 교주가 되기도 전에 새로운 성녀가 발견되었다.
이대에 걸쳐 성녀를 얻은 것은 정말 기뻐할 만한 일이다.

곧 혼인식이 거행되었고, 둘은 부부가 되었다.

그런데 전대 교주인 강독준은 성녀를 보고 딴생각을 했다.

그는 자존심이 강한 사람으로 자신의 아들이 평생 구맥단에 얽매여 남의 밑에서 하인 노릇을 하는 것을 두고 볼 수 없었다.

이렇게 한 번 교주 자리를 빼앗기면, 그 후대에 다시 교주가 되리란 보장은 없다. 현 교주의 자식에게 우선권이 있는 것이다.

반대로 강독준의 손자 중 정상적인 아이가 나와도 그 아이는 죽임을 당하게 된다. 그것이 천룡교의 가장 비정한 법이었다.

고민하던 강독준은 결심을 하고, 하나의 음모를 꾸미게 되었다.

상화역혈공(常火逆血功)이라는 내공심법이 있다. 이건 천룡교가 오랜 연구 끝에 창시한 내공심법 중 하나인데, 이걸 익히면 절맥증에 걸린 아이가 구맥단 없이 무공을 익힐 수 있을 뿐만 아니라, 전신의 잠재력을 거의 모두 발휘하게 된다.

그러나 이 무공의 원류는 마교에 있고, 마공 중에서도 가장 무서운 마공이다. 마공의 특징은 바로 이로운 점이 한 개면

해로운 점이 세 개라는 데에 있다.

일단 이 무공은 몸에 숨겨진 잠재력을 깨우는 것이기에 안 좋은 잠재력도 모두 깨어난다. 즉, 천양신맥과 비슷한 체질이 되어 보통 여자하고는 관계를 가져도 아이가 생기지 않는다. 그렇다고 완벽하게 천양신맥이 되는 것도 아니고 원래부터 절맥증이 없는 아이처럼 되는 것뿐이다.

뿐만 아니라 이것은 어릴 때부터 꾸준히 수련을 해야 하는데, 수련 시의 고통이 어른도 감당하기 힘들었다. 그래서 이걸 어린아이에게 강제로 수련을 시키면 고통과 마기에 인성이 파괴될 가능성이 높았다. 적어도 선한 성품으로 자라지는 않는다고 봐야 했다.

그래서 이 무공은 천룡교에서도 금지되었는데, 강독준은 아들에게 그걸 익히게 한 것이다. 그리고 때가 되자 원로원을 급습하여 장악하고 차대 교주였던 강영을 제거, 성녀를 빼앗으려 했다.

성녀를 빼앗으면 어떻게든 억지로 아들을 교주로 만들어 새로운 후손을 보게 할 생각이었던 것이다.

그러나 강영은 차대 교주로 선택되는 순간부터 같이 선택된 호위무사인 교주쌍위에게 자신의 아내를 맡겼다. 아내와 아내의 뱃속에 있는 자식의 미래를 위해 자신은 목숨을 걸고 적과 싸웠다.

"그렇게 해서 탈출을 했습니다. 만약 소주께서 천양신맥의 기운을 이으셨다면, 소주는 정통 교주의 자격이 있으니 십 년 쯤 후에 되돌아가 인정을 받으려 했지요. 그러나 소주께서는 절맥증을 타고 태어나셨습니다. 그래서 저는 성녀님의 부탁에 따라 평생 소주를 보살피며 살려고…….”

강선도의 이야기는 그것으로 끝났다. 강진은 지금까지 몰랐던 사연이 너무나 기막혀 뭐라고 말을 할 수가 없었다. 그저 이를 악물고 사태를 냉정하게 파악하려 할 뿐이었다.

“그들이 내 모친을 빼앗기 위해 부친을 죽이고, 그게 실패하자 이제 내 아내도 빼앗으려는 거군요.”

그뿐만이 아니라 친동생처럼 아끼던 대근이마저 생사를 알 수 없는 지경이다. 강진이 이것을 입에 담지 않은 것은 장대근이 살아 있다고 믿고 싶었기 때문이다.

“거 참, 운명이 묘하게 꼬인 거구먼.”

적포천존도 신기하다는 듯 혀를 끌끌 차며 강진과 설옥을 보았다. 아무리 생각해도 겹치고 겹친 악연이다. 강선도도 같은 생각을 하며 침중한 표정을 감추지 못했다.

그렇게 잠시 침묵이 흘렀을 때, 듣고만 있던 설옥이 약간 머뭇거리다가 강진에게 물었다.

“그럼 전 아이를 가지지 못하는 거예요?”

이 말에 강진과 강선도는 대답을 하지 못했다. 설옥이 오음절맥을 타고난 이상 평생 아이를 낳지 못한다. 이것은 적포천존이 그녀를 치료해 주어도 바뀌지 않는다. 그녀가 아이를 가질 수 있는 방법은 천양신맥의 기운을 이은 자와 관계를 가지는 것뿐이었다.

강진이 절맥증을 치료하여 정상인이 된다 해도 천양신맥의 기운이 나타나는 것은 아니었다. 그렇기 때문에 강진은 다른 여자와는 얼마든지 아이를 가질 수 있으나 설옥과는 불가능했다.

설옥은 자신이 제대로 이해했다는 것을 깨닫고는 떨리는 목소리로 말했다.

"나, 난 언젠가 진이 너의 아이를 가지고 싶었는데……."

말을 하다 보니 참고 있던 감정이 한꺼번에 터져 버려 설옥의 두 눈에서 눈물이 흘러내렸다.

"시끄럽다!"

적포천존이 버럭 소리를 질렀다.

"이 발랑 까진 계집애야. 넌 나이가 몇 살인데 벌써부터 애타령을 하는 거냐? 아직 하늘도 보지 않은 거 같은데 별을 딴다 못 딴다가 말이 돼?"

천둥같은 호통에 설옥은 깜짝 놀라 자신도 모르게 울음을 멈추며 숨을 삼켰다. 그러면서도 말귀는 알아들었는지 금방 부끄러움에 얼굴이 살짝 상기되었다.

그때 강진이 두 손으로 설옥의 양팔을 잡으며 말했다.

"설옥, 세상은 아주 넓어서 어디에 무엇이 있는지 아무도 다 알지 못해. 내 나중에 천하를 다 뒤져서라도 네가 아이를 가질 수 있는 방법을 찾을 테니, 슬퍼하지 마.”

“흐흐흑.”

너무나도 따뜻한 강진의 목소리에 설옥은 울음을 터뜨리며 강진의 품속으로 쓰러지듯 파고들었다.

적포천존은 그 광경을 보고는 고개를 돌리며 혀를 끌끌 찼다.

‘이놈이 내가 다음에 할 대사를 어떻게 알고 먼저 선수를 친 거지?’

원래 적포천존은 설옥에게 호통을 쳐서 울음을 멈추게 한 다음 강진을 야단칠 생각이었다.

만약 강진이 먼저 설옥을 달래지 않았다면 적포천존은 그에게 이렇게 말했으리라.

“넌 네 내자가 상심해서 울면 허풍이라도 떨어서 달래야지 애가 울게 놔둬? 네놈이 그러고도 부랄 달린 사내 녀석이냐? 세상이 얼마나 넓고 신기한 게 많은데 오음절맥의 여아에게 씨 뿌리는 방법이 없을 것 같으냐? 나 같으면 천하를 다 뒤져서라도 그걸 찾아낼 것이다!”

정말로 그런 방법이 있는지 없는지는 중요하지 않다. 그리고 그걸 꼭 찾아내야 하는 것도 아니다. 단지 사내가 그걸 찾는다고 말한 순간부터 여인은 슬퍼하지 않을 것이고, 평생 마음으로 사내를 따를 것이다.

‘여자에 환심을 사는 방법을 선천적으로 아는군. 빈틈없

는 놈.'

  강진이 적절한 행동을 하는 바람에 애써 준비한 호통의 대
사가 입속에 머물고 말았다. 왠지 모르게 입맛이 써서 자꾸
혀를 차는 적포천존이었다.

第七章
속수지례(束脩之禮)

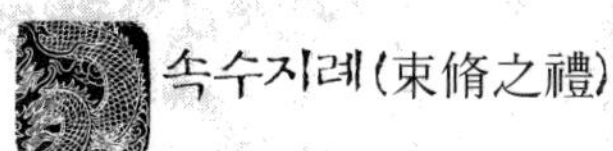

　　마을 사람들은 모두 힘을 합쳐서 장대근을
찾았다. 그러나 찾아내지 못했다. 시체가 강물에 휘말려 떠내
려갔다면 언제 어디서 떠오를지 아무도 모른다.

　결국 강진은 눈물을 삼키며 마을 사람들에게 수색을 중지
시켰다. 사람을 죽였으니 뒤처리를 해야 했다. 특히 죽인 대
상이 강호의 비밀 종교 조직의 일원이라면 언제 또 다른 자가
올지 몰랐다. 성녀에 관한 일이기에 저들은 절대로 포기하지
않을 터.

　중요한 것은 이 일에 휘말려 애꿎은 마을 사람들이 희생될
수 있다는 점이다. 장대근처럼 다른 사람들이 죽으면 도저히

참지 못하리라고 강진은 생각했다.

사실 마을 사람들도 불안해하는 모습이 역력했다. 무니포는 세상에서 가장 힘없는 자들이 모여 사는 곳이라 할 수 있다. 이런 곳에 사는 사람이 죽는다고 누가 돌아보기나 할 손가? 하지만 다들 강진에게 은혜를 입고 사는 처지이기에 입을 열어 무어라 하는 이는 단 한 명도 없었다.

'이대로는 안 돼!'

강진은 심사숙고 끝에 이 마을에 더 있어서는 안 되겠다고 판단했다. 그것은 자신뿐만 아니라 다른 사람도 마찬가지였다. 지금 그들에겐 힘이 없다. 비록 적포천존이 있다고 해도 그에게 마냥 기대어 보호받을 수는 없었다.

강진은 소학을 불러 이 일에 대해 상의를 했다.

"항주로 가세요. 같이 가겠다는 사람을 모두 데리고 가서서 계획대로 사업을 벌이시는 거예요. 원래는 몇 년 뒤에 하려고 했던 일이지만 상황이 급하게 되었으니 어쩔 수 없어요."

소학도 마을을 떠나는 일에는 찬성이었다. 사실 그는 강진이 떠나자고 할지도 모른다고 예상했다. 어차피 무니포에 특별한 생계 수단이 있는 것도 아니니 미련을 가질 이유도 없었다. 하지만 강진은 마치 자신은 안 갈 것처럼 말하고 있지 않은가?

"넌 안 가고?"

"전 따로 할 일이 있어요. 그리고 제가 지금 같이 있으면 위험하니, 일단은 그 부분을 해결하지 않으면 같이 있을 수 없어요."

"괜찮을까?"

소학은 역시 불안한 모양이었다. 강진과 함께라면 몰라도 혼자 마을의 어른들을 제대로 관리할 수 있을까 하는 염려도 있고, 또 강진의 판단대로 일을 처리하다가 갑자기 자기 자신이 모든 일을 알아서 해야 한다고 생각하니 막막한 느낌도 들었으리라.

강진은 그걸 눈치 채고 미소 띤 얼굴로 소학을 격려했다.

"형이라면 괜찮아요."

"그래? 강 형제가 그렇게 생각한다면 괜찮겠지?"

소학은 금새 기분이 좋아진 듯 히히거리며 웃었다. 일단 자신감을 가지고 마음을 정하면 뒤를 돌아보지 않는 것이 그의 성격인만큼 정말로 괜찮을 것 같았다.

둘은 머리를 맞대고 항주에서 해야 할 일들에 대해 다시 한 번 검토했다. 중요한 것은 미리 정하고 앞으로 일어날 일들에 대해서는 소학이 임기응변으로 결정하기로 했다.

가능한 한 일어날 수 있는 모든 상황을 상정해 논의한 후, 강진은 사람들을 모았다. 그리고 직접 사람들에게 항주로 가는 계획을 밝혔다.

"저는 당분간 무공을 수련하겠습니다. 그동안 소학 형과 함께 항주로 가주시기를 바랍니다. 물론 안 가실 분들은 다른 곳으로 가서도 됩니다. 단, 같이 가실 분들은 소학 형의 말에 따를 것을 약속해 주셔야 합니다. 대신 항주로 같이 가시는 분들에게는 책임지고 일거리를 찾아드리도록 하겠습니다."

"일을 할 수 있다면 따라가겠다."

난민 청년 중 한 명이 가슴을 탕탕 치며 말했다. 원래 농부였던 그는 이제 논도 밭도 없는 난민이라 남의 집 종살이나 도적, 혹은 거지 부랑아 이외에는 미래가 없었는데 번듯한 일자리를 준다고 하니 목숨을 걸고 따라가기로 결심했다.

다른 사람들 역시 거의 대부분 사정이 비슷했기에 결국 모두 항주로 가기로 결정했다. 그 뒤로는 강진이 나설 필요가 없이 소학이 지시한 대로 이주 준비를 시작했다.

이렇게 한 가지 일이 일단락되자 강진은 마을 한 구석에 있는 문철의 집으로 향했다.

소년 학사인 문철의 경우, 강진이 무니포를 사실상 움직이게 된 이후에도 일절 신경 쓰지 않고 방 안에서 하루 종일 글만 읽었다. 그러다가 하루 두 번 식사 때가 되면 나와 나무 조각에 차용증을 써서 물고기 죽만 먹고 돌아가는 것이다.

문철은 결코 강진의 말대로 움직인 적이 없었다. 강진뿐 아니라 어느 누구의 말에도 귀를 기울이지 않았다. 만약 강진이 없었다면 방 안에서 글만 읽다가 굶어 죽었을지도 모른다.

"문철, 나 강진이다."

강진이 문철의 집 밖에서 외치자 글을 읽던 소리가 멈췄다. 강진이 이렇게 문철에게 찾아온 적은 지금까지 한 번도 없었다.

"무슨 일이냐?"

문이 열리며 문철이 나왔다. 창백한 인상이지만 두 눈에서 흘러나오는 강렬한 안광은 그의 의지와 기상이 누구도 범접하기 어려울 정도로 고결하다는 것을 알게 해준다. 남루한 의복이지만 항상 단정하고 정갈하게 관리하니 결코 난민으로는 보이지 않았다.

그는 아주 어렸을 때부터 학사였다. 강진은 속으로 그렇게 생각했다.

"마을 사람들은 모두 이곳을 떠나기로 했어. 나는 다른 곳으로 가지만 다른 사람들은 소학 형과 함께 항주로 가서 일을 하게 될 거야."

"그런가."

별다른 표정의 변화도 없이 중얼거리듯 말하는 소학에게 강진이 물었다.

"너는 어떻게 할 거지?"

"나 혼자 이곳에 남아 있을 필요는 없겠지. 나도 떠날 거야.”

“북경으로 갈 거냐?”

강진이 묻자 문철은 잠시 입을 다물고 대답을 하지 않았다. 그러다가 결국 한숨을 쉬며 말했다.

“내 마음을 읽었구나.”

“나에게 그런 능력은 없다. 단지 네가 큰 뜻을 품고 있다고 생각했을 뿐이야.”

“훗, 큰 뜻이라. 그런 건 없다.”

문철은 피식 하고 웃으며 고개를 저었다. 왠지 모르게 자조적인 미소였다.

“내가 북경에 갈 생각을 한 것은 바로 너 때문이다.”

“나?”

이건 강진도 미처 생각지 못한 말이다. 강진은 무슨 소리냐는 얼굴로 문철을 보았다.

“너는 너무나도 뛰어나다. 다른 사람들은 알게 모르게 너에게 감탄하여 자연스럽게 너를 따르게 된다. 하지만 난 다르다. 난 결코 네 밑으로 들어가지 않겠다. 네가 주는 밥을 공짜로 얻어먹으며 만족하지 않을 것이다.”

“나도 문철 너를 그런 식으로 생각한 적은 한 번도 없어. 너를 만난 지 육 년이 지났지만 그동안 난 네가 밥 먹고 자는 일 이외에 책을 읽지 않는 것을 본 적이 없다. 넌 내가 진심으로 존경하는 사람 중 하나야.”

"후후후, 존경이라."

문철은 강진의 말에서 진심을 느끼는 듯 웃었다. 그리고는 갑자기 한숨을 쉬며 말했다.

"나의 부친은 북경에서 큰 벼슬을 하셨다. 그러나 간신의 모함 때문에 억울하게 돌아가셨지. 난 원래 평생 숨어서 학문을 하되 결코 조정에는 나아가지 않으리라 생각했었다. 그러나 네 녀석은 그런 나에게 초라한 마음이 들게 했다."

문철은 자신이 강진에게 느낀 열등감이 다시 떠오르는 듯 이를 부드득 갈았다. 그가 느끼는 강진의 가장 무서운 점은 자신의 능력을 아낌없이 사용한다는 점에 있었다. 강진을 보고 있으면 문철 자신이 지금까지 쌓아 올린 학문이 그를 꾸짖는 듯한 기분이 들었다.

왜 나를 사용하지 않느냐? 쓰지 않으려면 왜 그렇게 애써 익힌 것이냐?

마음을 속일 수는 없다. 문철은 그런 학문의 원망에 괴로운 세월을 보내야 했다.

"어쨌든 좋다. 난 북경으로 가서 대과를 보겠다. 지금까지 내가 익힌 학문이 얼마나 뛰어난 것인지 세상을 상대로 증명해 보이겠다."

강진은 문철의 결심 어린 선언을 듣고 고개를 끄덕이며 품속에서 하나의 보따리를 꺼내 내밀었다.

"받아라."

"이건 뭐냐?"

"북경까지 구걸하며 갈 거냐? 노잣돈이다."

당연하다는 듯 말하는 강진을 보면서 문철은 고개를 저었다.

"네 녀석의 동정은 받고 싶지 않다."

강진은 물러서지 않았다. 대신 환하게 웃으며 다시 보따리를 내밀며 말했다.

"넌 내 친구야. 친구와 함께 밥을 먹는 것과 돈을 나누는 것은 결코 동정이 아니지. 받아라."

"…친군가. 알았다."

문철은 강진이 친구라는 말을 하자 마침내 손을 내밀어 노잣돈을 받았다. 처음으로 차용증을 쓰지 않고 강진에게 무언가를 받은 것이다.

강진은 이야기가 끝났다는 듯 바로 몸을 돌려서 집으로 돌아갔다. 문철은 자신의 일을 스스로 결정할 수 있는 남자다. 더 이상 신경을 쓰거나 보살펴 줄 필요는 없다. 그런 성격을 알기에 미리 노잣돈까지 준비해서 찾아간 것이었다.

'뜻을 이루길 바란다.'

강진은 뒤돌아보지는 않았지만 속으로 힘을 주어 말했다. 친구가 잘되길 바라는 간절한 마음을 담아.

문철 역시 아무 일도 없었다는 듯 다시 방 안으로 들어갔다. 곧 방 안에서는 문철이 글을 읽는 소리가 들려왔다.

빈 싸릿문 앞마당에는 우정의 잔향만이 남았다.

강진이 집으로 돌아오니 설옥이 열심히 죽을 끓이고 있었다.

"이제 오세요."

"어르신은?"

"안에 계세요. 아버님을 치료하시는 중이신가 봐요."

"응."

강선도는 갑자기 무공을 사용하느라 너무 무리를 해서 몸 안의 기경팔맥 모두가 망가졌다고 했다. 이건 팔이나 다리가 잘린 것처럼 절대 원래대로 돌아오지 않는다. 어느 정도 움직일 수는 있지만, 내공을 쓰거나 심하게 힘을 쓸 수는 없다.

강진은 옷매무새를 단정하게 가다듬고 방 안으로 들어갔다. 설옥의 말대로 적포천존이 강선도의 몸 이곳저곳을 주무르며 근육을 풀어주고 있었다.

"왔냐?"

적포천존은 고개를 돌리지도 않고 작업에 열중했다. 지금 그는 강선도의 몸을 치료하면서 완전히 너덜너덜해진 경맥의 상태를 음미하는 중이었다.

만날 마음 내키는 대로 사람을 패다가 이렇게 반대로 신중하게 치료를 하니 느껴지는 게 많았다. 거친 것과 부드러움의 차이를 다시 한 번 깨닫게 되니 내공이 더욱 정순해졌다.

같은 내공이라고 해도 정순함의 차이에 따라 큰 차이가 있는 법. 그동안은 너무 거칠게만 사용했기에 쓸데없이 살기만 북돋았을 뿐이다.

강진은 잠시 말없이 서 있다가 천천히 적포천존을 향해 절을 하기 시작했다.

한 번, 두 번……. 계속해서 쉬지 않고 절을 했다.

그제야 적포천존은 고개를 돌려 강진을 보며 물었다.

"뭐냐?"

강진은 다시 한 번 바닥에 머리를 대며 말했다.

"부족한 것이 많은 몸입니다만, 제발 제자로 받아주십시오."

적포천존은 잠시 입을 다물고 강진을 바라보았다.

'이걸 좋아해야 해, 말아야 해?'

이미 강진을 제자로 받아들일 마음이 있는 적포천존이었다. 그런데 강진이 먼저 절을 하고 간청을 하니 솔직하게 기뻐하는 게 좋을 것 같았다.

그러나 적포천존의 비뚤어진 성격은 자신의 뜻대로 되는 것에도 딴생각을 하게 했다.

'여기서 냉큼 오냐 하고 받으면? 안 되지. 내 제자가 아무나 되는 건감. 한때는 나에게 무공 한 초식이라도 배우려고 목숨을 건 놈들이 줄을 섰었는데 말이야.'

단지 무공이 강하다고 해서 자연재해라는 명호가 붙을 리가 없다. 적포천존은 그야말로 버리려고 했던 물건도 남이 달라고 하면 안 주는 성격의 소유자.

한마디로, 좀 꼬였다는게 딱 맞는 표현일지도 모르겠다.

'여기서 잘해야지. 요 녀석 앞에서 위엄을 세우는 게 결코 쉬운 일은 아닌데, 지금 아니면 언제 또 기회가 있을까?

적포천존은 마음속으로 굳게 결심하고 몸을 돌려 강진을 정면에서 마주하고 허리를 꼿꼿하게 편 채 정좌를 했다. 그의 전신에서 신묘한 기운이 뿜어져 나와 방 안을 가득 채웠다. 그것은 적포천존이 평생 동안 살아오면서 자연스럽게 쌓인 기였다. 내공하고는 또 달라서 상대의 몸을 위축되게 만들었다.

자신이 낼 수 있는 최대한 엄숙한 분위기를 잡고, 표정도 근엄하기 그지없었다. 이런 상태에서 적포천존은 최대한 목소리를 깔며 엄숙하게 말했다.

"내 제자가 되고 싶으면 속수지례(束脩之禮)를 취해야 한다."

"속수지례라 하시면……?"

강진은 고개를 들고 적포천존을 보았다. 속수지례란 논어에 나오는 말로, 공자가 말린 고기와 같은 변변치 못한 예물만 받아도 가르침을 베풀겠다고 말한 데에서 유래가 된다.

공자의 제자들 중에는 못 사는 사람도 많았다. 그런 사람들도 배우고 싶은 열망이 있고, 또 스승에 대한 정성이 있으면 기꺼이 제자로 받아들인다는 뜻이다.

그러나 이것이 세월이 흐름에 따라 약간 변질되어, 이제는 글자 그대로 스승이 제자를 받아들일 때 받는 예물을 의미하게 되었다.

예를 들어 어떤 거부가 아미파에 자기 딸을 보내 무공을 배우고자 한다면, 일단 붉은 비단이나 종이로 싼 말린 고기 열 장을 보낸다. 하지만 그건 어디까지나 형식이고 그에 딸려 고액의 전표라던가, 보통 사람은 눈이 휘둥그레질 정도의 보물이 딸려간다.

그런데 강진은 가진 것이 없다. 적포천존의 마음에 들 만한 예물이 무엇일까? 강진은 언뜻 생각이 나지 않았다.

강진이 난감한 표정을 짓자 적포천존은 속으로 신이 났다.

'흐흐흐. 역시 나는 초천재야. 네가 아무리 날고 뛰는 천재라 해도 이 위대한 스승의 발아래란 말이지.'

그는 이미 강진을 제자로 삼을 결심을 굳히고 스스로 스승이라 자처하고 있었다. 하지만, 결코 그런 속내를 드러내서는 안 된다. 여기서 중요한 것은 표정 관리와 분위기.

적포천존은 눈을 지그시 감으며 다시 말했다.

"이 스승은 평생 제자를 들인 일이 없다. 그러니 내 제자가 되고 싶으면 남들이 한 번도 가져온 적이 없는 것을 바쳐야 한다."

그러니까 그게 뭐냐고요? 강진은 속으로 그렇게 물었다. 하지만 그 대사를 그대로 입 밖으로 낼 수는 없었다.

강진은 다시 절을 하며 말했다.

"말씀만 하시면 제가 꼭 구해오겠습니다. 아무리 어려운 것이라도 무슨 수를 써서든 구해오겠습니다."

내가 구할 수 있는 것이라면. 이 말은 할 필요도 없다. 강진이 생각하기에 적포천존은 싫으면 싫다고 그냥 거절을 하지 불가능한 일을 핑계로 댈 사람은 아니다. 단지 얼마나 어려운 일인지가 관건일 뿐.

적포천존은 강진의 결심 어린 목소리에 살짝 미소를 지었다. 그리고는 그가 원하는 것을 말했다.

"나는 장강지주를 끓여 만든 물고기 죽을 먹고 싶다."

장강지주로 만든 물고기 죽? 강진은 잠시 동작을 멈추고 적포천존을 보았다. 표정을 보니 농담은 아니다. 그렇다면 다른 말은 필요가 없다.

강진은 즉시 고개를 숙이며 대답했다.

"제가 꼭 장강지주를 낚아오겠습니다."

이건 확실히 남들이 지금까지 가져오지 못한 예물이고, 거의 강진만이 마련할 수 있는 음식이다. 강진은 적포천존이 이미 자신을 받아들이기로 했다는 것을 깨닫고 감동을 했다.

그러나 장강지주를 낚는 것은 결코 쉬운 일이 아니다. 강진으로서도 아직 시도를 해본 적이 없었다.

월척 한 마리보다 잡어 열 마리를 낚아야 하는 것이 그의 생계낚시의 기본 원칙인만큼 낚을지 못 낚을지도 모르는 장강지주에게 도전할 여유 따위는 없었다.

하지만 이제는 낚아야 한다. 강진의 눈이 굳은 결심의 빛을 띠었다.

그날 밤, 강진은 낚싯대를 들고 장강지주가 있는 곳을 향했다. 거물은 주로 낮에는 잠을 자고 밤에 활동을 한다. 장강지주 역시 그럴 것이다.

처음 적포천존이 낚싯대를 드리웠던 바로 그 자리에서 강진은 승부를 시작했다.

일단 튼튼한 나무를 하나 찾아서 밧줄로 묶은 다음 허리에 감았다. 사람만 한 물고기라고 했다. 한 자만 넘어도 자칫 잘못하면 강에 딸려 들어가는데, 사람만 한 놈이라면 얼마나 힘이 셀지 짐작도 가지 않는다.

"줄이 끊기면 안 되는데."

강진은 우선 낚싯대와 줄을 꼼꼼하게 정비했다. 조금이라도 흠이 있으면 돌이킬 수 없는 실패로 이어질 것이다.

"좋아. 해보자."

죽을 끓여 배를 든든하게 채우고 시원하게 용변까지 보았다. 강진은 긴장을 풀고 자리에 앉아 낚싯대를 드리웠다.

그것은 용왕의 아이라고까지 불린 소년 낚시 천재와 장강에서 백 년이 넘게 산 괴물 물고기와의 일 대 일 대결이었다.

　낚싯대를 드리우고 흐르는 강물과 구름이 둥둥 떠 있는 하늘을 보고 있노라니 오만가지 상념이 그의 머릿속을 스치고 지나갔다.

　'쓰러진 양부 강선도를 볼 때마다 내 신세에 무엇인가 사연이 있다고는 생각했지만, 이건 조금 심해.'

　'설옥과의 인연은 또 얼마나 묘한가?'

　'사실 소학과 마을 사람들이 항주로 가는 것은 너무 빠르다. 아직 준비가 철저하지 못해서 여러 가지 문제가 생기겠지, 그건 소학의 임기응변을 믿어볼 수밖에 없어.'

　'문철 녀석, 북경까지 무사히 갈 수 있을까? 그래도 그 녀석의 학문이라면 틀림없이 대과에 급제할 수 있을 거야.'

　'아버지가 지니고 계신 무공 비급들은 천룡교의 교주 후계자가 배우는 것이라 했다. 그렇다면 상승무공이라는 소린데, 어르신께서 별것 아니라고 가르쳐 주신 무공이 어떻게 그것보다 뛰어나지? 아! 어르신께서는 그때부터 나를 제자로 받아들일 생각이셨구나!'

　…….

　…….

　강진은 적포천존의 시중을 들기 시작하면서 낚시를 할 때에도 항상 적포천존을 살피며 눈치를 보았다. 그 바람에 자신의 일에 대해 차분히 생각할 기회가 적었는데, 이제 장강지주를 대상으로 낚싯대를 드리우자 완전히 마음을 비울 수 있었다.

생각이 하나하나 정리되어 그의 머리 한구석에 차곡차곡 쌓였다. 그에 따라 강진의 머리는 더욱 맑아져 갔다.

어느덧 강진은 시간을 잊었다. 낚싯대를 드리웠다는 사실도 까먹고, 자신이 깨어 있는지 자는지 구별도 하지 못한 상태가 되었다.

그는 눈을 뜬 채 꿈을 꾸고 있었다. 장대근이 살아 돌아와 웃는 꿈이었다. 두 눈에서 눈물이 흘러내렸다.

"대근아, 나의 동생아."

강진은 그렇게 중얼거리며 손을 뻗어 낚싯대를 잡아챘다.

피잉!

낚싯줄이 날카로운 소리를 내며 팽팽하게 당겨졌다. 대나무로 만든 대가 새우의 등처럼 휘었다.

"으윽!"

강진은 순간적으로 몸이 붕 떠서 강 속으로 딸려 들어갈 것 같은 압력을 받았다. 그는 급히 몸을 일으키며 한쪽 다리를 앞으로 내밀어 중심을 잡았다.

그리고는 장강지주의 힘에 거슬리지 않고 따라가면서 살짝 방향을 틀어 비스듬히 나아갔다. 팍 하는 소리와 함께 허리에 묶인 밧줄의 힘이 느껴졌다. 강진은 그 힘을 이용해 버티며 애써 옆으로 이동하려 했다.

상대가 힘을 쓸 때에는 힘을 빼고, 기운이 빠져 숨을 쉴 때에는 당긴다. 돌 아래로 들어가려 하면 옆으로 당겨서 방해를 하되 방향이 틀리면 안 된다. 무엇보다 이 모든 힘의 조율을 낚싯대의 내구성이 허락하는 한도 내에서 행해야 한다.

강진은 마치 물속을 훤히 보는 것처럼 장강지주의 움직임을 느꼈다. 그리고 장강지주의 변화막측한 회피 동작에 본능적으로 대처했다. 그것은 가장 적절한 대응이었기에 장강지주는 자신보다 체구가 작은 어린 소년에 의해 춤을 추어야 했다.

그러나 강진 역시 장강지주를 물 밖으로 끌어낼 힘이 없었다. 상대는 정말로 괴물이라고밖에는 표현할 길이 없는 거대돌연변이 잉어인 듯했다. 혹시 팔과 다리가 달려 있는 건 아니야? 그런 생각까지 들었다.

어쨌든, 강진은 버텼다. 힘을 힘으로 맞서려 하지 않았기에 버틸 수 있었다. 장강지주의 힘은 끝이 없는 것 같았다. 강진은 거의 아무 생각도 할 수 없었다.

어느 순간, 장강지주가 움직임을 멈췄다. 끊어질 것처럼 팽팽하던 줄이 느슨하게 늘어졌다. 굽었던 낚싯대도 곧게 펴졌다.

죽은 것일까? 아니야! 강진은 마음속으로 급히 부정을 하며 전신의 신경을 극도로 긴장시켰다.

그 순간 푸학 하는 소리와 함께 장강지주가 물을 박차고 허공으로 뛰어올랐다. 은빛 비늘에 새벽 햇살이 반사되어 강진은 깜박 눈을 감았다. 그러나 그는 조금도 당황하지 않고 적포천존이 가르쳐 준 경공을 응용하여 몸을 날리며 장강지주가 뛰는 방향에 맞추어 낚싯대를 움직였다.

건곤일척의 승부를 걸어 단숨에 줄을 끊으려던 장강지주의 필살기는 빗나가고 말았다.

오히려 물 밖으로 나오는 바람에 공기를 마셨는지 힘이 확 줄었다. 힘이 줄었기에 그런 무리를 했는지도 모른다.

대세는 기울었다. 그래도 강진은 조급해하지 않고 장강지주가 완전히 기운을 잃을 때까지 기다렸다.

"허억, 허억!"

강진은 물 밖으로 나온 장강지주의 옆에 쓰러지듯 누워 숨을 헐떡였다. 장강지주는 정말로 강진보다 반 자 정도 더 컸다. 이런 놈을 어떻게 잡았을까? 잡은 그가 그렇게 생각할 정도였다.

허리에 묶은 밧줄 때문에 물속으로 딸려가지 않은 건 그렇다 치고, 이놈을 물 밖으로 끌어내는 것도 쉽지 않았다.

무공 이론 중에 사량발천근이라는 것이 있는데, 강진은 오늘 그게 무슨 소린지 확실하게 몸으로 채득했다. 그는 자신의 힘에 장강지주의 힘까지 더해 겨우 이 큰 놈을 물 밖으로 끌어낼 수 있었다.

막 환해져 가는 하늘을 보니 새벽인 것 같았다. 그러고 보니 배가 무지 고팠다.

"돌아가야지."

강진은 후들거리는 다리를 억지로 지탱하며 일어났다. 그리고 자신의 허리를 묶었던 밧줄을 풀어 이번에는 장강지주를 묶었다. 그 위에 망태기를 씌워 등에 메니 겨우 걸을 수 있었다.

젖 먹던 힘까지 다 쓴 상황에서 자신보다 큰 물고기를 지고 걷는 것은 결코 좋은 경험이 아니다. 그러나 강진은 뛰었다. 적포천존이 항상 뛰라고 한 말을 그는 지금까지 지키고 있었다.

태양이 상당히 높게 뜰 무렵, 강진은 무니포로 돌아올 수 있었다. 걱정스러운 얼굴로 마을 입구에 서 있던 설옥이 뛰어오는 모습에 그는 미소 지었다.

낚시를 하면서 시간을 잊었는데, 그사이 사흘이 지나 있었다.

설옥은 장강지주로 정성껏 죽을 끓여 적포천존에게 바쳤다. 그동안 뽑아놓은 풀 중 가장 향이 좋은 놈을 골라 섞어 입에 넣기도 전에 풍기는 향기가 사람의 군침을 돌게 만들었다. 지느러미로는 튀김을 했는데, 그 또한 별미였다.

적포천존은 연신 맛있다고 중얼거리며 그 큰 물고기로 끓인 죽의 태반을 먹었다. 그는 포만감에 배를 두드리며 그때서야 생각난 듯 강진에게 물었다.

"내단은 없었냐?"

없다는 말에 백 년이나 살면서 내단도 안 만드는 게으른 놈이라고 툴툴대었다. 그러면서도 장강지주의 머리로 끓인 국물을 마셨다.

식사를 다 마친 적포천존은 뼈만 남은 장강지주의 머리를 보며 생각했다.

'내가 이놈을 낚으려면 앞으로 얼마나 더 낚시를 해야 했을까? 킁.'

적포천존은 강진에게 배우면서 낚시에 대한 기본 상식이 생겼다. 그 결과 장강지주를 낚는 게 결코 쉬운 일이 아니라는 것을 깨달았다. 그런데 그는 이미 살기를 녹여 낚시를 할 필요가 없게 되었다. 낚시 자체도 즐겁기는 한데, 지금은 낚시보다는 강진에게 무공을 가르치거나 무림에 나가 마음껏 휘젓고 다니고 싶었다.

하지만 그는 한 번 노린 놈은 결코 놓치지 않는 게 인생의 신조인 몸이다. 물고기든 사람이든 용서가 없다. 그래서 고민하던 중인데 이렇게 강진의 손에 의해 처리가 되었다.

'<u>흐흐흐</u>, 내가 잡으나 제자가 잡으나 그게 그거지. 암, 제자는 남이 아니니까.'

일거양득, 제자도 들이고 노린 놈도 잡았다. 맛있는 음식도 먹었으니 일거삼득이라고 할 수도 있다.

적포천존은 만족한 표정을 지으며 강진에게 말했다.

"내 원래 얼마 전 은퇴를 했다가 이번에 그걸 취소하고 무림에 복귀하려고 마음을 먹었다. 하지만 한 번 은퇴하고 그걸 일 년도 안 돼서 취소하려니 약간은 마음에 걸리는구나. 그래서 그냥 몇 년 정도 소일 삼아 네 녀석이나 가르칠 테니 재수가 억수로 좋은 줄 알고 열심히 수련을 하거라."

"제자, 명심하겠습니다."

그날 자정, 강진은 정식으로 적포천존에게 배사하고 적포문의 제자가 되었다.

*   *   *

무니포가 사라지는 날이 왔다. 강진의 지시를 받아들여 소학을 따라 항주로 가기로 한 사람들은 그동안 착실하게 이주 준비를 해왔다.

항주까지는 배를 타고 가기로 했다. 바로 교룡당에서 지원해 주는 배인데, 이걸 타면 적어도 장강 내에서는 안전하다고 봐야 한다.

이주 당일, 교룡당주 공사무는 부당주인 맹광과 함께 직접 무니포에 와서 강진을 만났다. 그는 하나의 커다란 상자를 지참하고 왔는데, 그건 바로 강진이 적포천존의 제자가 된 축하

선물이었다.

"허허허, 강 소협이 적포천존과 사제지연을 맺게 될 줄이야. 축하하네."

공사무는 최대한 다정한 말투로 강진을 축하했다. 호칭부터가 강 소협으로 바뀐 것을 보면 그가 강진과의 인연을 얼마나 중시하는가 알 수 있었다.

맹광 역시 강진에게 술잔을 내밀며 호탕하게 웃었다.

"원래 난 강 형제와 의형제를 맺고 싶었는데 말이야. 당주님께서 말리시더군. 어르신께서 좋아하지 않을 거라고 말이야. 아무튼 내 마음이 그랬다는 것은 기억하라고."

이미 의형제를 맺은 사이라면 몰라도 적포천존의 제자가 된 다음에는 늦다. 또 공사무의 말도 있었기에 맹광은 포기할수밖에 없었다. 그래도 맹광은 이미 강진을 형제라 부른 바있기에 마음은 언제나 의형제라고 주장했다.

강진은 자신이 적포천존의 제자가 되었다고 해서 그들을무시하거나 함부로 하지 않았다. 오히려 더욱 공손하게 대했다.

그는 원래 수적이 될 마음이 없었음에도 불구하고 교룡당의 위세와 지원을 이용해 무니포를 거두었다. 그리고 지금은교룡당의 힘으로 이주를 하는 것이다. 마음속에 빚이 있는 셈이라 여전히 맹광을 형님이라 불렀다.

물론 그렇지 않아도 강진의 성품상 자신의 지위에 따라 옛

사람을 다르게 대하지는 않았을 것이다.

"도움을 주시니 감사할 따름입니다."

강진이 인사를 하자 공사무는 크게 만족한 웃음을 지었다. 그는 적포천존이 이렇게 사람됨이 좋은 제자를 맞이했으니 강호의 풍파가 훨씬 줄어들겠구나 하고 생각했다.

강호의 초절정고수의 제자가 수적에게 예를 차리는 경우는 많지 않은데, 강진은 조금도 전과 달라지지 않았다. 공사무가 강진을 직접 보는 것은 이번이 처음인데 그는 강진에게 큰 호감을 느꼈다.

형식적인 인사가 끝난 이후, 강진은 공사무와 맹광에게 조용히 부탁을 했다.

"제가 어르신의 제자가 된 일은 가능한 한 비밀로 해주셨으면 합니다. 아직 제대로 무공을 배우지 못해 스승님께 누가 될까 두렵습니다."

"그야 이를 말인가? 남의 문파 일을 일부러 소문낼 만큼 입이 가볍지는 않다네. 강 소협이 이 일을 알렸을 때, 본인은 당의 다른 형제들에게도 극력 비밀로 했다네."

"감사합니다."

"아니, 아니, 그건 그렇고 강 소협이 무공 수련을 끝내고 강호에 재출도하면 꼭 한 번 우리 교룡당에 다시 들러주게. 알겠지?"

"그렇게 하겠습니다."

강진은 그렇게 인사 몇 마디로 교룡당을 이용해 마을 하나를 이주시키게 되었다. 이미 무니포에 지어졌던 집들은 모두 부수어 버렸다. 그들의 집이 다른 도적들의 소굴이 되지 않도록 하기 위한 조치였다. 또한 자리를 털고 일어나 새 출발을 한다는 의미도 있었다. 한 번 떠나면 무니포는 안개 속의 신기루처럼 사라져 다시는 돌아올 수 없는 것이다.

등에 커다란 이삿짐을 짊어진 사람들은 큰 칼을 차고 자신들을 호위하는 교룡 당원들을 보고 기가 죽었는지 조용히 배에 올라탔다. 그러면서도 그들은 항주의 새로운 생활에 대한 희망에 젖어 저마다 상상을 했다.

사람들이 모두 탄 것을 확인한 소학은 강진에게 와서 말했다.

"강 형제, 언제든지 오라고. 내 앞으로 오 년 내에 항주에 번듯한 상회를 하나 차릴 테니 말이야. 상회의 이름은 강 형제와 내 이름을 하나씩 따서 진학 상회라고 할 테니 찾기는 어렵지 않을 거야. 진학 상회의 수익 중 절반은 무조건 강 형제의 몫이니까 꼭 찾으러 와야 해."

"물론이지요. 하지만 절대 무리는 하지 마세요. 중요한 것은 살아남는 겁니다."

"무리 안 하지. 난 가슴이 새가슴이라서 그런 거 못하거든. 무리는 강 형제가 와서 하라고. 하하하."

그렇게 인사가 끝나자 소학은 배에 탔다. 그 뒤에 교룡당 사람들의 출발 신호와 함께 배는 떠났다. 문철 역시 일단 항주까지는 같이 간다고 했다. 그 뒤에 북경으로 갈 것이다.

이제 남은 것은 강진, 강선도, 설옥뿐이다. 그들은 자신들의 짐을 챙겨 들고 마을 반대편 어귀에 있는 적포천존에게 갔다. 교룡당 사람들을 만나기 싫어한 적포천존은 이주를 하는 동안 마을 뒤쪽을 산책하고 있었다.

전날, 그들은 앞으로의 일에 대해 상의를 한 바가 있었다. 그때 적포천존은 말했다.

"사천으로 가자. 거기에 내가 옛날에 수련하던 곳이 있는데, 꽤 괜찮은 장소지."

"그런데 사부님, 아버님과 설옥은 어떻게 해야 할까요?"

강선도와 설옥은 천룡교에 쫓기는 몸이라 할 수 있으니 다른 데 맡길 수도 없었다. 강진이 그걸 적포천존에게 말하자 적포천존은 그게 무슨 대수냐는 듯 말했다.

"다 같이 가면 되지 뭘 걱정하냐? 집을 두어 채 더 지으면 되겠지. 특히 너와 설옥은 아예 거기에 신방을 차려라."

그 말에 설옥은 고개를 숙인 채 얼굴만 붉혔다. 그렇게 모든 일이 결정되었고, 이제는 실행만 남았다.

"다 끝났습니다, 사부님."

강진이 말하자 적포천존은 뒷짐을 진 채 고개를 한 번 끄덕였다.

“그럼 가자.”

그들은 조금도 지체하지 않았다.

네 사람이 떠나니 이제 무니포는 산 사람이 전혀 없는 곳이 되었다. 단지 사람들이 살던 흔적과 부서진 집들의 잔해만 남아 과거의 존재를 주장할 뿐이었다.

第八章　소림신승(小林神僧)

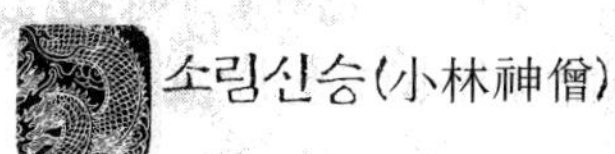

소림신승(小林神僧)

천룡교의 습격이 있었던 날, 장대근은 양어깨와 등에 갈고리가 박힌 채 물에 빠졌다. 스스로 뛰어든 것이 아니라 발에 채여 날아간 것이기 때문에 가슴의 충격도 적지 않았다.

밤에 물에 빠지면 위와 아래의 구분이 서지 않는다. 물살에 몇 번 몸이 뒤집히니 어디가 땅이고 어디가 수면인지 알 수가 없었다. 장대근은 필사적으로 팔과 다리를 휘저었지만 주변에 닿는 것이 없었다. 그러다가 팔이 무엇인가에 부딪쳤다.

퍽! 하는 소리와 함께 격통이 느껴졌지만 장대근은 통증은 아랑곳하지 않고 필사적으로 몸을 움직여 그것을 껴안았다.

바위였다.

"끄으으."

장대근은 입을 악다물고 신음 소리를 삼키며 바위 위로 기어올라 갔다. 강의 흐름이 거세고 바위는 이끼로 미끄러웠지만 살아야겠다는 일념하에 겨우 오를 수 있었다. 숨을 헐떡이며 주변을 보니 바로 눈 앞에 강가가 보였다.

살았다! 땅 위로 올라가면 어떻게든 살 수 있겠지. 그는 몸을 움직여 다시 강속으로 뛰어들려 했다. 그런데 몸이 움직이지 않았다. 팔에 감각이 전혀 느껴지지 않았다. 그러고 보니 통증도 느껴지지 않았다. 뿐만 아니라 등의 감각도 사라졌다. 다리에 힘이 하나도 들어가지 않았다. 피를 너무 흘렸는지 머리가 빙빙 돌며 정신이 하나도 없었다.

"우워어어어!"

사람 살려 하고 소리치려 했는데 혀가 굳었는지 괴성으로 변했다. 아무리 피를 많이 흘렸어도 이럴 리가 없는데? 그가 익힌 불괴철혼공의 구결에 의하면 죽지 않는 한 움직일 수 있다고 했다.

실제로 나무를 하다 잘못해서 다쳤을 때에도 고통은 있어도 몸을 움직이는 데에는 거의 지장이 없었다.

생각은 그의 전문 분야가 아니다. 장대근은 딱 거기까지만 생각하고 그냥 계속해서 소리를 질렀다.

"우어어어어(형, 나 여기 있어)!"

강진은 오지 않았다. 아니, 올 수 없을지도. 장대근은 소리를 지르면서 울었다.

설옥 누이를 지키지 못했다. 내가 당했으니 형이 무리를 해서 설옥 누이를 지키려 하겠지. 그 생각을 하자 절망감이 엄습했다. 동시에 후회의 감정이 불길처럼 일어났다.

적이 앞을 가로막았을 때 어떻게 해야 할지 생각이 안 나서 걸음을 약간 늦췄었다. 때마침 강진이 파령진추라고 초식명을 외쳐 주었기에 망정이지 안 그랬으면 거기서 막혔다. 그러나 강진이 외치기 전에 먼저 파령진추를 썼으면 한 걸음이라도 더 앞으로 나아갈 수 있었을 것이다. 그랬다면 무사히 강에 뛰어들었을지도 모른다.

강진의 명에 의해 설옥을 지키려다 죽음을 맞이하게 되었지만, 그 점에 대해서는 조금도 원망하지 않았다. 강진이 시키지 않았더라도 설옥 누이를 지키기 위해서라면 목숨을 건다.

"우아아아아(나는 바보다)!"

"우워어어어어억(익힌 무공도 제대로 사용하지 못하는 바보다)!"

후회와 미련이 장대근의 마음을 아프게 했다. 그 감정이 비통한 비명으로 바뀌어 새벽 하늘에 울려 퍼졌다.

동녘이 터 올 무렵, 장대근은 의식이 서서히 흐려짐을 느꼈다. 이렇게 죽는 건가? 제기랄. 아직 하고 싶은 일이 많은데.

장대근은 비명 지르는 것을 멈추고 검은색에서 파랗게 변

해가는 하늘을 보았다.

꿈이 있었다. 평생 강진 형이랑 설옥 누이와 함께 살며 무공의 고수가 되는 꿈. 무공을 익혀 무엇을 할지는 생각해 보지도 않았다.

무공 수련은 힘들어도 재미있었다. 더군다나 이렇게 수련을 하다 보면 부모나 형제와도 같은 두 사람을 지켜줄 수 있다고 생각하니 신이 나서 멈출 수가 없었다.

'형, 형은 제발 죽지 마요.'

장대근은 마지막으로 강진의 무사를 빌었다. 그러자 강진이라면 어떤 상황에서도 죽지 않을 것 같은 기분이 들었다. 하기야 용왕의 아들이 죽을 리 없지. 장대근은 그렇게 생각하며 미소를 지었다. 그는 바로 앞에 다가온 죽음을 받아들이려 했다.

갑자기 눈앞이 어두워졌다. 눈마저 보이지 않는 건가 하고 생각했는데 눈에 사람의 모습이 보였다. 사람의 그림자가 햇빛을 가린 것이다. 순간 장대근은 두 눈을 부릅뜨며 혼신의 힘을 다해 외쳤다.

"우워어어어(살려줘요)!"

"우아아아아(난 아직 하고 싶은 게 있어요)!"

장대근을 내려다보던 사람이 고개를 끄덕이며 말했다. 시체와도 같은 장대근이 갑자기 발작을 하듯 소리를 지르는데 조금도 놀라지 않았다.

"그래, 살고 싶다는 거구나. 염려 마라, 아이야."

이상하게 편한 목소리였다. 장대근은 자신도 모르게 소리 지르는 것을 멈추고 그대로 의식을 잃었다.

*　　　*　　　*

꿈속에서 장대근은 불과 얼음으로 가득 찬 지옥을 보았다. 그건 정말 참기 힘든 고통이었다. 우두(牛頭)와 마두(馬頭)를 한 귀신들이 장대근을 비웃으면서 살려달라고 빌어보라고 했다.

"이런, 시펄!"

장대근은 화가 나서 욕설을 퍼부으며 귀신들에게 달려들었다. 불과 얼음 따위는 잊어버렸다. 그렇게 싸우다 보니 어느새 모든 귀신들을 다 쓰러뜨렸다. 이제는 더 이상 뜨겁지도 차갑지도 않았다.

이번에는 장대근이 귀신들을 보며 크게 웃었다.

"하하하하, 어떠냐? 내가 한번 힘을 쓰면 이 정도라구."

동시에 그는 의식이 들었다.

"깨어났느냐?"

장대근에게 말을 건 것은 머리를 깎고 이마에 계인을 아홉 개 찍은 승려였다. 생김새로 보아 사십에서 오십 사이로 보였다. 생각해 보니 의식을 잃기 전에 살려주겠다고 한 그 목소리였다.

“여기는? 진이 형은?”

장대근은 벌떡 일어나며 외치려 했다. 그러나 그의 몸이 일어나지지를 않았다. 꿈속에서는 그렇게 지치지도 않고 싸울 수 있었는데, 꿈에서 깨자 손가락 하나도 움직이기 힘들었다. 억지로 힘을 주면 전신이 부스러질 듯 격통이 일어났다.

“크으윽.”

신음이 저절로 나왔다. 그 모습에 중년의 승려는 손을 뻗어 장대근의 어깨를 가볍게 눌렀다.

“힘을 빼고 심호흡을 하거라. 넌 거의 죽을 뻔하다 살아났다.”

신기하게도 승려가 손을 댄 순간 고통이 전부 사라졌다. 장대근은 그가 시키는 대로 누운 채 호흡을 가다듬었다.

그때 옆에 있던 노승이 말했다.

“사숙, 또 내공을 쓰실 필요는 없습니다. 제가 대신 하지요.”

사숙? 노승이 중년승에게 웬 사숙? 장대근은 둘을 번갈아 가며 보았다.

중년승은 고개를 끄덕이며 살짝 자리를 비켜 앉았다. 그러자 노승이 그를 대신해서 장대근의 몸에 양손을 대었다. 뜨거운 기운이 흘러들어 오며 몸이 나른해졌다. 눈이 저절로 감기는 것 같았다.

잠이 들려고 하는데 노승의 목소리가 귓속으로 들어왔다.

"넌 피를 너무 많이 흘렸고, 독이 발린 갈고리에 찔려 전신에 독이 퍼졌었다. 구사일생을 한 셈이니 지금은 아무 생각도 하지 말고 몸이 회복될 때까지 자거라."

중년승과는 또 다른 엄숙한 기운이 서려 있는 말투였다. 친근하게 느껴지지는 않았지만 항거하기도 힘들었다. 장대근은 의식을 잃듯 잠에 들었다.

장대근이 잠들자 그제야 노승은 그의 몸에서 손을 떼었다. 의식을 잃으면 고통을 느끼지 않으니 더 이상 보현신공을 사용하지 않아도 된다.

노승은 중년승을 향해 합장하며 말했다.

"아미타불. 어쨌거나 이 아이는 살게 되었습니다. 모두 다 사숙의 자비심 덕분이지요."

중년승은 고개를 저었다.

"인연일세. 빈승이 십 년 만에 강남에 왔고, 근 보름 동안 일부러 인적이 없는 길만 골라 다녔는데 처음으로 만난 사람이 다 죽어가는 아이라니, 아마 빈승은 전생에 이 아이에게 큰 빚을 졌을 것일세."

"허허허, 그럴지도 모르지요. 하지만 시간이 너무 지체되었습니다. 무림맹의 일은 한시를 서둘러야 하는데 벌써 칠 일이나 흘렀지요."

노승의 말에서 숨길 수 없는 다급함이 배어 나왔다. 중년승은 그런 사질을 보며 더없이 온화한 표정을 지으며 말했다.

"사람을 하나 구하는 데 칠 일이면 길지 않네."

중년승의 말에 노승은 고개를 숙이며 작게 불경을 외웠다. 그도 중년승의 말이 옳다는 것은 알고 있었다. 무엇보다 지금 자고 있는 아이는 사숙이 아니었다면 그 누구도 구할 수 없을 정도 크게 다쳤었다. 그러니 사숙의 말대로 인연은 인연인 것이다.

그러나 노승은 마음이 급했다. 이번 일은 수많은 사람의 목숨이 걸린 일이었다. 한 사람을 구하기 위해 여러 사람을 구하는 게 늦어질 수는 없는 법이다.

중년승은 노승의 마음을 아는지 미소를 지으며 입을 열었다.

"눈앞의 사람을 구하지 못하면 다른 사람도 구하기 어려운 것일세. 다 흐르는 대로 흘러가는 법이니 마음이 앞서지 않도록 하게."

이 말을 들은 노승은 크게 자책하며 고개를 숙였다. 사숙의 말에는 한 치도 틀린 점이 없었다. 생명이란 그 수에 따라 우선을 결정할 수 없는 지고한 가치를 지니고 있는 법.

'아직 나의 수양이 너무나 모자라구나!'

다시 고개를 든 노승의 눈빛에서 전에 보이던 초조함은 씻은 듯이 사라지고 없었다.

"사숙의 가르침에 따르겠습니다."

중년승은 말없이 환하게 웃어 보였다.

결국 둘은 선담을 나누며 하루를 더 보냈다.

장대근은 다음날 깨어났다. 이제는 제법 몸의 기력도 돌아 두 승려에게 절을 하며 구명지은에 감사를 했다.

그런데 두 팔에 힘이 들어가지 않았다. 어어, 하는 사이 손은 머리 위로 올라가지 않고 머리만 땅에 박았다.

노승이 한숨을 내쉬며 말했다.

"무리하지 말거라. 네 양쪽 어깨의 근맥이 크게 손상되었다. 그래도 시간이 지나면 어느 정도 힘은 돌아올 것이다."

"아, 그랬군요."

장대근은 아직 부상이 다 낫지 않았다는 것을 깨닫고 팔을 움직이려던 것을 포기하고는 다리를 써서 몸을 일으켰다. 그리고 다시 한 번 두 승려를 향해 허리를 숙여 인사를 하고는 말했다.

"그럼 전 마을로 돌아가 볼게요. 강진 형이랑 설옥 누이가 무사한지 알아야겠어요"

"기다려라. 이제는 안전한 것이냐?"

장대근은 잠시 대답을 하지 못하다가 고개를 숙이며 말했다.

"그래도 가야 해요."

중년의 승려는 아무 말 없이 고개를 끄덕이며 미소를 지었고, 노승은 선재로다 하고 염주를 굴렸다.

"같이 가자꾸나."

"감사합니다."

장대근은 다시 머리를 땅에 박으며 절을 했다. 팔을 들어 올리지 못하니 머리가 진흙에 파묻히는 것을 면하지 못했지만 아랑곳하지 않았다.

나름대로 절을 올린 장대근은 얼른 몸을 일으켜 앞장서서 달려가려다가 걸음을 멈추고 물었다.

"두 분 이름을……."

"빈승은 일엽이고 이분은 빈승의 사숙인 공진이라 한다."

"일엽 대사님, 공진 대사님."

나이 든 사질이 일엽 대사님, 젊은 사숙이 공진 대사님. 장대근은 잊어먹지 않으려는 듯 입으로 외우며 다시 달리기 시작했다. 무림인임이 확실한 두 승려를 안내하는 입장인만큼 전력으로 달려야 했다.

그들이 있었던 장소는 무니포에서 한참 떨어진 곳이었다. 장대근이 생각보다 멀리 떠내려 온 것도 있지만 공진 대사와 일엽 대사가 장대근을 구했을 때 독이 묻은 병기에 당한 것을 보고 혹시라도 쫓는 자가 있을까 싶어 경공으로 멀리 이동했기 때문이다.

싸우는 것은 문제가 안 되나 쓸데없이 무공을 써서 사람을 상하게 하는 것은 피하려 한 것이다.

장대근은 마음이 급했다. 하지만 뒤를 따르는 두 사람은 산책이라도 하듯 느긋하게 걸었다. 그러면서 장대근이 전력으로 달리는 속도에 조금도 뒤쳐지지 않았다.

그들이 장대근을 직접 뛰게 하는 것에는 다 이유가 있었다. 일엽 대사는 장대근이 뛰는 모습을 자세히 보고 있었다. 죽다 살아난 아이였기에 몸의 움직임을 봐야 정말로 제대로 치료가 되었는지를 알 수 있다. 잠시 달리는 것을 보니 어깨만 빼고 내외상이 모두 치료가 된 듯했다.

"아미타불. 몸이 아주 건장한 아이입니다. 내공의 기초도 훌륭하군요."

전력을 다해 뛰는 장대근을 유심히 살피던 일엽이 감탄했다. 아무리 치료를 했다고 해도 저렇게 금방 회복이 되다니! 결코 평범한 아이는 아닌 듯했다. 공진도 사질의 감탄에 고개를 끄덕이며 동의했다.

"사연이 있는 것 같구나. 아무튼 천생신력을 타고난 것은 확실하구나."

"안타깝게도 어깨의 근맥이 너무 심하게 상했습니다. 완전히 회복되기는 어렵겠지요?"

손상된 근맥이 치료될 확률은 아주 미흡했다. 일엽은 혹시나 사숙이라면 다른 방도가 있을까 하여 물었다.

"그건 나도 장담을 못하겠구나. 하지만 보통 사람이라면 살아나기도 힘든 상황이었다. 그 상태에서 팔 일만에 저렇게 달릴 수 있으니 어쩌면 회복이 될지도 모르지."

"그랬으면 좋겠습니다. 아미타불."

모처럼 구한 아이가, 그것도 꽤 훌륭한 무골이 팔 병신으로 남는다면 기분이 좋을 리가 없다. 일엽 대사는 장대근을 위해 불경을 외웠다.

잠시 후, 일엽 대사는 장대근의 허리를 잡아 들고 본격적으로 경공을 시전했다.

"방향을 말해라."

일엽 대사의 말에 장대근은 열심히 무니포의 방향을 외쳤다. 세 사람은 거의 날 듯이 달렸다. 장대근의 느낌으로는 새를 타고 날아도 이보다 빠를 것 같지는 않았다.

세 시진 후, 그들은 무니포에 도착할 수 있었다.

"어어?"

장대근은 너무나도 놀라 그대로 땅바닥에 주저앉았다.

없었다! 사람도 집도!

무니포 자체가 모두 사라진 것이다. 집이 있었던 자리에는 모두 허문 흔적만이 남아 있었다.

"서, 설마 그놈들이?"

그 흉악한 놈들이 무니포 사람들에게까지 살수를 썼다 생각한 장대근은 두 눈에서 불을 일으키며 이를 갈았다. 그러자 뒤에 서 있던 공진 대사가 장대근의 어깨를 살짝 두드리며 말했다.

"사람이 죽은 흔적은 없구나. 저쪽 포구 쪽으로 모두 이동한 것 같으니 가보자꾸나."

신기하게도 공진 대사가 어깨에 손을 대면 항상 마음이 가라앉았다. 마치 강진에게 진정하라는 말을 듣는 것처럼 흥분이 사라지는 것이다. 그러고 보니 일엽 대사가 양손으로 어깨를 짚을 때에도 뜨거운 기운이 들어오면서 마음이 가라앉았다. 공진 대사는 아무런 기운도 느낄 수 없는 점만 빼고는 결과는 같았다.

이것은 혹시 무공인가? 장대근은 순간적으로 그렇게 생각하며 말했다.

"그쪽에는 배를 댈 수가 있어요. 하지만 마을 사람들 중 배를 가진 사람은 없는데……."

"그럼 이 근처에 누가 배를 가지고 있느냐?"

"교룡당 사람들이요."

"허어, 이곳은 교룡당과 연을 맺고 있는 곳이었군."

일엽 대사가 탄식하듯 말했다. 수적의 비밀 마을이라고 생각한 모양이다. 장대근은 문득 그 점을 깨닫고 고개를 팍팍 세차게 저으며 부정을 했다.

"우리는 수적이 아니에요. 강진 형이 절대로 수적은 하지 않겠다고 말했어요."

공진 대사가 그 말을 받았다.

"네 형인 강진이란 아이는 심성이 곧고도 굳은 모양이구나. 사질, 빈승이 보기에 이곳은 난민촌인 듯하네."

"사숙의 말씀이 맞는 것 같습니다."

주위를 유심히 훑어보던 공진 대사가 다시 말했다.

"그런데 네 사람의 흔적은 다른 사람과 다르게 저쪽으로 향했군. 아미타불."

공진 대사의 말에 일엽 대사는 크게 놀란 표정을 지었다. 그가 놀란 이유는 두 가지였다.

하나는 공진 대사가 말끝에 불호를 외웠다는 점이다. 그가 기억하기로 공진 대사는 신승이란 칭호로 불리게 되면서부터 거의 불호를 외우지 않았다. 한 번은 사제인 일운이 그 이유를 물었는데, 공진 대사는 이렇게 대답했다.

"마음이 항상 부처님을 향하고 있음이니라."

잘은 이해할 수 없지만 이제는 불호를 외우지 않아도 마음이 흔들림을 막을 수 있다는 뜻으로 모두는 받아들였다. 정확한 이유는 직접 신승이 되어보지 않으면 알 수 없으리라.

그 이후로 공진 대사가 불호를 입에 올리는 것은 삼 년이나 오 년에 한 번으로, 정말 놀랄 만한 일이 일어났을 때에만 한했다.

그런데 이런 마을에 와서 갑자기 불호를 외우다니? 일엽 대사는 호기심을 참기 어려웠다. 그러나 그것보다 다른 한 가지 의문을 먼저 풀어야 했다.

"사숙, 제가 보기에 북쪽으로 간 사람은 세 명인 듯싶습니다."

"한 사람이 더 있다. 그 사람의 경공이 대단하구나."

"경공이 대단하다고요?"

훌륭하다도 아닌 대단하다란 표현이라니!

그것은 공진 대사가 진심으로 감탄할 정도라는 뜻이고, 그럴 리야 없겠지만 어쩌면 공진 대사보다 더 뛰어나다는 의미다. 적어도 공진 대사와 비견될 정도의 경공이란 뜻.

공진 대사가 고개를 끄덕이며 말했다.

"아무래도 적포 시주인 듯싶다."

그 말에 일엽 대사는 사숙이 왜 갑자기 불호를 외웠는지를 알았다. 원래 그들이 천 리 길을 마다 않고 이곳까지 온 이유는 바로 적포천존을 만나기 위해서였다.

적포천존이 은거한 후 장강에서 낚시를 하다가 교룡당에서 행패를 부렸다는 사실은 모르는 사람만 모르고 알 사람은 이미 아는 비밀이었다. 당연히 그들의 귀에도 들어갔다. 그들의 목적지는 바로 그 교룡당으로, 적포천존의 행방을 물으려 했다.

그런데 아이 하나를 구해줬더니 적포천존의 흔적이 있는 마을로 오게 된 것이다.

이것이 바로 인연의 힘인가? 일엽 대사는 서두르지 말고 모든 일을 흐르는 대로 맡기라는 사숙의 말이 불현듯 머리에 떠올라 두 손을 모아 합장을 하며 불경을 외웠다.

적포천존 일행의 흔적을 쫓으니 강을 따라 한참을 올라가 지류로 갈라지는 곳에서 사라졌다. 아무래도 거기서 배를 타고 지류를 따라간 모양이다.

"역시 교룡당을 찾아가야겠군요."

"배를 내어준 곳이 그곳이라면 목적지도 알겠지. 가보세."

그들은 결국 교룡당으로 갔다.

장대근 역시 두 사람과 동행을 했다. 공진 대사가 적포천존과 함께 간 사람이 어른 한 사람과 남자 아이 한 명, 여자 아이 한 명이라고 말했기 때문이다. 특히 여자 아이는 몸에 병이 있는 듯 가벼우면서도 걸음걸이에 힘이 없다고 했다.

장대근의 머리에 핑 하고 스치는 게 있었다. 강진 형과 설옥 누이! 그들은 무사하다!

찾아야 했다. 교룡당 사람들이 행방을 알고 있다면 꼭 물어야 했다. 이제는 세 사람의 목적이 같아진 셈이다.

그들이 교룡당 입구에 모습을 드러내자 문을 지키던 사내가 낭아곤을 치켜세우며 외쳤다.

"멈추시오! 강호의 형제라면 성함과 출신을 밝혀주시기 바라오."

일엽이 나서서 말했다.

"빈승은 소림의 일엽이라 하오. 사숙과 함께 공사무 당주를 뵈러 왔소이다."

"허헉! 소, 소림의 일엽 대, 대사!"

일엽이란 이름이 가지는 무게에 문지기는 깔려 버렸다. 그는 즉시 낭아봉을 등 뒤로 돌려 감추며 허리를 굽혀 공손한 자세를 취했다. 그리고는 확인하듯 되물었다.

"정말로 소림의 방장이신 일엽 대사이신지요?"

"아미타불, 틀림없소이다."

본인이 그렇다는 데야 일단은 믿을 수밖에 없었다. 하지만 그는 일엽이라는 이름에 놀라 그 뒤의 중요한 말을 듣지 못했다.

"어서 들어가십시오. 즉시 당주님께 알리겠습니다."

소림의 방장을 문 밖에서 기다리게 할 수는 없는 일. 즉시 문이 소리를 내며 열렸다. 동시에 세 개의 신호탄이 쏘아졌고, 문 안쪽에 있던 사람이 전력으로 안으로 뛰어가는 것이 보였다.

신호탄은 지금, 최고 수준의 고수, 적은 아님이라는 뜻이었다. 그리고 안으로 뛰어가는 자는 내당의 소두목 중 가장 처음 만나는 사람에게 이 사실을 전하게 되어 있다.

적포천존의 일을 경험 삼아 그들은 고수의 느닷없는 방문에 철저한 연락 체계를 갖추었다. 가장 무서운 부류는 뒤를 치는 자가 아니라 당당하게 정면으로 들어오는 법이라는 것을 그들은 배웠다.

세 사람이 내당의 입구에 도착했을 무렵에는 공사무가 부당주 맹광을 비롯해 네 명의 소두목들을 대동하고 나와 그들을 맞이했다.

"오늘은 믿을 수 없는 일이 일어난 날입니다. 소림의 방장께서 직접 이곳을 찾아주실 줄은 이 공 모가 꿈에도 생각지 못했습니다.”

소림의 방장이라면 당금 무림을 움직이는 무인 열 명을 손 꼽아도 윗자리를 차지하는 신분이다. 특히 일엽 대사는 무공과 더불어 인품도 뛰어난 만인의 존경을 받고 있었다. 공사무는 조금도 소홀히 일엽 대사를 대할 수 없었다.

하지만 그는 인사를 하면서도 마음 한구석으로 의심을 했다.

‘정말 이자가 소림의 방장일까? 몸에서 풍기는 기운으로 봐서는 진짜 같기도 한데… 근데 소림 방장이 우리 수적들을 직접 찾을 필요가 있나? 아무래도 가짜겠지?’

내심 십중팔구는 가짜라고 판단했다. 하지만 경거망동하지 않는 것은 공사무의 본능이 상대가 자신보다 고수, 그것도 훨씬 윗줄의 고수라는 것을 알려주고 있었기 때문이다.

일엽 대사는 공사무의 눈을 보고 상대가 자신을 의심한다는 것을 눈치 챘다. 그는 조용히 불호를 읊으며 살짝 걸음을 옮겼다.

스스스스!

갑자기 일엽 대사의 몸이 아홉 개로 불어났다가 사라졌다. 눈의 착시 현상으로 허깨비를 본 건가? 그렇게 생각될 정도로 순간적인 일이었다.

그러나 공사무는 화들짝 놀라며 외쳤다.

"연대구품!"

소림이 자랑하는 칠십이종 절예 중에서도 가장 뛰어난 수법 중 하나로 손꼽히는 절학이 바로 눈앞에서 펼쳐졌다. 소림 방장인 일엽 대사의 성명절기가 연대구품이라는 것은 이미 세상에 알려져 있다. 이자는 진짜다!

공사무는 놀라 두 손으로 포권을 취하며 허리를 굽혔다.

"절예를 보았소이다. 귀인을 제대로 맞이하지 못한 실례를 용서하시오."

"허허허, 빈승은 그저 사숙을 모시고 온 것일 뿐이오."

사숙이라고? 이건 또 무슨 자다가 봉창 두드리는 말이냐! 일엽 대사의 대답은 공사무의 심장을 격하게 뛰게 했다.

공사무는 몸의 방향을 살짝 틀어 중년의 중을 보았다. 그리고 조심스럽게 물었다.

"혹시 신승 공진 대사이십니까?"

"그렇다오."

소탈한 목소리는 듣는 사람의 마음을 편안하게 해준다. 그러나 공사무는 결코 편안할 수 없었다.

공사무는 즉시 허리를 꺾어 머리가 거의 땅에 닿을 정도로 굽히고 두 손을 머리 위로 올려 포권을 취했다. 과거 그가 갓 수적이 되었을 때 수적 두목에게도 이렇게까지 머리를 낮추지는 않았다.

"무림의 태산북두이신 공진 대사를 뵙습니다."

"허허, 과례는 거두시오, 공 당주."

"옙!"

이십대의 젊은 청년과도 같은 씩씩한 목소리. 공사무는 바로 허리를 뻣뻣하게 폈다.

소림의 방장인 일엽 대사라면 이렇게까지 저자세를 취할 필요는 없다. 아무리 천하에 이름 높은 소림의 방장이라도 그 역시 장강수로연합의 총연합장이 아닌가? 약간 억지를 쓰자면 대등한 관계라 우겨도 된다.

그러나 공진 대사는 다르다. 공진 대사는 일 갑자 전부터 중원무림의 상징이었고, 모든 무림인들은 그의 후배라 할 수 있다.

무엇보다 중요한 것은 그가 바로 백 살도 넘은 나이로 여전히 노쇠하지 않고 중원의 최강자 중 한 자리를 지킨다는 데에 있다. 이미 적포천존에게 맞을 만큼 맞은 공사무였기에 같은 절대삼무의 한 명인 공진 대사를 앞에 두니 어느새 몸이 뻣뻣해졌다.

놀라운 것은 공진 대사의 모습이다. 아무리 봐도 백 살이 넘은 노인으로는 보이지 않았다. 오히려 건장한 중년 장한의 모습이다. 나이를 거꾸로 먹는 비술이라도 익힌 걸까? 그렇게 생각하다 보니 결론은 하나였다.

'반로환동! 맙소사! 그야말로 신선이구나. 아니, 그건 도가

고 이분은 생불이라고 해야 하나?

　전설의 경지를 눈앞에서 보니 입이 저절로 벌어지고 혀는 굳어 말문이 막혔다. 그러나 공사무도 산전수전 다 겪은 노강호. 그는 얼른 정신을 추슬렀다. 여기서 자칫 실수하면 얼마 남지 않은 인생이 화끈하게 망가진다.

　공진 대사가 한 번 입을 열어 ‘공사무는 나쁜 놈이다’ 라고 하면, 그는 즉시 이유불문하고 무림의 공적이 된다. 뿐만 아니라 그냥 이 자리에서 소맷자락을 가볍게 흔들기만 해도 몸이 박살나 흔적도 남지 않을지도 모른다.

　신승으로 불리는 공진 대사가 그런 짓을 할 리야 없겠지만, 그럴 능력이 있는 사람의 앞에 선 것만으로도 몸이 떨렸다.

　공사무는 속으로 한탄을 했다.

　‘내가 무슨 업보가 있기에 절대삼무 중 두 명을 만나게 됐을까? 원래 나보다 고수는 삼 년에 한 번 만나기도 힘든데, 그것도 우리 교룡당 내에서 내가 조심해야 할 자는 평생 안 만날 거라 믿었는데…….’

　남부럽지 않은 무공을 지니고 수많은 부하들에게 호령하며 지냈던 나날들이 주마등처럼 흘러갔다. 그런데 말년에 자기 집 앞마당에서, 그것도 부하들 앞에서 벌벌 떨어야 하는 신세가 참으로 처량하다.

　공사무는 인생무상을 느꼈다.

　그렇게 한탄을 하다 보니 문득 호기심이 생겨났다. 신승은 십 년 전부터 소림의 밖으로 나오지 않았다. 죽었는지 살았는지도 몰랐는데 갑자기 이런 곳까지 왜 왔을까?

그때 일엽 대사가 말했다.

"공 당주, 사숙께서는 적포천존 시주를 찾으러 절을 나오셨소이다."

순간 공사무는 속으로 이를 갈았다.

'귀신이 귀신을 부른다더니. 적포노괴, 이 재앙신이 원흉이로구나! 이 포를 떠서 강물에 불린 후에 낚싯밥으로 써도 고기가 외면할 무식한 영감탱이가!'

속으로야 무슨 욕인들 못할까? 공사무는 적포천존에게 평생 쌓아온 수적 전용 욕설을 다 퍼부었다. 하지만 겉으로는 웃으며 공손하게 대답을 했다.

"아, 예. 적포천존께서 저희 교룡당에 가르침을 내리신 것을 들으신 모양이군요."

"그렇소이다. 그리고 여기 이 아이가 말하기를, 적포천존께서 요즘 이 근방에서 낚시를 하고 계신다고 하는구려."

"이 아이는 누구인지요?"

장대근이 앞으로 나와 말했다.

"무니포의 장대근이에요. 강진 형을 찾고 싶어요."

장대근의 말에 공사무의 눈이 크게 뜨여졌다가 환해졌다. 장대근이라면 그도 들은 바 있는 이름이다. 무니포 사람들이 떠나게 된 사건에서 생사를 모르게 되었다는 백룡아의 의제 아닌가?

'이분들이 저 아이를 구하셨나 보군!'

순식간에 여기까지 생각한 공사무는 반가운 표정으로 장대근에게 대꾸했다.

"아하, 네가 바로 강 소협의 동생이로구나. 강 소협은 네가 죽은 줄 알고 많이 슬퍼했다고 들었다."

"형은 무사한가요? 마을이 사라졌는데 다들 어디로 갔나요?"

"껄껄껄, 염려 마라. 다들 무사하다. 강 소협은, 아차!"

이건 비밀이지. 공사무는 급히 입을 다물었다. 그러다가 일엽 대사와 공진 대사를 보고는 한숨을 쉬었다. 이 두 사람 앞에서 비밀은 있을 수 없다. 생각해 보니 꼭 비밀을 지키겠다고 약속한 것은 아니었다. 부탁한 강진도 '가능한 한' 이라는 말을 달았다.

'그러고 보니 강 소협은 혹시 우리가 감당하지 못할 정도의 압력이 올지도 모른다고 예상했던 모양이구나.'

공사무는 강진의 마음 씀씀이를 깨달을 수 있었다.

강진을 습격한 자는 범상치 않은 무공을 지니고 있었다고 했다. 강진은 혹시라도 그들이 교룡당을 핍박할까 봐 급하면 말을 해도 된다고 암시를 준 것이다.

이건 어떻게 보면 자존심이 상하는 일이었다. 천하의 교룡당이 무엇을 두려워하겠는가? 절대삼무는 빼고 하는 말이다.

어쨌거나 공사무는 마음속으로 결정을 하고 최대한 사람

좋은 웃음을 띠었다.

"그러니까 말이야. 네 형인 백룡아 강진, 강 소협은 적포천 존 어르신의 제자가 되었단다."

"아!"

"그래서 당분간 사천으로 가서 무공을 수련한다고 떠났지. 부인과 부친도 같이 갔다. 다른 마을 사람들은 항주로 가서 돈벌이를 한다고 해서 우리가 배를 대줬다. 소학인가 하는 아이가 강진을 대신해서 장사를 한다고 하더구나."

"그렇군요! 강진 형은 사천으로 갔군요. 설옥 누이도 무사하군요!"

장대근은 너무나도 기쁜 표정을 지으며 고개를 돌려 공진 대사와 일엽 대사에게 절을 했다.

"두 분 대사님, 구해주셔서 감사합니다. 나중에 강진 형을 만나면 꼭 이야기를 하고 은혜를 갚을게요. 저는 이만 사천으로 갑니다."

"잠깐."

공진 대사가 장대근을 말렸다.

"가도 못 찾는다."

"그건 찾아봐야 알지요. 어쨌든 형이 그쪽으로 갔다면 저도 갈래요."

장대근은 몸도 다 돌리지 않고 빠르게 말했다. 한시라도 빨리 그들의 무사한 모습을 직접 확인하고 싶었다. 거기에 자신이 죽은 줄 알고 슬퍼하고 있다니 얼른 가서 안심시켜 주어야 하지 않겠는가?

'그 강진이란 아이와 정말 우애가 깊은가 보군!'

지켜보던 이들은 무조건 가겠다고 우기는 장대근의 모습에 똑같은 생각을 했다. 발을 동동 구르는 것이 지금 당장이라도 달려나갈 듯한 모습이다.

공진 대사는 차분한 음성으로 차근차근 설명을 시작했다.

"내 말을 잘 들어봐라. 적포 시주와 같은 사람이 제자를 들여 무공을 수련시키는 데 평범한 장소를 택할 것 같으냐? 당연히 보통 사람은 들어가지도 못하는 곳에 자리를 잡을 게다. 그러니 지금의 너로써는 찾을 수도 없고, 찾아도 갈 수가 없는 것이지."

"아!"

머리가 둔한 장대근이지만 공진 대사의 말은 단번에 이해했다. 확실히 공진 대사의 말이 맞았다.

장대근은 울상을 지으며 다리에 힘이 빠진 듯 제자리에 털썩 주저앉았다. 목표를 잃고 갈 방향을 알지 못하게 되니 눈앞이 깜깜했다.

"어떻게 하지……."

장대근은 땅을 보며 중얼거렸다. 주저앉아 땅을 보며 중얼거리는 것은 그가 가장 심각하게 고민할 때의 버릇이다.

공진 대사는 장대근의 등을 툭툭 두드리며 말했다.

"걱정할 것은 하나도 없다. 사람이 다친 것도 아니고 모두 무사하다고 하지 않느냐? 오히려 적포 시주의 제자가 되었다고 하니 이건 경사다. 기뻐해야 하지 않느냐."

"그래도 전… 어떻게 해야 할지 모르겠어요."

강진은 장대근의 인생의 지표라 할 수 있다. 물론 장대근은 그런 유식한 말은 몰랐지만 자신이 강진의 옆에 있어야 한다고 생각했다. 강진이 가르치는 대로 무공도 배우고, 시키는 일을 하는 것이 장대근이 결정한 자신의 인생이 아니던가?

얼굴 전체에 '나 순진해요' 라고 써 있는 듯한 장대근의 모습에 호감을 느낀 공사무가 문득 생각난 듯 물었다.

"항주에 있는 다른 마을 사람들을 만나보는 것은 어떠냐?"

"그건……."

장대근은 잠시 생각을 하다 고개를 저었다.

"전 돈을 버는 거에는 관심없어요. 그냥 형 옆에서 무공만 수련할 수 있으면 돼요. 그리고… 소학 형은 별로 좋아하지 않아요."

소학 형은 항상 계산을 한다. 계산, 장대근이 가장 무서워하는 것 중 하나가 바로 그거다. 거기에 결정적으로 소학 형은 말귀를 못 알아들으면 가끔 짜증을 내기도 한다. 강진은 결코 그런 법이 없었다. 못 알아듣는 듯하면 알아들을 때까지 몇 번이라도 친절하게 설명해 주었다.

소학과 강진을 번갈아 떠올리며 인상을 쓰던 장대근이 다시 고개를 저었다.

"그래도 거기 있으면 형을 만날 수 있을지도……."

소학의 옆에 있기는 싫지만 혹시 강진 형이 그쪽으로 찾아올지도 모른다는 생각이 들자 망설여지는 모양이었다.

공진 대사는 그 모습을 보고 말했다.

"이렇게 하자. 나와 함께 가서 네 형이 출도할 때까지 내 방에 불을 때며 지내려무나. 그러면 뒤에 있는 숲에서 무공을 수련하게 해주마. 항주에도 사람을 보내 네가 나와 함께 있음을 알리면 된다. 네 형이 너를 찾아오도록 말이야."

일엽 대사가 놀란 눈으로 공진 대사를 보았다. 그러나 아무 말도 하지 않았다. 아무리 그가 소림 방장이라고 해도 사숙이 결정한 것을 말릴 수는 없었다.

장대근은 공진 대사의 제의가 상당히 마음에 들었다. 이 대사님은 정말 좋은 사람이다. 내 목숨도 구해줬으니 당연히 땔감을 모아 방에 군불 정도는 때줘야 한다.

곧 장대근은 마음을 굳히고 일어나 말했다.

"저 원래 나무꾼이에요. 나무도 잘하고 연기 안 나게 불도 잘 피워요."

"그래, 잘되었구나."

공진 대사는 웃으면서 장대근의 머리를 쓰다듬었다.

세 사람은 교룡당에 오래 머물지 않았다.

공사무는 문 앞까지 배웅을 나왔고, 장대근에게 용돈을 하라고 돈도 쥐어주었다. 하지만 장대근은 받지 않았다. 그렇다고 해서 난 수적의 돈은 안 받아요! 하고 외칠 정도로 눈치가 없지는 않았기에 그냥 고개만 도리도리 저었다.

그 모습이 그리 기분 나쁘지 않았는지 공사무는 굳이 돈을 주려 하지 않고 나중에 형과 같이 놀러오라고 말했다.

세 사람이 눈에 보이지 않을 때까지 지켜본 후, 공사무는 옆에 서 있는 맹광에게 말했다.

"맹광아."

"예, 당주님. 말씀하십쇼."

"낼부터 네가 당주해라."

"예에?"

이건 또 무슨 강아지 풀 뜯어먹는 소리야? 맹광은 속으로 그렇게 부르짖었다.

맹광은 최대한 점잖게 대답했다.

"아, 형님, 지금 농담할 땝니까? 형님이 아직 팔팔한데 왜 제가 당주를 합니까? 그냥 벽에 똥칠할 때까지 하세요. 전 현장이 체질에 맞는단 말입니다."

평소에는 공사를 구별해서 꼭 당주님이라고 부르지만, 지금은 그럴 여유가 없다. 과거의 버릇이 그대로 나오는 맹광이었다.

공사무는 한숨을 내쉬며 대답했다.

“나도 그러려고 했다.”

“그럼 그냥 하시라니까요. 아직 현장에서 뛰어도 충분히 먹히는 형님이 무슨 은퇴입니까? 정 하시려거든 칠순은 넘기시고 하세요.”

“근데 아무래도 내 말년에 삼재(三災)가 낀 거 같다.”

“삼재요? 그건 또 무슨 말씀이십니까. 형이 근래에 무슨 재수가 없었다고 그러는 겁니까? 아니지, 적포천존한테 맞은 거 빼고요.”

“그거다.”

“예?”

“생각해 봐라. 적포천존한테 두들겨 맞았을 때는 그저 재수가 없었으려니 생각했다. 그런데 소림신승도 만났다.”

“신승을 만난 게 왜 재앙인 거요?”

“우리 수적은 눈높이에 맞지 않는 고수를 만나면 무조건 재수가 없다고 생각해야 한다. 왜냐하면 언제 어디서 어떻게 맞아죽어도 할 말이 없는 게 우리 같은 금은자 재분배 산업에 종사하는 사람들의 숙명이기 때문이다.”

“그거야… 그렇지요. 그래도 삼재는 너무 과장된 거 아닙니까? 그냥 하세요.”

“아니다. 내가 걱정하는 건 남은 일재(一災)다.”

“일재요? 또 누가 온다고 그러는 겁니까?”

“오면 안 되지! 이놈아, 말을 가려서 해야지 나온다고 다 입으로 내뱉냐!"

공사무가 인상을 팍 하고 쓰자 맹광은 자신이 말실수했다는 것을 알았다. 그런데 무슨 말실수? 이유를 알 수 없었다.

공사무는 말했다.

"올해 들어 천하의 절대삼무 중 두 명을 만났다. 그런데 남은 한 명을 안 만나라는 법 있냐? 말해봐라."

"에이, 형님. 그거야말로 기우……."

맹광은 중간이 말을 멈췄다. 기우는 기운데, 이건 고민할 만한 기우다. 실제로 신승이 교룡당까지 찾아오리라는 생각은 꿈에서도 해본 적이 없지 않은가?

그렇게 보면 절대로 안 일어나란 보장도 없다. 절대삼무 중 남은 한 사람인 그자가 적포천존이나 소림신승에게 볼일이 있다면? 그래서 찾아온다면?

맹광의 안색이 창백하게 변했다.

"정말로 올까요?"

"내가 알게 뭐냐! 흉신악살이 오고 가는 걸 누가 예측할 수 있겠냐? 그냥 오면 다 죽으면 되는 거지."

"형님, 우리 이사 갑시다. 내가 옛날부터 가끔씩 생각한 건데, 우리 교룡당은 터가 좋지 않소. 괜찮은 지관 하나 써서 좋은 터에 이사 가는 게 제일 확실할 거 같으니 그렇게 합시다."

미신은 뱃사람에게 있어 생활의 일부와 같다. 수적도 뱃사람이니만큼 일이 꼬이니 이런 쪽으로 생각이 뻗었다.

“나도 그러고 싶다. 그런데 그건 안 돼. 여기는 백 년도 넘게 지켜온 터니까, 당주라고 해서 함부로 옮기면 안 되는 거다.”

알고 보면 교룡당은 유서 깊은 수로채였다. 그렇기에 다른 수로채들이 존중을 해주고, 당금에는 수로연합장 공사무 같은 영도력 있는 명수적도 배출될 수 있었다. 공사무는 이런 전통의 힘을 잘 알고 중시했다.

그는 한숨을 내쉬며 말했다.

“터를 옮기는 건 교룡당이 무너질 때다. 아니면 관가에서 정식으로 토벌령을 내렸을 때거나. 그때에는 일시적으로 옮길 수 있지만 나중에는 꼭 다시 돌아와야 한다. 알겠지?”

“예, 그건 알겠는데요. 그 흉신악살은 어떻게 합니까?”

“그러니까 내가 물러나겠다는 거다. 우리 수로채는 원래 재수가 없을 때에 두목이 스스로 물러나면 화가 사라지고 복이 들어온다는 전통이 있다. 그건 너도 알지?”

“그거야 밑에 놈들이 하극상을 할 때 대의명분으로 써먹는 구실 아닙니까?”

“실제로 그런 전통이 있어! 내 경험상 꽤 효험이 있단 말이다.”

“……”

“난 물러날 테니, 앞으로 네가 해라. 알았지?”

“젠장.”

맹광도 흉신악살은 만나고 싶지 않았다.

그자는 자신이 인간의 한계를 벗어나 마선이 되었다고 선포한 후, 그 증거로 범인(凡人)은 자신을 보는 순간 숨이 끊긴다고 말했다.

그 무서운 저주는 지난 삼십 년 동안 예외없이 지켜졌다. 심지어는 그의 부하들조차 항상 두꺼운 차양 너머로 명을 받고, 만약 실수로라도 얼굴을 본 자는 모두 죽었다.

이백이 넘는 미녀들이 그자의 밤 시중을 드는데, 모두 눈을 가리거나 아예 약을 먹고 시력을 잃어 아무도 자신들의 소유자를 보지 못했다고 한다.

그 외에도 규칙은 많았다. 그에게 충성을 맹세한 부하가 아닌 자들 중에 그자의 목소리를 들은 자는 모두 귀가 먹는다. 그것도 예외없이 지켜졌다.

그가 친히 내린 친필 첩지를 명왕첩이라 하는데, 거기에 적힌 대로 따르지 않는 자는 본인뿐 아니라 일족이 몰살당한다. 그것도 틀림없이 지켜진 일 중 하나다.

그자가 무림에 나타난 이후, 강남은 지옥으로 변했다.

무림의 사람들은 그의 이름이나 명호도 함부로 부르지 못하고 그냥 이렇게만 불렀다.

흉신악살!

흉신악살이 교룡당에 찾아온다면 교룡당 사람들 중에 누가 살아남을 수 있을까? 전례로 보아 아무도 살 수 없을 가능성이 농후하다.

맹광은 마지못해 고개를 끄덕였다.

"알았수다. 그럼 형님은 낼부터 낚시나 하쇼."

"그래그래, 내가 늘 너에게 말했지만 성질 좀 죽이고, 적당히 무게를 잡아라. 넌 훌륭한 당주가 될 수 있다."

"…씨발, 그놈의 삼재 때문에 멀쩡한 형님이 은퇴를 하네."

맹광은 바닥에 침을 탁 뱉음으로써 가슴속의 섭섭함을 표현했다.

第九章

절대삼무(絕對三武)

布王
赤龍

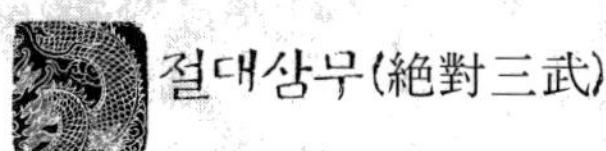

절대삼무(絕對三武)

　　　　　소림의 두 노승은 몸집이 성인과 다를 바 없는 장대근의 양팔을 집어 들고 경공을 사용해 바람처럼 달렸다. 매달린 채로 귓가로 스치는 바람 소리를 듣는 것은 의외로 피곤한 일이었다. 몸에 부딪치는 공기의 압력도 장난이 아니었다.

　해가 질 무렵이 되어 그들이 멈추고 간단하게 식사를 하자, 장대근은 그만 쓰러지듯 잠들고 말았다.

　공진 대사와 일엽 대사는 허허 웃으며 모닥불 주변에 둘러앉았다. 일엽 대사는 그동안 참았던 질문을 꺼냈다.

　“사숙, 사천으로는 가지 않으실 생각이십니까?”

"가도 소용이 없으니 가지 않겠네."

"사질은 잘 모르겠습니다. 가르침을 주십시오."

장대근은 몰라도 공진 대사라면 충분히 찾을 수 있었다. 적포천존이 혼자 움직이는 게 아니라 세 사람과 동행을 하고 있는 한 공진 대사의 눈을 피해 자취를 감출 수는 없을 것이다.

그런데 공진 대사는 사천으로 가지 않고 그대로 돌아갈 생각인 듯했다. 이 일의 중대성이나, 직접 소림을 나와 강남까지 온 공진 대사의 의지를 생각할 때 이해할 수 없는 일이었다.

일엽 대사는 항상 소림의 방장으로 제자들에게 가르침을 베풀다가 모처럼 사숙에게 질문을 하니 옛날 수련승 때의 생각이 아련하게 나며 그리운 기분이 들었다.

공진 대사도 설명하는 재미가 있는 듯 마음속에 있는 생각을 불도자 특유의 선문선답을 쓰지 않고 그냥 직접적으로 설명했다.

"원래 우리가 적포 시주를 찾으려는 건 내 고집 때문이지."

"제가 사숙의 뜻을 모두 이해할 수는 없겠지만, 그래도 정말로 적포천존이 도움을 준다면 아무래도 흉신악살을 상대하기가 쉽겠지요."

"허허허, 그 말은 맞네. 내가 볼 때 지금 당금 천하에서 왕노적을 상대할 수 있는 사람은 적포 시주 이외에는 없으니까 말이야."

"아미타불."

일엽 대사는 불호로 대답을 대신했다. 속으로 사숙이 계시지 않습니까 하고 생각하면서. 그러자 공진 대사는 일엽 대사의 속마음을 읽기라도 한 듯 고개를 저었다.

"나는 안 되네. 이미 육십 년 전부터 싸움을 잊으려 노력했는데 이제 와서 어찌 다른 자를 해할 수 있겠나? 왕노적이 나를 먼저 친다면 모를까 내가 먼저 그를 치는 것은 어렵고 어려운 일이네."

"아미타불, 사숙의 말씀을 이해했습니다."

일엽 대사도 무림에서 손꼽히는 고수다. 한참 내공과 근력이 절정에 이르렀을 때에는 팔대고수 중에 들기도 했다. 지금은 그때에 비해 근력도 거의 비슷하게 유지하고 있고 내공은 더욱 강해진 상태다.

하지만 그 역시 과거 사십 중반 때에 비해 지금의 실전에서는 손색이 있다는 것을 알고 있었다.

그때의 투지와 기력은 단순하게 근력이나 내공으로 따질 수 없는 요소다. 지금 일엽이 수련하는 무공은 강함이 아닌 수양을 목적으로 하는 것이었다.

그리고 그건 소림의 무공이 탄생한 이유이기도 했다. 소림의 무공은 심신을 단련하여 불도에 도움이 되게 하는 데 필요한 것이지 사람을 때려잡기 위해 만들어진 것이 아니다.

물론 그게 꼭 원칙과 이론 대로만 되는 게 아닌 만큼 소림무공 중에는 살상력이 뛰어난 절기들도 많았다. 그러나 중요한 것은 무공을 수련하는 자의 마음가짐이다.

공진 대사는 이미 일 갑자 전부터 남을 해하지 않는 무공을 수련해 왔다. 이제 와서 억지로 생사투를 벌이는 것은 쉽지 않을 터.

과거 한창 때에는 일백 근이나 되는 한철선장을 한 손으로 맹렬하게 휘두르며 척마멸사를 부르짖어 폭호진(暴虎嗔)이라는 별명으로 불렸다는 기록도 있지만, 이제는 척마멸사가 단순히 악인을 때려잡는 걸로는 끝나지 않는다는 것을 깨달은 사람이 바로 소림신승 공진 대사다.

공진 대사는 일엽 대사가 자신의 심정을 알아주자 미소를 지으며 말했다.

"그런 것이네. 난 이미 지키는 싸움 이외에는 할 수가 없는 것이지. 나아가서 공격하고 적을 물리치는 것은 투지를 품은 자의 몫이네. 꼭 내가 아니라 다른 사람도 대부분 나이가 들면 들수록 자기가 직접 손을 쓰는 것을 싫어하게 되는 법일세. 욕심과 야망은 꺼지지 않아도 투지는 조금씩 사라지는 이치지."

"아미타불, 그렇다면 그 흉신악살과 적포천존은 그 나이가 되도록 투지를 잃지 않았단 말씀이시군요."

"둘을 같이 논할 수는 없네. 일단 왕노적은 야망이 큰 사람이지. 하지만 그에게도 예전과 같은 투지는 없을 걸세. 지금 그를 움직이게 하는 것은 마공의 힘이 크다고 봐야 하네. 마공은 광기를 북돋게 해서 투지를 유지시키게 하지만, 결국 심지를 흐리게 하거든. 내가 보기에 왕노적은 이미 마인이 되었어. 사람을 사람이라 생각지 않고, 자신을 신이라 여기게 되었으니 심각하기가 이루 말할 수 없다네. 그런데 그자는 그걸 오히려 역으로 이용해 강해졌네. 마(魔)를 이루어 광기를 무공으로 바꾼 걸세."

"아미타불."

무림의 일대재앙이 그렇게 해서 시작된 것이다. 일엽 대사는 불호로 한숨을 대신했다. 그리고는 다시 물었다.

"그럼 적포천존은 어떤 이치를 지닌 사람입니까?"

"적포 시주야말로 투지를 잃지 않은 사람이지. 허허허."

공진 대사는 웃음을 터뜨렸다. 적포천존을 처음 보았을 때의 느낌이 되살아나는 듯했다.

"그 나이가 되도록 그의 기력은 조금도 쇠하지 않았네. 그자는 부귀와 영화를 탐하지 않고, 그렇다고 도를 추구하지도 않아. 그저 마음 내키는 대로 자유롭게 다니며 걸리는 것을 모두 부술 뿐이지. 자연재해라는 표현이 딱 들어맞는 사람이야."

"아미타불."

"아마 그런 성격을 가진 자 중에 무학의 극을 깨달아 세월을 잊을 수 있는 경지에 도달한 자는 전에도 없었고 앞으로도 나오지 않을 걸세. 신기할 정도로 순수한 사람이야. 허허허허허.”

　공진 대사는 자기가 적포천존에게 순수하다는 표현을 쓰는 것이 재미있는지 길게 웃었다. 하지만 그게 바로 그의 솔직한 느낌이었다.

　“그래서인지 적포 시주는 아직까지 한창 때의 투지를 전혀 잃지 않았네. 그런데 경험과 내공은 자꾸 쌓이니 그야말로 계속해서 강해진 셈이지. 앞으로 일 년 뒤에는 더 강해지고, 십 년 뒤에는 또 발전해 있을걸? 싸움 하나만 놓고 보면 가장 강해. 어쩌면 고금을 통틀어 가장 강할 게야.”

　“싸움을 즐기는 사람이군요.”

　“그거야! 바로 그거. 나이 칠십이 되어도 자기 손으로 사람 패는 걸 즐기니 대단하긴 대단하지.”

　“그렇다면 적포천존이 정말 강남무림맹을 도운다면 능히 흉신악살을 상대할 수 있겠습니다.”

　“꼭 그런 건 아니야.”

　“예?”

　“적포 시주는 혼자서 싸우는 건 잘해도 남과 같이 싸우지 못하는 사람이지. 반면에 왕노적은 사람을 잘 다뤄. 병법에도 뛰어나고 말이야. 싸우면 무조건 이기게끔 해놓고 싸우지. 왕노적은 절대로 적포 시주와 대등한 조건에서 일 대 일로 싸우려 하지 않을걸? 일단 싸우면 누가 죽을지 모르는데 어찌 싸우겠나? 그자는 자기 목숨을 천금처럼 아낀다네. 죽을 가능성이 만분의 일이라도 있는 일은 절대 안 하지. 또 왕노적 주변에 사람이 얼마나 많나? 그 잘난 명왕첩을 내려 적포 시주의 척살령을 내리면 굉장할 거야."

"아미타불."

생각만 해도 끔찍한 일이다. 일엽은 고개를 저으며 불호를 외웠다.

"그래서 적포 시주도 왕노적을 건드리지 못하는 거야. 무섭다기보다는 귀찮을 테니까. 아무리 적포 시주라고 해도 수백수천 명을 눈 하나 깜박 않고 죽일 수는 없는 모양이더군. 왕노적은 그런 점에 대해서는 전혀 망설이지 않지만, 그래도 괜히 먼저 건드렸다가 잘못하면 목숨을 걸고 싸워야 할지도 모르니 경거망동은 안 하지. 그래서 결국 둘은 서로 건드리지 않고 있는 중이네."

"제가 우매하여 사숙의 뜻이 무엇인지 모르겠습니다."

답을 찾았다 싶었는데 또 아니다. 사숙의 말대로라면 적포천존을 찾아 여기까지 올 이유가 무엇인지 도저히 떠오르지 않았기에 일엽은 솔직히 말했다.

공진은 일엽이 우매하지 않다는 뜻으로 고개를 살짝 저어 보인 후 다시 말을 이었다.

"사질이 나에게 강남무림맹을 돕기로 했다고 말하고, 또 내가 직접 나서줄 것을 청했을 때 나는 적포 시주가 강남무림맹에 가입하지 않으면 나도 나설 수 없다고 말했네. 그렇지?"

“예, 사실 저는 그때 사숙께서 거절의 의사를 그렇게 밝히시는 걸로 생각했습니다.”

일엽 대사뿐만이 아니다. 그 말을 전해 들은 다른 모든 사람들이 같은 생각을 했다. 아무리 고수의 손이 필요하다고 해도 적포천존은 아니다. 애써 무시하고 있는 사람을 불러서 어쩌자는 건가? 그리고 그들이 부른다고 해서 적포천존이 올 리도 없었다. 적포천존은 평생 혼자 움직인 사람이고, 조직이란 걸 싫어한다고 소문까지 나 있었다.

일엽 대사는 그때 공진 대사에게 반박하지 않았다. 오히려 알았다고 대답했다.

“그럼 사람을 보내 적포천존에게 제의를 해보겠습니다, 사숙.”

그러자 공진 대사는 잠시 고민하다 말했다.

“적포 시주에게 무림맹에 들라고 하면 그가 화를 낼 걸세. 그러면 간 사람은 그냥 멀쩡하게 돌아오지 못하겠지.”

“그럼 어떻게 할까요?”

“내가 직접 가겠네. 나라면 어쩌면 적포 시주를 설득할 수 있을지도 모르지.”

그 말을 듣고서야 공진 대사가 진심으로 적포천존이 강남 무림맹에 들어야 흉신악살로 불리는 그자와 싸울 수 있다고 판단한 것을 알았다.

그 결과 둘은 이곳까지 오게 된 것이다.

그런데 공진 대사는 지금 자세한 설명을 하려 하고 있다. 그는 손을 들어 손가락으로 밤하늘에 뜬 별 중 하나를 가리켰다.

"저게 적포 시주의 별일세. 그리고 저건 내 거고, 저쪽이 왕노적 거지."

"사숙께서는 이미 천기를 읽으시는군요!"

일엽 대사의 감탄에 공진 대사는 별거 아니라는 듯 말했다.

"천기를 읽는다기보다는 일 갑자 동안 밤에 별구경을 하다 보니 그냥 이런저런 생각이 드는 것뿐이네. 그게 천긴지 망상인지 누가 아나?"

천하의 누가 감히 신승 공진 대사의 생각을 망상이라 하겠습니까? 일엽 대사는 튀어나오려는 말을 억지로 삼키며 공진 대사의 말을 재촉했다.

"…말씀 계속하시지요."

"보다시피 왕노적의 기운이 무척 성해서 쉽게 약해지지 않을 것 같네. 하늘이 넓고 별이 많아도 왕노적을 위압할 수 있는 것은 적포 시주의 별뿐이지."

일엽 대사가 보니 과연 이 두 개의 별은 찬란하게 빛을 발하고 있었다. 그에 비해 사숙인 공진 대사의 별빛은 맑고 환하기는 하지만 그 두 별에 미치지 못했다.

"아미타불."

일엽 대사가 세 별의 빛을 비교하며 침중하게 불호를 외우자 공진 대사는 설명을 계속했다.

"반면 우리 소림의 기운은 대체적으로 많이 약해져 있네. 나도 그렇고, 사질도 마찬가지지. 그리고 점점 더 약해지고 있는 것이 당분간은 길보다 흉이 많으니 외부로 나아가기보다는 내부에서 보호에 치중하는 것이 옳을 걸세."

"하지만 그러기엔 강남의 피해가 너무 심합니다."

"그게 문제지. 세상에 환난이 끊이지 않으니 나아가지 않아야 함을 알아도 나아갈 수밖에 없네. 실패할 가능성이 크다고 해도 말이지. 하지만 궁즉통이라고, 찾아보면 길은 있는 법. 보통 이럴 때에는 그저 운이 강한 자와 손을 잡아 기운을 비는 방법이 유효하다네."

"그럼 사숙께서 적포천존을 강남무림맹에 가입시켜야 한다고 말씀하신 것이 그 이유 때문입니까?"

"그렇게 어이없어 하지 말게. 늙으면 그저 쓸데없는 생각만 하게 된다고 말하지 않았나? 내가 보기에 적포 시주의 기운이 근래에 들어 점점 더 강해져 앞으로 크게 길할 것 같으니 얼마나 부럽겠나? 그러니 찾아가서 복은 나누자고 떼를 쓸 생각이었다네."

떼를 쓰다니, 듣다 보니 한숨이 나왔다.

이렇게 고생하며 사람을 찾는 이유가 전략이나 무공, 사람들의 사기를 고려한 게 아니라 그냥 운을 나누기 위해서였다니? 하지만 공진 대사는 정말로 그게 중요하다고 믿는 모양이다.

일엽은 그런 공진 대사의 판단을 믿고 싶었다.

"그러면 역시 사천으로 가서 적포천존을 찾아야 하지 않겠습니까?"

첫 질문으로 돌아갔다. 지금까지 한 이야기가 한 바퀴를 빙 돌아서 원점으로 돌아온 것이다.

공진 대사는 손을 뻗어 잠자고 있는 장대근의 머리를 쓰다듬으며 말했다.

"백룡아 강진이라고 했지. 이 아이의 형이라는 그 아이가 바로 적포 시주의 기운이네. 그와 같은 경지에 이른 자가 후인을 찾았으니 당연히 크게 길한 것이지. 그래서 난 그를 찾을 수 없네. 후인을 어떻게 둘로 쪼개겠나? 그냥 마음속으로 축하해 줄 수밖에."

"후인이란 말씀이시군요. 아미타불."

공진 대사는 백 살이 다 되도록 결국 후계자라 할 만한 제자를 두지 못했다. 그나마 가까운 사질이 바로 일엽 대사였다. 하지만 그도 공진 대사의 무공을 이었다고는 말하지 못했다. 그만큼 공진 대사의 무공 경지는 소림의 역사 중에서도 타의 추종을 용납지 않을 만큼 빼어난 것이다.

그런데 적포천존이 제자를 두어서 그게 천기에 나타날 정도라니? 그렇다면 다음 세대에도 자연재해가 무림을 휩쓸고 다닌다는 소리가 아닌가?

정말 부러울 만한 일이다. 일엽 대사는 그렇게 생각하며 연신 불호를 외웠다.

"너무 부러워하지 말게. 우리 소림은 과거에나 미래에나 소림일 테니 적포 시주가 한때의 횡재를 한 것을 부러워할 필요는 없네."

"사숙의 말씀이 심히 옳습니다. 아미타불."

"어쨌든 난 그 강진이란 아이를 보고 싶네. 다행히 이 장대근이란 아이는 나와 그 아이에게 모두 인연이 있으니 같이 있다 보면 만날 수 있을 것 같네."

"그런 것이군요."

"허허허, 어쩌면 스승의 복은 포기했지만 제자의 복은 나눌 수 있을지도 모르지 않나? 세상의 인연과 하늘의 뜻은 사람이 헤아리기 어려운 부분이 있어서 우연 같아도 모든 것이 필연으로 이어져 있는 법일세. 조급해하지 말고 기다리기로 하세."

"명심하겠습니다. 그런데……."

"강남무림맹의 태상호법 자리에 내 이름을 올리는 것은 허락할 테니 사질의 뜻대로 처리하게. 하지만 난 왕노적이 직접 무림맹 총단에 쳐들어오기 전에는 직접 나서지 않겠네."

"그것으로 충분합니다. 사숙의 결단에 남궁가주를 비롯한 강남의 무림인들은 모두 감복할 것입니다."

소림신승이 은둔을 깨고 나와 척마멸사의 기치를 들었다

는 것만으로도 무림을 하나로 모을 수 있다. 이것으로 현세의 악귀라 할 수 있는 흉신악살 동해 해적왕 왕진과 대적할 수 있는 것이다.

일엽 대사는 사숙인 공진 대사가 마침내 청을 받아들이자 공손하게 감사의 인사를 했다. 하지만 공진 대사는 별로 즐겁지 못한 표정으로 밤하늘을 보며 말했다.

"아무쪼록 가능한 한 피가 적게 흘렀으면 좋겠네. 아미타불."

공진 대사의 불호로 두 사람의 대화는 끝이 났다.

그 다음날부터도 그들은 계속해서 이동을 하여 한 달 뒤에는 숭산에 있는 소림사에 도착할 수 있었다.

『적포용왕』 2권에 계속…

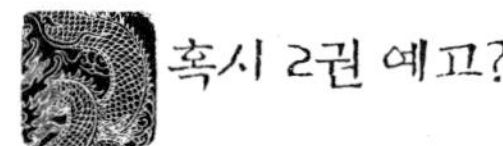 혹시 2권 예고?

"크하하하! 어떠냐, 제자야? 이 사부가 사십대로 보이냐?"

적포천존, 아니, 이제는 묵포천존이 된 사부가 묻자 설옥은 속으로 생각했다.

'자, 장비……'

하지만 사부에게 그런 말을 할 수는 없다. 지난 몇 년간 묵포천존의 시중을 들면서 무공보다 아부가 더 많이 늘은 설옥이었다.

그녀는 곧 손뼉을 짝! 하고 치며 말했다.

"사부님, 어쩌면 이렇게 하루아침에 젊어지실 수 있으세요? 정말 사십대 초반으로밖에 안 보여요."

"크하핫핫핫, 이게 바로 이야기책 속에서 가끔 써먹는 반로환동이라는 거다."

"반로환동요? 그럼 사부님께서는 신선이 되신 건가요?"

"난 원래 신선보다 강했다. 아무튼 이제 짐 챙겨라. 가자."

“예? 어디로요?”

“어디긴, 네 낭군 만나러 가야지.”

“와아! 정말요?”

“그래, 그 녀석 지금쯤 혼자 무림에서 돌아다니느라 고생을 실컷 하고 있을 테니 내가 가서 한 번쯤 정리를 해줘야 되지 않겠냐? 무공이 얼마나 발전했나 점검도 해보고 말이야.”

“물론이죠. 어서 가요.”

낭군 만나러 가야지. 설옥은 속으로 적포천존의 말을 따라 하며 서둘러 짐을 싸러 갔다.

이렇게 이 소설의 주인공인 적포천존은 어린 여제자와 함께 무림에 재출도했다.

*　　*　　*

잠깐! 그럼 나는? 차회 예고라면서 왜 내 이야기는 안 나와? 그리고 이 소설의 주인공은 나란 말이야!

.

.

.

❖읽거나 말거나❖

그럼 인기투표로 주인공 정할까?

억울하면 너도 개그하고 깽판 쳐.

THE CHRONICLES OF EARTH
DEJA VU

지구환 연대기 : 기시감 전 2권
이재창 SF 장편 소설

지구환 연대기 기시감

인공적으로 만드는 석양이 잘 꾸며진 정원과 가로수를
붉게 물들였다.
하지만 태양은 이미 오래전에 거리라고 하기도 어려운 저
편으로 사라졌다. 어차피 마찬가지기는 했다.
타키온 드라이브가 시작되는 순간 빛은 존재하지 않았다.
설령 태양이 바로 옆에 있다 해도 빛이 우주선을 따라오
지 못했다.
타키온 드라이브의 우주에서 빛은 존재가 아니라 단순히
어둠의 부재에 불과했다.
그것이 타키온 드라이브였다.
타키온 드라이브는 그 본질상 초광속으로 움직이지
않을 수 없다.
말 그대로 빛보다 빨리 움직여야만 한다.
그것이 타키온 드라이브의 운명이고 결론이다.

STORY LINE

인간이 타키온 드라이브라는 초광속 운항법으로 항성간 여행을 자유롭게 할 수 있게 된 미래
수학자 석아찬은 지구에서 출발하는 심우주 탐사선 게이츠에 몸을 싣는다.
그러나 게이츠를 통제하는 인공지능 로가디아와 이천여 명의 승무원과 함께하는 항해의 평화로움은 얼마 가지
못하고 우주선은 외계문명에게 습격을 받아 사람이 증발하는 전대미문의 사고가 생기기 시작한다.

Book Publishing CHUNGEORAM

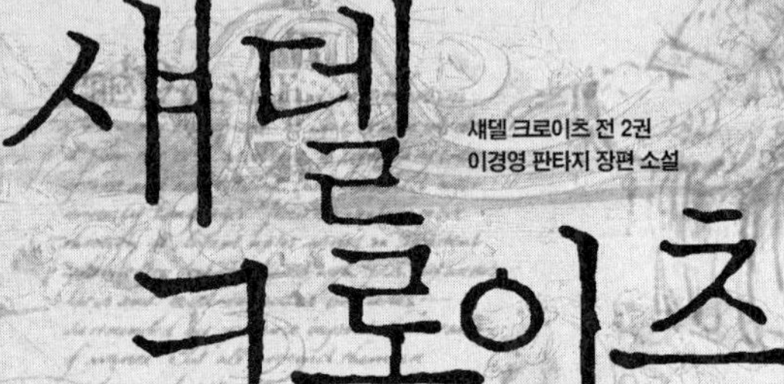

새델 크로이츠

—화사무쌍 편

섀델 크로이츠 전 2권
이경영 판타지 장편 소설

『가즈나이트』의 명성과 신화를 넘어설
이경영의 판타지의 새로운 상상력!

자신만의 독특한 세계관을 창조한 작가
이경영의 새로운 도전과 신선한 충격.

바란투로스의 특수부대 섀델 크로이츠의 리더 파렌 콘스탄.
야만족을 돕는 안개술사를 물리치기 위해 아시엔 대륙에서 온
불을 뿜는 요괴 소녀 카샤.
너무나 다른 두 사람이 운명의 길에서 만나다.
친구란 이름으로 시작된 모험, 그 앞에 놓인 난관과 운명의 끈은
어떻게 될 것인지……

"질투가 날 만도 하지. 요괴가 산신령을 엄마로 두는 건 흔한 일이 아니거든.
괜찮다, 파렌. 본좌가 아는 요괴들 전부 본좌를 질투하고 부러워하니까."
소녀는 손에 잔뜩 받은 빗물을 홀짝 마셨다.
파렌은 그 순수함에 웃음을 흘렸다.
그는 지금까지 자신이 봤던 그녀의 기이한 행동들을 어렴풋이나마 이해할 수 있을 것 같았다.
그렇게 친구가 된 둘은 그 길로 긴 여행을 떠나게 된다.

—본문 중에—

입소문을 통해 아는 분은 다 알고 계십니다!
올 한해 공인중개사 최고의 화제작!

수험생 기본 필독서
만화 공인중개사

제목 : 만화공인중개사 쓰신 분에게 감사드립니다.

학원을 두 달 다녔어요. 근데 과연 그 숫자 외우기 그런 게 몇 문제나 나올까 생각을 했어요

아니라는 생각이 드네요. 학원강의를 뒤로하고 서점을 갔어요. 내 머리에 가장 이해될 수 있는

책이 없나 하구요. 거기서 만화를 발견했어요. 무조건 세 번 봤어요. 3개월 걸렸어요. 문제집을 보라고

했는데 그건 시행을 못했어요. 근데 합격을 했네요.

어떻게 감사의 말을 해야 될지……

도서관에서 만화책 들고 다니니까 사람들이 비웃더라구요. 만화책으로 공인중개사를 공부한다고

미친 사람처럼 보더라구요. 근데 그거 다 감수하고 했던 내가 자랑스럽습니다.

어떻게 감사의 말을 해야 할지… 정말 감사합니다.

부디 행복하세요. 제 나이 41살에 좋은 스승을 만난 것 같습니다.

엎드려 감사드립니다.

-본사 홈페이지에 독자분이 올린 메일 中 에서 발췌-